NORDWINDKÜSSE

EINLADUNG ZUR HOCHZEIT

ANNE SUE TE

Nordwindküsse

- Einladung zur Hochzeit -

Kontakt: AutorinSueTwin@gmail.com

Herausgeberin: Susanne Teige, Paul-Kornfeld-Weg 30, 60439 Frankfurt am Main; Lektorat: ML; Cover-Design by Sue Twin unter Verwendung der Grafiken von: ©iStock (Paar: David-Prado; Hund/Golden Retriever: Liudmila Chernetska; Rose: vicuschka; Spitze: Sveta_Aho; Möwe: Memory_Galery); Druck: Amazon Europe in Luxemburg (Amazon Media EU S.à.r.l., 5 Rue Plaetis, L-2338, Luxembourg)

1
PAULINA

Paulina legte sich die Worte zurecht, die sie gleich sagen wollte. »Hey beste Schwester, Überraschung … tadaaa!« *Nein, so nicht.* Sie musste lockerer klingen. Entspannt und cool wollte sie sich geben, um nicht sofort den Verdacht auf sich zu lenken, langweilig zu sein. Aber eigentlich musste sie sich keine Sorgen machen. Denn sie waren einander fremd geworden in den letzten Jahren. Und vermutlich hatte ihre Schwester gar keine Meinung über sie. Ob das allerdings besser war, wusste Paulina nicht. Nur noch an Weihnachten sahen sie sich. Zu den Geburtstagen schickte sie ihrer großen Schwester eine Nachricht. Das war alles. Aber nun würde Kimberly heiraten. Paulina fragte sich, wie das sein konnte – so kurzfristig. War Kimberly nicht erst vor ein paar Wochen in ihrem Betrieb ausgebootet worden?

Ihre Eltern hatten das pikante Detail ausgeplaudert. »Aber sprich deine Schwester nicht darauf an«, hatte ihre Mutter sie gewarnt. »Sie leidet sehr darunter. Sie hat den Steffen ja einmal mit zu uns gebracht. Du erinnerst dich? Wir mochten ihn. Die beiden haben doch prima zusammengepasst. Und dann ist plötzlich alles aus und sie heiratet schon bald einen anderen Mann? Ehrlich, da kommen wir nicht mehr mit. Hoffentlich geht das gut.«

Paulina hoffte, dass die Verlobung keine Kurzschlussreaktion war, sondern ihre Schwester tatsächlich die große Liebe gefunden hatte. Das wünschte sie sich von ganzem Herzen. Eine von ihnen musste doch den richtigen Pfad im Leben finden. Wenn schon nicht sie selbst, dann wenigstens ihre große Schwester.

Sie schaltete den Gang runter und spähte zu den Schildern. Gleich musste der *Nordwindhof* kommen. *Ah, da.* Ein grünes Schild tauchte am Straßenrand auf. Ihr kam ein weißer Transporter entgegen. Sie trat auf die Bremse, denn sie konnte nicht vor ihm abbiegen. Dazu kam er viel zu schnell näher.

Am Straßenrand bemerkte sie eine Bewegung. Welches Tier war so dumm, jetzt zu kreuzen? Sie blinzelte, aber ihre Augen konnte nicht so schnell erfassen, was dort hockte. *Nein, nicht, bleib da!*

Der Transporter schoss an ihr vorbei. Es musste eine Katze, ein Hund oder ein Hase sein, der ausgerechnet jetzt über die Straße hoppeln wollte. Paulina betete, dass alles gut gegangen war. Sie fuhr in die Einfahrt und hielt. Eilig sprang sie aus dem Wagen. Ein brauner Welpe mit Schlappohren kauerte am Straßenrand und rührte sich nicht. »Hat er dich erwischt?«

Mit dem gebotenen Sicherheitsabstand hockte Paulina sich hinunter. Der winzige Hund blutete aus der Nase. Als sie die zitternde Hand nach ihm ausstreckte, winselte er und sein Schwänzchen wedelte aufgeregt. *Beiß mich nicht!* Der Kleine erhob sich mühsam, humpelte einen Schritt und leckte sich die Pfote.

»Oh nein, hat der Transporter dich doch erwischt?« Sie überwand ihr Unbehagen vor fremden Hunden und hob den Welpen vorsichtig auf den Schoß. »Gehörst du zum Hof? Aber was machst du dann mutterseelenallein an dieser Landstraße? Hey, kleiner Spatz, das ist gefährlich. Und überhaupt, wo ist denn deine Mama?«

Den Hund im Arm breitete sie mit der freien Hand ihre Notfalldecke auf dem Beifahrersitz aus und setzte das verletzte Tier hinein. »Schön dableiben, hörst du?«, ermahnte sie den fiependen Welpen. »Ich muss nur schnell bei meiner Schwester Hallo sagen, dann suchen wir deine Mama und finden heraus, wo der nächste Tierarzt ist.«

Sie ließ den Motor an und fuhr langsam über den landwirtschaftlichen Weg zum Hof. Auf einer großen Parkfläche blieb sie stehen, stieg aus und blinzelte zum herrschaftlichen Anwesen. *Holla die Waldfee, Kimberly. Mir scheint, du hast dir wirklich einen Adeligen geschnappt.*

Sie wusste gar nicht, wo sie zuerst hingucken sollte. Zu den historischen Fachwerkgebäuden, die ein stattliches, weißes Hauptgebäude einrahmten. Oder zum Anwesen drumherum. Erst auf den zweiten Blick bemerkte sie, dass linksseitig das Fachwerk mit den roten Ziegelsteinen neu war. *Ah, aber rechts das Gebäude und die Stallungen sind wirklich alt. Links ist es Fake.* Sie schmunzelte. Was war hier wohl noch alles schöner Schein?

Das weiße Haupthaus erschien ihr ziemlich neu. Mit den großen Fenstern, den Erkern und den Stilelementen einer Villa hatte es den Charakter eines hochherrschaftlichen Landhauses. Irgendjemand hatte offenbar versucht, den typisch norddeutschen Stil des alten Landsitzes optisch aufzuwerten. Hm, und gleichzeitig hatte er das Fachwerk auf der linken Seite wieder aufgegriffen. So wirkte es ausgewogen. Doch war der Stilmix glücklich gewählt? Nun, sie war keine Architektin, um das beurteilen zu können. Aber es gefiel ihr, was sie sah. Rechts befanden sich weitere Gebäude im historischen Stil. Das mussten Stallungen für Pferde sein. Nun fiel ihr auch wieder ein, dass dies ein ehemaliger Reiterhof war. Ihre Mutter hatte es erzählt.

Paulina hielt sich die Hand vor die Stirn und blickte nach links. Auf einer Wiese grasten Pferde. Aber was machten die Alpakas auf der Weide? Hatten die sich ebenso verlaufen wie der kleine Welpe in ihrem Wagen? Und war das nicht ein Esel, der mit seinen kurzen Beinen neugierig in ihre Richtung rannte? Den Kopf im Nacken und aufgeregt quietschend.

Sie schüttelte belustigt den Kopf. Was für eine kunterbunte Mischung an Tieren und Gebäudestilen. Sie wusste nicht, was es war, was ihr daran auf Anhieb gefiel und sogar ein Lächeln in ihre Mundwinkel zauberte. Aber irgendwie hatte das Ganze etwas Heimeliges.

Der Hund fiepte und versuchte, vom Sitz zu springen. Doch offensichtlich war ihm das zu hoch. Frustriert ließ er sich auf den Popo fallen und leckte sich die Pfote.

»Oh je, dich müssen wir zuerst versorgen. Komm her, mein Kleiner! Schauen wir mal, wo deine Mami ist. Oder deine Besitzerin. Du müsstest nämlich zum Tierarzt. Ich kann nicht beurteilen, ob dein Nasenbluten schlimm ist. Bei einem Kind sagt man, hör auf zu spielen, bis es getrocknet ist. Aber bei einem Welpen?« Abgesehen davon hatte sie auch keine Ahnung von Kindern.

Vorsichtig nahm sie den Welpen mitsamt der Wolldecke in den Arm und ging zum Haupthaus. Sie klingelte. Zwei Hunde bellten um die Wette. Erschrocken sprang sie ein paar Schritte zurück. Ihr Herz klopfte bis zum Hals. Niemand öffnete. Die Hunde hinter der Tür beruhigten sich.

Ratlos blickte Paulina über den menschenleeren Hof. Hier und dort pickten Hühner im Gras und scharrten im Sand. Eine Katze hockte auf einem Zaun und spähte zum Apfelbaum hoch. Paulina ging ein paar Schritte zum historischen Gebäude.

»Hallo? Hallo, ist da jemand?«

Keine Antwort. »Okay, mein Kleiner, bevor wir hier

noch mehr Zeit verschwenden, begeben wir uns in den nächsten Ort und suchen Hilfe für dich.«

Sie setzte den Hund behutsam zurück auf den Sitz, wendete den Wagen und fuhr über die Landstraße weiter, bis ein Ortsschild kam.

Tempo dreißig war hier angesagt, was ihr gerade recht war. Sie spähte nach rechts und links, aber niemand war so nah, dass sie hinüberrufen und nach dem Weg fragen konnte. Also parkte sie und schaltete das Handy ein. Während sie die nächste Tierarztpraxis mit Hilfe von Google suchte, spazierte eine Frau mit hellbraunen Haaren über die Straße. Paulina blinzelte. Das hätte fast ihre Schwester sein können.

Hastig sprang sie aus dem Wagen. »Hallo?«

Die Frau blieb stehen und legte eine Hand an die Stirn, um sich gegen die Sonne abzuschirmen.

»Wissen Sie zufällig, wo der nächste Tierarzt ist?«

Die Fremde schüttelte den Kopf und ging weiter.

»Schade.«

Paulina stieg zurück in den Wagen. Sie ließ das Fenster ein Stück herab, denn um diese Jahreszeit wurde es in der Karosse schnell warm.

»Hey Spatz, wir haben es gleich«, tröstete sie den Welpen, der sich daran machte über den Sitz zu ihr zu klettern.

»Dummerchen, das geht nicht. Du könntest dazwischen rutschen. Na, komm her!«

Sie hob ihn zu sich auf den Schoß. »Nun musst du aber stillhalten, sonst finde ich nie zum Tierarzt. Wenigstens dein Näschen blutet nicht mehr.«

Der Kleine leckte ihr über die Finger. Es kitzelte unangenehm und sie zog die Hand zurück. Endlich fand sie eine Praxis. Allerdings hatte diese geschlossen. Wie doof. Paulina seufzte und schaute auf die Öffnungszeiten. *Ah, doch nicht so doof. Der Tierarzt öffnet in zehn Minuten.*

»So Kleiner, da suchen wir gar nicht weiter.« Sie gab die Adresse in ihr Navi ein und musste schmunzeln. Denn sie stand schon fast vor dem Eingang. Es waren nur ein paar Meter die Hauptstraße entlang. »Okay, Hündchen. Dann parken wir hier mal und laufen das kurze Stück.«

Paulina umrundete den Wagen, hängte sich die Schultertasche um und nahm den Hund auf den Arm. »Was ist nur mit deiner Pfote? Hoffentlich nichts Schlimmes.«

Sie ging über den Asphalt und betrachtete dabei die Geschäfte. Ein Bäcker, ein Souvenirshop, ein Lebensmittelladen, auch ein Friseur und ein Nagelstudio gehörten zum Ortsbild. Sie las das Schild am Praxiseingang. *Jens Hasselbach.* Wer das wohl war?

»In dringenden Fällen rufen Sie mich bitte an!«, stand unter dem Namen.

Und darunter klebte ein Zettel. »Praxis heute geschlossen.«

Das durfte doch nicht wahr sein. Sie wog ab, was wichtiger war. Sein *Privatleben* oder der *dringende Fall?* Als Juristin machte sie nichts anderes, als Interessen abzuwägen.

»Ach, Pupsi, du musst nicht länger leiden. Ich rufe den Kerl jetzt an und erzähl dem was von seiner beruflichen Verantwortung. Der kann doch nicht heute geschlossen haben.«

Sie setzte sich auf den Trittstein, platzierte den Hund auf dem Schoß und wählte die Nummer.

Im selben Moment ging im Haus gegenüber der Lärm eines Presslufthammers los. »Hallo?«, brüllte sie ins Handy.

Ein Laster fuhr an ihr vorbei. Jetzt verstand sie gar nichts mehr. Als sie etwas sagen wollte, lärmte erneut der Presslufthammer gegenüber.

Meine Güte, reißt doch einfach die marode Hütte ab. Da stehen eh nur noch die Wände, wenn ich das richtig sehe. In einem der unteren Fenster erkannte sie zwei Arbeiter im blauen Overall. Staub quoll zum geöffneten Fenster heraus.

In einer Lärmlücke versuchte sie erneut, mit dem Mann am anderen Ende der Leitung zu kommunizieren. Doch der hatte inzwischen aufgelegt. Paulina streichelte übers Köpfchen des Welpen.

»Ich fürchte, wir müssen weiterziehen.«

Gegenüber öffnete sich die Haustür. Ein blonder Mann mit James-Dean-Haarfrisur tauchte im Rahmen auf. Paulina hatte letztens eine Reportage über den Schauspieler gesehen, der bei einem Autounfall ums Leben gekommen war. Heute wäre der Mann natürlich uralt. Aber sein rebellisches Image fand sie interessant. Manchmal wünschte sie sich, sie hätte davon auch ein Fünkchen in sich. Aber so war sie nicht. Sie war angepasst und langweilig wie ein Bürotisch, dachte sie seufzend. Schnell verdrängte sie den Gedanken nach Freiheit, der sich von Zeit zu Zeit mit einem nervigen Stechen in ihrem Magen bemerkbar machte. Der vernünftige Teil in ihr gewann allerdings stets die Oberhand. Dieser Teil ihrer Persönlichkeit war dominant und beruhigte sie auch in schwierigen Situationen.

Der Mann mit dem auffälligen blonden Haar blickte zu ihr herüber, Ihr Herz schlug schneller, aber sie ignorierte es. Mit langen Schritten überquerte er die Straße und kam direkt auf sie zu. »Wollen Sie zu mir?«

Wohl nicht, Cowboy, dachte sie, blieb aber höflich. »Wenn Sie der Tierarzt sind.« Sie erhob sich mit dem Welpen im Arm. »Ein dringender Notfall.«

»Welpen-Impfung ist immer dienstags.«

»Sorry, haben Sie ihren Doktor bei Otto gewonnen? Sieht der Welpe so aus, als bräuchte er eine Impfung?«

»Ich denke schon, denn ich kenne den Hund nicht. Also habe ich ihn noch nicht geimpft. Was hat er an der Nase?«

Der Tierarzt beugte sich über den Hund. Er roch nach Staub und Bauschutt. Kein Wunder. Sie rollte mit den Augen. War er überhaupt ein Tierarzt oder nur ein Arbeiter, der sich auf ihre Kosten amüsierte?

»Sind Sie kurzsichtig? Das ist Blut«, klärte sie ihn auf.

»Das sehe ich auch.«

»Und warum fragen Sie dann?«

»Dann also genauer. Was ist passiert?« Ihr Gegenüber schloss die Tür zur Praxis auf.

Nun, dann war er wohl doch der Tierarzt.

»Ich weiß nicht, was passiert ist.«

Der Tierarzt schüttelte den Kopf. »Kommen Sie rein! Ich schaue mir den Kleinen sofort an.«

Er ging vor, schloss eine weitere Tür auf und zeigte auf ein erhöhtes Podest mit einem gummiartigen Bezug. »Setzen Sie den Welpen hier drauf! Seit wann hat er Nasenbluten? Wissen Sie wenigstens das? Könnte er mit Rattengift in Kontakt gekommen sein?«

»Woher soll ich das wissen? Aber er wäre fast mit einem Transporter kollidiert.«

Der Arzt hielt inne und sah sie vorwurfsvoll an. »Wie konnte das passieren?«

»Keine Ahnung. Ich bin nicht die Hundemama. Sollte die nicht auf ihre Welpen aufpassen?«

Wieder sah er sie scharf an, schwieg aber und untersuchte den Hund weiter.

»Er ist eine Sie und ungefähr so alt, dass sie keine Mama mehr braucht. Wie heißt die Kleine denn?«

Paulina seufzte leise. »Also, dann ganz langsam zum Mitschreiben. Ich habe den Hund auf der Landstraße eingesammelt, nachdem er fast in einen Transporter gerannt wäre. Vermutlich hat er sich erschrocken und ist mit der Nase auf den Asphalt gestupst. Aber er humpelt auch ein wenig. Da ich keine Tierärztin bin und weil ich auch keine Hundemama in der Nähe finden konnte, dachte ich mir, ich bringe ihn zu jemandem, der mir weiterhilft.«

»Ah, ein Fundhund. Wo haben Sie ihn denn gefunden?«

»An der Ecke zur Abfahrt auf den Reiterhof *Nordwind.*«

Der Arzt nickte. »Der ehemalige Reiterhof. Oh verdammt, hoffentlich hocken nicht noch mehr Welpen im Gebüsch oder laufen frei herum.«

»Wieso sollten da noch mehr sein?«

»Es ist allgemein bekannt, dass … gewisse Leute auf dem Hof andere Tiere aufnehmen und sich um sie kümmern.«

»Wer? Der Eigentümer des Pferdehofes?«

Er nickte. »Ja. Liam von Sommerweiden.«

»Sie kennen Liam?«

Der Tierarzt stoppte mit der Untersuchung. »Was wollen Sie von ihm?«

»Nichts.« Sie winkte ab. »Was hat das Hündchen nun an der Pfote?«

»Es sieht alles gut aus. Da ist nichts passiert. Die Knochen sind heil.«

Wie auf Kommando fing der Kleine an zu zappeln. »Halten Sie ihn bitte hoch und richtig fest, damit er uns nicht vom Tisch springt. Ich denke, ich habe die Ursache gefunden.«

Paulina nahm das Hündchen in den Arm. Der Arzt holte eine Pinzette aus einer Schublade. Er beugte sich dicht zu ihr heran, nahm die Pfote und spreizte sie mit einer Hand. Mit der anderen Hand zupfte er zwischen dem Ballen und den Zehen. Er sah zu ihr hoch.

Wow, tolle blaue Augen haben Sie ja, Doktor Dolittle, durchfuhr es sie wie ein Blitz.

»Ich denke, wir haben den Übeltäter.«

Sie blinzelte und er zog den Oberkörper zurück. Der magische, körpernahe Moment, der sie zugegebenermaßen etwas verwirrt hatte, war vorbei.

Er hob die Pinzette hoch. »Ein Dorn. Die kleine Hundedame ist in einen riesigen Dorn getreten. Er könnte von einer Rose stammen. Hm, mir ist dort nie ein Rosenbusch aufgefallen.«

»Kann ich den Hund bei Ihnen lassen?«

Der Arzt schüttelte den Kopf. »Normalerweise nicht. Ich bin kein Tierasyl. Aber ich denke, es ist besser, ich behalte ihn noch einen Tag zur Beobachtung hier und dann bringe ich ihn ins hiesige Tierheim.«

»So herzlos sind Sie? Den kleinen Welpen wollen Sie hinter Gitter sperren. Zusammen mit den großen Hunden, die ihn beißen könnten.«

»Wollen Sie ihn behalten?«

»Nein, ich kenne mich nicht mit Hunden aus. Ehrlich gesagt, habe ich Angst vor großen Hunden. Nur so ein kleiner Welpe … das geht. Aber der wird ja auch groß.«

Der Arzt hob eine Augenbraue. Ein Mundwinkel zuckte. Amüsierte er sich über sie?

»Die Kleine hier wird höchstens mittelgroß. Aber na ja, bei Angst ist das vielleicht auch schon zu viel. Und natürlich sollte sich niemand einen Welpen anschaffen, der es sich nicht wirklich gut überlegt hat. Ich behalte die Kleine bei mir. Sie können dann gehen.«

»Und die Kosten für die Behandlung?«

»Darauf werde ich wohl sitzenbleiben.«

»Nein, nein. Ich … möchte das gerne für die Süße hier übernehmen.«

Der Mann schüttelte den Kopf. »Werfen Sie etwas ins Spendenschweinchen auf dem Eingangstresen. Das ist für den hiesigen Tierschutzverein.«

»Okay, dann machen wir es so.«

Er streckte die Hände aus. »Dann übergeben Sie mir unser Findelkind am besten jetzt.«

»Oh, ja.« Erst jetzt fiel ihr auf, dass sie das Hündchen im Arm gehalten und gekrault hatte und das warme Fellknäuel bereits so lieb gewonnen hatte, dass sie es kaum hergeben mochte.

Sie seufzte. Während er ihr den Welpen abnahm, berührten sich ihre Hände. Vor Schreck machte ihr Herz einen Extraschlag. Mit lautlosem *Zong,* explodierte ein verwegener Gedanke in ihrem Kopf, den Paulina sofort und energisch von sich schob. *Nein, der Typ ist nicht hot. Ich kenne den doch gar nicht.*

2

JENS

Jens ärgerte sich über sich selbst. Wieso war er so unhöflich? Die Frau hatte doch alles richtig gemacht. Okay, ein kleines Misstrauen blieb. Was, wenn sie den Hund womöglich selbst fast überfahren hätte und ihn belog, weil sie sich schämte? War das denn nicht viel wahrscheinlicher? Abgesehen davon bezweifelte er, dass die Stelle stimmte, wo sie ihn gefunden hatte. Niemand war so verrückt und setzte einen Welpen an der Landstraße aus. Oder?

Und wenn doch? Er musste schleunigst hinfahren und prüfen, ob noch mehr Welpen dort hilflos herumirrten.

Die Hündin kuschelte sich zufrieden in seine Armbeuge. Vom Wesen her war sie auf den ersten Blick anpassungsfähig und gelassen. Das wäre ein großer Vorteil für die Vermittlung an einen neuen Besitzer.

Die fremde Frau fischte ein Portemonnaie aus der Handtasche, öffnete es und zog einen Fünfziger heraus.

»Reicht das?«

Er nickte. »Der Verein wird sich freuen. Vielen Dank!«

Sie nahm einen zweiten und einen dritten Schein heraus. »So ein Verein ist auf Spenden angewiesen, nicht wahr? Und dieser kleine Welpe verursacht ja auch noch Folgekosten für Futter und so.«

Überrascht sah er, dass sie hundertfünfzig Euro spenden wollte. »Dann dürfen Sie dem Mädel jetzt auch einen Namen geben.«

»Ich?« Sie riss die Augen auf.

»Warum nicht. Wie soll sie heißen?«

»Hm, er hat auf der Nase einen weißen Fleck und in der Mitte einen gelben Punkt.«

»Das könnte Blütenstaub sein.«

»Dann nennen wir ihn doch Daisy … wie die weißen Margariten.«

Soweit er sich entsann, hieß auf dem Hof bereits ein Alpaka Daisy. Aber ihm war es egal. Hundedame Daisy würde sowieso nur vorübergehend bei ihnen in Obhut bleiben.

»Okay, Daisy. Sag tschüss! Und dann schauen wir mal, ob wir was Feines zum Fressen für dich finden. Du hast bestimmt Hunger.«

Die Frau zögerte, streckte noch einmal die Hand nach dem Tier aus und streichelte über das Köpfchen.

»Tschüss, Daisy. Finde schnell deine Mama wieder.« Mit den Worten drehte sie sich weg und ging.

Er sah ihr hinterher. Sie hatte lange blonde Haare, die leicht gewellt waren. Außerdem steckte sie in einem dunkelgrauen Businessanzug. War sich aber nicht zu fein gewesen, um sich damit vorhin auf die Steintreppe zu setzen. Angeblich hatte sie Angst vor Hunden. Wenn das stimmte, war sie ziemlich mutig gewesen.

Jens gab der Hündin eine halbe Dose Welpenfutter. Dann lief er mit ihr im Arm zurück zu den Arbeitern. »Männer, macht mal kurz keinen Staub!«, bat er und hustete.

Der Trupp aus drei Männern sah ihn überrascht an.

»Weniger Rauchen, Chef. Dann klappt es auch mit dem Husten«, sagte einer im spöttischen Tonfall.

Schöner Scherz. Er rauchte nicht. »Ich habe einen kranken Welpen bei mir und bin auch gleich schon wieder weg. Wichtig ist nur, ob ihr mich heute noch für irgendwelche Entscheidungen braucht.«

»Nö. Die Wand öffnen wir noch und reißen alles raus. Dann machen wir im Keller weiter.«

Er nickte ergeben. Wenn sie meinten, dass sie die Wand öffnen mussten, dann konnte er es nicht verhindern. Diesmal wollte er die Sanierung von Grund auf. Das hatte er ihrem Chef auch so gesagt. Jedoch hatte er nicht geahnt, was es bedeutete. »Wir müssen das komplette Gebäude *entkernen*«, hatte Hugo Wächter gesagt. Seit Neuestem kannte er ein Wort, das ihm den Schlaf raubte. *Entkernen.* Es klang, wie Zahn ziehen, nur schlimmer.

Jens ging durchs Haus und suchte Hugo, mit dem er per Du war, seit er seinem Hund das Leben gerettet hatte.

Hugo kam ihm entgegen. »Chef, dich suche ich. Komm mal mit!«

Oh, das klang nicht gut. Hugo guckte auch nicht glücklich. Jens folgte ihm in den hinteren Garten.

»Siehst du die Pflanze?«, fragte er.

Jens rieb sich den Nacken. Der Bambus war fast zwei Meter hoch und nicht zu übersehen. Er mochte Bambus, denn er erinnerte ihn an die Zeiten in Südamerika und in Australien.

Hugo nickte ernst. Er gab ihm ein Zeichen, ihm zu folgen. Sie umrundeten das Haus von außen und kamen über einen schmalen Plattenweg vorne an der Straße raus.

»Und das?«, sagte Hugo und zeigte auf ein paar unscheinbare grüne Blätter an dünnen Stangen.

»Auch Bambus?«

Der Chef des Bauunternehmens nickte ernst. »Dein Bambus hat sich unter dem Haus durchgegraben und schaut zur Vorderseite wieder hervor. Wir müssen ihn vernichten, bevor er dein Haus vernichtet.«

»So schlimm?«

»Ja. Er frisst sich in Rohre und Leitungen, gräbt dir das Wasser ab, zerstört dein Mauerwerk und macht aus deinem Garten einen Urwald.«

Jens atmete tief durch. »Vermutlich wäre es einfacher, das Haus abzureißen und neu zu bauen.«

»Ja, Chef. Sag das dem Bauamt.«

»Das alte Fachwerkgebäude steht unter Denkmalschutz. Die lassen nicht mit sich reden. Ich bin schon froh, dass ich die Fenster vergrößern und hinten den Anbau machen darf.«

»Keine Sorge. Wir kriegen das hin.«

»Da bin ich beruhigt.« Er schüttelte den Kopf, denn er glaubte nicht mehr daran.

Eine halbe Stunde später fuhr er zu dem Hof, wo er Asyl gefunden hatte. Zum Glück in einem separaten Gebäudeteil. Er wollte Liam und Kimberly nicht auf den Keks gehen. Die beiden waren frisch verliebt, ja sogar verlobt. In ein paar Wochen wollten sie heiraten. Das ging verdammt schnell mit ihnen. Aber Jens freute sich auch für Liam, der harte Zeiten hinter sich hatte und bereits geschieden war.

Er parkte den Wagen, statt am Haus schon oben an der Straße, und stieg aus. Mit dem Welpen im Arm suchte er den Straßengraben ab. Doch weitere Hunde waren nicht zu sehen. Aber wo kam dann ein einzelner Welpe her? Hatte ihn jemand am Hof ausgesetzt, in der Hoffnung, sie würden die kleine Daisy adoptieren? Schließlich war Liam bekannt dafür, obdachlose Tiere aufzunehmen. Vermutlich war das der Grund.

Jens stieg wieder in den Wagen, setzte den Hund

zurück in den Korb und fuhr langsam den Weg entlang. Nichts.

Er parkte vor dem historischen Gebäude, das er bewohnte. Das Gemäuer war alt, aber gründlich saniert. Und zwar rechtzeitig, im Gegensatz zu seinem eigenen Haus. Heizung neu, Fenster neu, Strom und Wasser, ebenso die Bäder. Jens hätte Liams Angebot annehmen und für immer hier einziehen sollen. Aber im Ort befand sich die Praxis und gegenüber stand das Haus, das ihm gehörte. *Junge, als Haus kannst du es kaum noch bezeichnen. Es ist eine Ruine. Jeden Tag finden die Arbeiter etwas Neues, das gemacht werden muss.*

Jens umrundete den Bereich des historischen Anwesens. Nirgends sah er weitere fremde Hunde. Er kehrte zum Eingang zurück und ging dann zum weißen Landhaus, das den Mittelpunkt des Anwesens bildete und jüngerer Bauart war. Tim und Floppy bellten freudig hinter der breiten Eingangstür. Sie hatten ihn gehört.

Er schloss auf und trat ein. Floppy stürmte auf ihn zu, bremste im Anflug, indem er mit den Hinterpfoten den Rückwärtsgang einlegte und mit den Vorderpfoten über die Fliesen schlitterte.

Sachte setzte Jens Daisy auf den Boden. Die Kleine begrüßte schwanzwedelnd den Riesen. Floppy schnupperte vorsichtig. Dann legte er sich hin und beobachtete das Treiben der kleinen Fellnase.

Auch der alte Collie Tim kam nun näher, schnupperte und beschloss, dass Daisy nicht sonderlich spannend war. Jens knuddelte Tim am Hals. »Jungs, wollt ihr raus?«

Er öffnete die Tür und ließ die beiden auf den Hof. Floppy rannte sofort zur Koppel, um seinen Freund, den Esel Alf zu begrüßen. Alf war kleiner als die Reitpferde und Floppy war größer als normale Hunde. Vielleicht hatten sie deshalb Freundschaft geschlossen. Alf quietschte laut und rannte an den Rand der Koppel. Floppy quetschte sich unter dem Zaun durch und die beiden rannten eine Weile um die Wette.

Daisy wollte hinterher. Aber er schnappte sich die Kleine und nahm sie auf den Arm.

Liams Wagen kam über den Landweg herangefahren. Die Türen flogen auf und Kimberly stürmte auf ihn zu.

»Oh, wie süß. Hast du jetzt auch einen Hund?«

»Nein, ich will keinen eigenen. Manche Fellnasen, die in meine Praxis kommen, sind schwierig. Sie bellen und knurren fremde Hunde an. Und unnötigen Stress möchte ich ihnen und ihren Besitzern ersparen.«

Liam warf ihm einen warnenden Blick zu. »Was soll ich mit einem Welpen?«

»Ach, der ist in drei Monaten groß und erwachsen.«

»Noch so ein Riese wie Floppy? Nein Danke. Außerdem übersiehst du ein entscheidendes Detail. Er muss erzogen werden und das erledigt sich nicht in ein paar Wochen.«

»Schon gut. Ich wollte Daisy auch nicht bei dir lassen. Eigentlich bin ich hier, um zu schauen, ob irgendwo noch weitere Welpen rumwatscheln. Eine Frau war in meiner Praxis und hat behauptet, die Kleine wäre oben an der Landstraße fast in einen Transporter gerannt.«

»Auweia.« Kimberly streckte die Arme aus. »Gib mir mal die kleine Maus. Oh, ist die süß. Da krieg ich glatt einen Zuckerschock.«

Er reichte ihr das Fellknäuel. Bevor er sagen konnte, *sei vorsichtig,* sie müsste seiner Erfahrung nach bald mal pieseln, war es schon geschehen.

Daisy hatte sich dafür Kimberlys Rock ausgesucht. »Oh nein.« Sie setzte den Hund ins Gras. »Da machst du dein Geschäft. Nicht auf meinem Arm.«

Liam lachte. »Punkt eins der Erziehung. Dafür haben wir im Moment wirklich keine Zeit.«

Floppy krabbelte durch den Zaun, um die Neuankömmlinge zu begrüßen. Alf beschwerte sich laut quietschend, weil er nicht untendurch passte.

»Was willst du jetzt machen?«, fragte Kimberly und nahm den Hund wieder auf den Arm.

Jens zuckte mit den Schultern. »Ich behalte die Kleine erstmal bei mir. Vielleicht finde ich ganz schnell neue Besitzer. Ich vermute, es ist ein Beagle. Die sind familienfreundlich und sanftmütig.«

Liam schüttelte den Kopf. »Es gibt auch große Hunde, die so aussehen. Ich erinnere mich an eine Sorte, die hat auch braune und weiße Flecken. Gerade komme ich nicht auf den Namen.«

»Du meinst den American Foxhound. Aber der ist auch lieb.«

»Und braucht ordentlich Auslauf.« Liam lachte. »Komm, Jens. Gib es zu, du hast dich in die kleine Daisy verliebt. Und du willst demnächst wieder regelmäßig joggen.«

Ein bisschen stimmt das, dachte er. Noch mehr hätte es ihm allerdings gefallen, wenn die fremde Frau Daisys Besitzerin geworden wäre. Dann könnte er sie öfter in seiner Praxis sehen, und wer weiß … *Wovon träumst du,* schalt er sich.

Floppy bellte laut und unterbrach seine Gedanken. Die drei spähten zu den Stallungen, wo das Bellen herkam.

Da Floppy aufgeregt klang, nahm er Kimberly den Hund ab und die beiden liefen sofort los. Jens folgte langsam mit Daisy im Arm und mit dem alten Collie im Schlepptau.

Floppy war nirgends zu sehen.

»Er ist hinter den Ställen«, rief Kimberly und lief weiter. Auch Liam umrundete das Gebäude, in dem früher, als das hier noch ein Reiterhof war, bis zu zwanzig Pferde untergebracht waren.

Jens ging ihnen nach. Ihm bot sich ein süßes und

zugleich erschreckendes Bild. Floppy lag im Gras. Zwischen den Pfoten kauerte ein Welpe, etwas kleiner als Daisy. Der riesige Hund leckte den kleinen Hund ab.

»Oh je, wir müssen das gesamte Gelände nach weiteren Hunden absuchen«, sagte Jens und sah auf die Uhr. In einer halben Stunde hatte er einen OP-Termin in seiner Praxis, den er nicht verschieben konnte. Und gegessen hatte er auch noch nichts.

Jens rief die Besitzerin des Hundes zu sich herein. »So, alles ist gut überstanden. Ihre Hündin ist jetzt noch ein bisschen wackelig auf den Beinen. Aber das gibt sich in den nächsten Stunden. In ein paar Tagen haben wir das Ergebnis der Gewebeprobe. Kommen Sie am Dienstag in meine Praxis.«

Die Frau versuchte, ihren Hund zum Aufstehen zu bewegen. Aber der war noch schlapp und müde. »Wir ziehen ihrer Hündin am besten einen Body über, damit sie nicht an der Wunde leckt. Sie können auch einen preiswerten Kunststoffkragen nehmen. Aber der ist unpraktisch. Der Hund bleibt damit überall hängen. Alternativ habe ich noch einen Kragen zum Aufblasen. Der ist angenehmer.«

»Ich nehme den Body.«

Er zog einen Anzug in passender Größe aus der Schublade. »Dunkelblau oder Rot?«

»Rosa.«

»Tut mir leid. Die Farbe gibt es nur in der kleinen Größe. Ihr Hund passt da nicht rein.«

»Wie schade. Dann Rot.«

»Okay.« Er zog den Body über den Hund. »Fürs Geschäft hinten einfach an den Druckknöpfen öffnen, hochrollen und danach wieder schließen.«

Noch immer war der Hund schlapp und konnte keine zwei Schritte gehen. Kurzerhand hob er ihn hoch und trug ihn zum Auto. »Haben Sie jemanden, der Ihren Hund nachher ins Haus trägt?«

»Ja, mein Mann ist da.«

»Okay. Dann nehmen Sie ihn doch das nächste Mal auch gleich mit in die Praxis.«

Daisy und ihr Bruder kratzten empört an der Box, in die er die beiden gesperrt hatte. Jens öffnete das Gitter und ließ die Welpen heraus. Sie schnüffelten aufgeregt nach dem anderen Hund. Jens suchte für die Welpen ein passendes Geschirr aus der Schublade. »Rosa? Na klar, Rosa für dich, Daisy! Das wird Kimberly gefallen. Aber Liams Reaktion sehe ich schon jetzt vor mir, meine Kleine. Und du, kleiner Knirps? Okay, du bekommst braun.«

Boa, jetzt ertappte er sich dabei, dass er in ganzen Sätzen mit den Hunden redete. Insgeheim hatte er sich über die Besitzer amüsiert, die ihre Bellos volltexteten. Kein Hund verstand lange Schachtelsätze. Man konnte schon froh sein, wenn sie auf ein einziges Wort hörten. Während *Sitz!* und *Platz!* noch funktionierten, klappte eine Doppelsilbe wie *Hierher!* oft schon gar nicht.

Grinsend räumte er die Praxis auf und sortierte eine Lieferung mit Medikamenten in die Schubladen. Es gab für heute nichts mehr zu tun. Er schloss die Praxis ab, hob jeden Hund unter einen Arm und ging noch einmal zu seinem Haus auf der gegenüberliegenden Straßenseite. Die Arbeiter waren schon weg. Ihm bot sich der Anblick einer Ruine. Seufzend wandte er sich ab. Auf dem Heimweg holte er frische Feierabendbrötchen, was ein kleines Abenteuer war. Denn die angeleinten Hunde mussten vor der Tür warten. Jeder Fußgänger, der vorbeikam, streichelte sie. Jens musste aufpassen, dass sie nicht gestohlen wurden. Einmal lief er hinaus, weil jemand Daisys Leine gelöst und sie auf den Arm genommen hatte. »Sie können einen haben. Schauen Sie in meiner Praxis vorbei, wenn Sie interessiert sind.«

»Ich überlege es mir.«

Die Frau sah er bestimmt nicht wieder. Er band Daisy erneut fest und eilte zurück in den Laden, wobei er die ganze Zeit die Hunde hinter der Fensterscheibe im Blick behielt.

»Zwei süße Hündchen haben Sie da«, sagte die Verkäuferin und spähte nach draußen.

»Es sind Fundhunde. In ein paar Tagen kann ich sie weitervermitteln. Wenn Sie Interesse haben, dann ...«

»Nein. Hunde sind im Laden nicht erlaubt. Aber ich hänge gerne einen Zettel auf.«

»Danke. Das ist nett.«

Auf dem Rückweg sann er über einen Namen für Daisys Bruder nach. Brutus. Lupus. Idefix ... Behalt-mich-fix ...

Er musste lachen. Die meisten Welpen denken ohnehin, sie heißen »Lass-das!«

3
PAULINA

Paulina hatte einen Strandspaziergang gemacht und einen Kaffee getrunken. Sie war am Touristenmagneten, dem kilometerlangen, feinsandigen Timmendorfer Strand entlang geschlendert. Sogar die Fußspitzen hatte sie ins Wasser getaucht. An der Kurpromenade und am Timmendorfer Platz hatte sie in die Schaufenster geschaut, und in einem kleinen Laden einen dicken Strauß Blumen gekauft. Nun war es an der Zeit, bei Kimberly und Liam vorbeizuschauen. Sie konnte es nicht länger hinausschieben. Ihre Aufregung stieg. Vor ein paar Stunden war sie mutiger gewesen. Fakt war, sie hatte ihre Schwester seit Weihnachten nicht mehr gesehen. Sie seufzte. Warum war das eigentlich so? Warum erzählten sie sich nicht alles sofort – so wie es unter Schwestern sein sollte.

Paulina parkte neben zwei weiteren Wagen, die jetzt am Abend hier auf dem *Nordwindhof* standen. Sie hängte die Handtasche über die Schulter, nahm den perfekt gebundenen, riesigen Blumenstrauß und machte sich auf den Weg.

Okay, bleib locker, sagte sie sich. Noch einmal durchatmen. Dann drückte sie die Türglocke. Was eigentlich nicht nötig war, denn drinnen bellten zwei Hunde um die Wette. Hoffentlich waren sie klein und blieben in ihren Körbchen. Paulinas Atem stockte. Sie hatte doch keine Angst mehr seit der Hypnosebehandlung, versuchte sie sich zu beruhigen. Außerdem hatte sie erst vor wenigen Stunden einen Welpen im Arm gehalten. Das war der beste Beweis dafür, dass die Therapie wirkte.

Die Tür öffnete sich, augenblicklich streckte sie den gigantischen Blumenstrauß ihrem Gegenüber ins Gesicht. »Tadaaa, Überraschung.« Am grünen Khakihemd sah sie bereits, dass sie nicht ihre Schwester vor sich hatte. Ihre Blumen verdeckten sein Gesicht. »Ich bin Kimberlys Schwester«, rief sie ihm entgegen.

»Welch eine Überraschung.«

Nun, der Einstieg war ihr gelungen. Kimberlys Verlobter war überrascht. Seine Stimme kam ihr bekannt vor. *Merkwürdig.* Im selben Moment schoss ein Hund, so groß wie ein Pony, auf sie zu.

Sie schrie, warf die Blumen nach dem Hund und hüpfte auf den Arm des Mannes. »Hilfe … mach ihn weg!«

»Würde ich ja gerne, aber ich habe beide Arme voll.« Der Mann lachte und sie erkannte ihn als den Tierarzt. Sie zappelte mit den Beinen, wollte runter und andererseits bis auf seine Schultern hochklettern.

Ein weiterer Mann erschien im Flur. »Floppy hierher!«, rief er. Der Hund ließ von ihr ab.

»Ich glaub, es ist sicher«, flüsterte *Doktor Dolittle ihr ins Ohr* – oder wie auch immer sein Name war. Im Moment war sie zu aufgeregt, um sich daran zu erinnern. Obwohl sie ein ausgezeichnetes Namensgedächtnis hatte.

Seine Stimme klang amüsiert. Sie hielt sich an seinem Hals fest. »Ich möchte noch einen Moment bleiben«, flüsterte sie zurück.

»Kein Problem«, flüsterte er.

»Floppy, gib mir die Blumen«, sagte der zweite Mann. »Nein, aus! Du hattest Abendbrot.«

»Paulina?«, rief ihre Schwester. »Paulina, was machst du auf Jens' Arm?«

»Euer Monster wollte mich fressen.«

»Floppy?« Kimberly lachte. »Der tut niemandem was. Komm da runter! Du bist albern.«

Oh, wie oft hatte sie sich über Kimberly geärgert, wenn sie ihr Eigenschaften andichtete, die nicht stimmten. Sie war ernst, gewissenhaft, verlässlich, arbeitsam ... aber gewiss nicht albern.

»Es ist in Ordnung«, wisperte der Tierarzt in ihr Ohr. Jetzt hatte sie auch wieder seinen vollständigen Namen im Kopf: *Jens Hasselbach.*

Zögernd ließ sie die Beine herab. Doch sie blieb in Habachtstellung. Noch immer klammerte sie sich an seinem Nacken fest. Testweise stellte sie die Füße auf den Boden. Oh je, ihre zitternden Knie waren weich wie Butter. Sie konnte nicht stehen.

Sie drehte sich um und stolperte ihrer Schwester zitternd in die Arme.

»Hey Paulina, was für eine Überraschung.«

»Die sollte es ... auch sein«, keuchte Paulina.

»Du zitterst ja. Alles in Ordnung?«

»Nein ... der Hund ...«

Kimberly lachte. »Liam hält ihn fest.«

»Ich hab' ihn«, rief Liam.

»Komm erst mal mit in die Küche. Wir essen gerade Abendbrot. Du hast bestimmt auch Hunger. Und dann erzählst du mir, was du hier machst.«

Kimberly wirkte ganz anders als sonst. Sie war bester Laune, entspannt, fröhlich ... und sie sah blendend aus.

»Da ist die Küche.« Ihre Schwester zeigte zu einer Tür auf der anderen Seite der Halle.

»Ich gehe da nicht zusammen mit so einem großen

Hund rein.« Paulina machte sich steif. *Dann könnt ihr mich ja auch gleich mit ihm in eine Hundehütte sperren.*

»Ich schicke ihn auf seinen Platz im Flur, bis ihr euch angefreundet habt«, sagte Liam und zeigte zu zwei dicken Kissen seitlich am Treppenabgang.

Wir werden uns niemals anfreunden, dachte Paulina mit einem Anflug von Verzweiflung. Wieso war sie nur auf die blöde Idee gekommen, ihre Schwester zu besuchen?

Als sie aber merkte, dass die Blicke auf sie gerichtet waren und alle nur darauf warteten, dass sie sich vorwärtsbewegte, setzte sie mechanisch einen Fuß vor den anderen.

Schließlich kam sie in der Küche an und ließ sich zitternd auf den nächstbesten Stuhl fallen. Kaum saß sie, blickten sie zwei treudoofe Hundeaugen an. Das war kein Welpe. Auch dieser Hund war groß – viel zu groß.

Sie sprang vom Stuhl auf und flüchtete erneut in die Arme des Tierarztes. Eigentlich wollte sie sich hinter ihm verstecken. Aber so schnell kam sie nicht an ihm vorbei. Er hatte sie bereits mit festem Griff umarmt. »Sie haben ja wirklich Angst«, sagte er leise. »Dann waren Sie aber heute früh besonders mutig.«

»Danke. Welpen gehen. Ich, ich muss hier raus …« Sie wollte sich bereits aus seinen Armen winden und in den Flur stürzen. Doch fiel ihr ein, dass dort Floppy auf sie wartete. Mit flatterndem Herzen akzeptierte sie das kleinere Übel. Zumal ihre Schwester die Hand hinabließ und dem großen Hund den Kopf kraulte.

Langsam ließ sie den Tierarzt los. »Danke, Doktor *Hasselbach.* Ich bin sonst wirklich nicht so …«

»Anhänglich?« Er zwinkerte. »Ich habe Sie heute Morgen als sehr tough kennengelernt. Nichts anderes denke ich von Ihnen.«

»Danke«, sagte sie matt und setzte sich zitternd auf den Stuhl. Sie rückte ein Stück vom Tisch ab. Der Doktor nahm den Stuhl neben ihr, sodass der Hund nicht sofort auf ihren Schoß springen konnte. Sie blickte vor sich auf einen benutzten Teller und ein halbes Brötchen. »Oh, verdammt, wie unhöflich von mir. Wessen Platz ist das?«

»Es war meiner.« Der Arzt lachte. »Aber der hier ist ebenso gut.«

»Ich wollte nicht unhöflich sein.«

»Können wir Teller tauschen?« Er griff nach dem Teller, der vor ihr stand und gab ihr einen unbenutzten.

Kimberlys Verlobter kam zur Tür herein. Dicht gefolgt von dem Hund, der größenmäßig fast ein Esel war. Automatisch zog Paulina die Beine bis zur Stuhlkante hoch und stieß einen leisen Schrei aus.

»Er wollte nicht allein draußen bleiben. Aber keine Sorge, Floppy legt sich jetzt auf seinem Platz dahinten ab und bleibt da.« Er streckte den Arm. Der Hund gehorchte. Liam setzte sich an den riesigen Tisch. »Du bist also Kimberlys kleine Schwester. Freut mich, dich kennenzulernen, Paulina.« Er zeigte zum Tierarzt und um seine Mundwinkel spielte ein leichtes Grinsen. »Ihr habt euch ja schon bekannt gemacht. Das ist Jens. Ich denke, das Sie könnt ihr weglassen.«

Paulina spürte, wie ihr die Röte ins Gesicht schoss. *Nur weil ich auf seinen Arm gesprungen bin, muss ich ihn nicht duzen.*

»Wir sind uns heute schon einmal begegnet«, sagte sie steif, ohne Jens anzusehen.

Liam grinste noch breiter. »Ah, deshalb der vertraute Umgang.«

Kimberly streckte die Hand nach ihrem Verlobten aus. »Liam, es reicht.« Aber auch in ihrem Gesicht sah Paulina ein dickes Grinsen.

Sie blickte schnell zu Jens und zurück auf ihren Teller. Jens hatte den Kopf gesenkt. Offenbar war es ihm auch peinlich, dass seine Freunde sich gerade über sie lustig machten.

Paulina räusperte sich. »Äh, wo ist eigentlich der Welpe hin? Schläft der allein in der Praxis?«

»Nein, natürlich nicht. Daisy liegt in ihrem Bett, um zur Ruhe zu kommen. Es sind übrigens mittlerweile zwei. Wir haben noch einen Hund hier auf dem Grundstück gefunden. Leider fehlt das Muttertier. Aber die Kleinen scheinen bereits entwöhnt zu sein und nehmen das Welpenfutter gut an. Deshalb schätze ich sie auf drei bis vier Monate. Was bedeutet, sie werden mittelgroß … eher kleiner. Aller Wahrscheinlichkeit nach sind die Eltern ein Beagle und ein Cocker gewesen. Beim Brüderchen sieht man es besonders deutlich. Er hat längeres Fell und auch ein paar Flecken mehr.«

Paulina hörte ihm gerne zu. Seine Stimme beruhigte sie. Kurz hatte sie sogar verdrängt, mit zwei großen Hunden in einem Raum zu sein. Sie saß allerdings noch immer im Schneidersitz auf dem Stuhl.

»Der zweite Welpe war auch an der Landstraße?«, hakte sie nach.

»Nein. Hier auf dem Hof. Wir vermuten, sie wurden bei den Ställen ausgesetzt. Die kleine Daisy hat sich dann auf den Weg gemacht, während ihr Brüderchen brav gewartet hat. Da sieht man schon das unterschiedliche Wesen der beiden.«

»Und ich dachte, alles ist Erziehung.«

»Die Besitzer müssen ihre Hunde natürlich erziehen. Aber ein ängstlicher Hund wird niemals forsch werden. Ein ruhiger Hund bleibt ruhig. Ein hibbeliger Zappelphilipp muss zur Ruhe gebracht werden. Glücklich ist es, wenn Herrchen und Hund zusammenpassen.«

»Wollt ihr nichts essen? Paulina, greif zu!«, mischte sich ihre Schwester ins Gespräch.

»Äh, danke.« Mechanisch nahm sie ein Brötchen aus dem Korb. Obwohl sie Hunger hatte, war ihr Magen wie zugeschnürt. Aber sie musste jetzt irgendwie den Anschein wahren. Also schnitt sie das Brötchen in zwei Hälften, belegte es mit Weichkäse und Gurken und biss hinein.

»Erzähl, Paulina, was ist passiert?«

Sie stoppte mit dem Kauen. »Äh, nichts ist passiert.«

»Hast du Urlaub? Oder was ist los?«, fragte ihre Schwester messerscharf.

Eben noch hatte Paulina Gefallen an dem Brötchen gefunden. Jetzt war der Appetit wieder wie weggeblasen. Sie legte die angebissene Hälfte auf den Teller zurück.

»Kein Urlaub. Aber ich wechsle gerade die Stelle. Ab Montag arbeite ich in einer Versicherung mit Firmensitz in Hamburg. Man hat mir gute Aufstiegschancen versprochen.«

Ihre Schwester guckte sie kurz fragend an und nickte dann. »Ich vergaß, was ich für eine schlaue Schwester habe. Männer, ihr habt es hier mit einer Volljuristin zu tun.«

»Eines verstehe ich nicht«, sagte der Verlobte ihrer Schwester. Paulina merkte, dass er um Worte rang. »Kimberly, du bist die Ältere von euch beiden. Und du durftest nicht studieren? Aber …«

»Doch, durfte ich. Dafür hätte ich allerdings bei meinen Eltern wohnen und jeden Tag anderthalb Stunden zur Uni fahren müssen.«

»Ach, das war es«, murmelte er. »Du hast dich für die Freiheit entschieden.« Sein Blick ruhte nun auf Paulina. »Und du hast das alles auf dich genommen?«

Paulina nickte. Sie spürte die Anerkennung, die im Raum lag. Aber das machte sie nicht glücklicher. Sie hatte ihr ganzes Leben gelernt, gelernt und noch mehr gelernt. Für einen Freund blieb ihr keine Zeit. Nach dem ersten Staatsexamen leistete sie sich ein winziges Zimmer. Hauptsache endlich weg von den Eltern. Und vor allem nicht mehr die weiten Wege. Aber frei war sie trotzdem nicht. Sie lernte weiter fürs zweite Staatsexamen. Das viel beschriebene Studentenleben, was auch immer das sein sollte, hatte sie nie kennengelernt.

Eine Großkanzlei stellte sie nach ihrem brillanten Abschluss ein. Sie arbeitete achtzig Stunden die Woche, oft sogar noch mehr, bis sie das Gefühl hatte, nicht mehr zu existieren. Irgendwann in dieser Zeit wurde ihre Angst vor Hunden schlimmer. Sie nahm sich einen Therapeuten. Er meinte, sie sei total gestresst und könne negative Erfahrungen nicht mehr verarbeiten. Das wollte sie natürlich nicht hören. Der Mann war ihr unerträglich. Sie schob es auf seine helle, krächzende Stimme. Danach probierte sie es mit Hypnose.

Die Frau, die das machte, war ihr sympathisch. Sie war ruhig und ausgeglichen und ihre Stimme tat ihr gut. Paulina erkannte das Wesen der meisten Menschen an ihren Stimmen. Nach der Hypnose fühlte sie sich besser. Was genau der Grund war, konnte sie nicht sagen, aber danach kündigte sie in der Kanzlei.

Natürlich fand sie sofort eine neue Arbeit. Diesmal eine Versicherung. Vierzig Stunden. Endlich freie Wochenenden. Sicherlich auch mal Überstunden. Aber das sei nicht die Regel, versprach man ihr.

Seither konnte Paulina wieder etwas leichter atmen. Sie war zuversichtlich, die Angst vor großen Hunden in den Griff zu bekommen. Und danach auch ihr Leben.

Welches Leben?

»Respekt«, sagte Liam und riss sie aus den Gedanken. »Jura ist ein harter Studiengang. Das schaffen nur die wenigsten.«

»Ach, nein. Es gibt immer noch genügend Konkurrenz. Und die Professoren tun so, als müssten sie den Nachwuchs nur von den Bäumen schütteln. Rücksicht auf die unerfahrenen Studenten kennen die nicht. Im Gegenteil, wenn sie einen besonders kniffligen Fall haben, kommt das Thema in der nächsten Prüfung dran.«

Floppy machte Anstalten, sich von seinem Platz wegzubewegen. Er richtete sich auf und sein Kopf erschien über der Tischkante.

Paulina zuckte zusammen und wich zurück. »Äh, ich glaub, ich krieg keine Luft mehr«, japste sie.

»Dabei warst du heute früh wirklich tapfer«, sagte Jens und hob aufmunternd das Kinn.

»Welpen sind … auch viel … kleiner.«

»Seit wann hast du Atemnot?«, sagte ihre Schwester und schob die Augenbrauen zusammen.

»Seit … ich mit zwei großen Hunden die Küche teile … ich glaube, ich muss hier raus.«

»Hey, die Küche ist riesig. Die brauchen fünf Minuten, bis sie bei dir sind.«

»Unser Opi Tim bestimmt.« Liam erhob sich. »Ich geh mal mit den Hunden eine Runde. Die müssen eh raus.«

»Danke«, sagte Kimberly.

»Ich komme mit«, sagte Jens.

»Lass mal, du hast jetzt zwei Welpen, um die du dich kümmern musst.« Liam zwinkerte. Offenbar foppte er ihn damit.

Jens nickte und ließ sich auf seinen Platz zurücksinken.

»Du, äh, du hast selbst keine eigenen Hunde?«, fragte Paulina, um irgendwas normal Klingendes zu sagen.

»Nö, bisher nicht. Als Tierarzt habe ich den ganzen Tag damit zu tun. Da hatte ich nicht das Bedürfnis, abends auf dem Sofa noch ein Fell zu kraulen.«

»Du hast noch gar nichts gegessen. Paulina, du musst doch Hunger haben. Und die Hunde sind ja jetzt weg.« Kimberly hielt ihr die Käseplatte mit den Trauben und Oliven hin.

Paulina nahm sich ein Stück Käse, ein paar Trauben und Oliven.

»Danke.«

»Hast du ein Hotel gebucht?«

Sie schüttelte den Kopf und kam sich auf einmal blöd vor. Es wäre besser gewesen, sie hätte sich eine Übernachtung besorgt. Aber ihre Entscheidung war spontan gewesen. Spontan war sie sonst nie. Jetzt wusste sie wieder, warum es besser war, alles genau zu planen.

»Möchtest du bei uns übernachten? Wir haben jede Menge Gästezimmer im Haus.«

Sie zögerte. »Wo schlafen die Hunde?«

»Meistens unten in der Eingangshalle. Wir können sie auch mit in unsere Wohnung nehmen.«

»Ich weiß nicht, ob es eine gute Idee ist, hier zu schlafen. Dann muss ich immer an ihnen vorbei. Was mache ich, wenn Floppy plötzlich vor meiner Zimmertür steht?«

Ihre Schwester seufzte. »Ich kann in den Hotels von Liams Bruder anrufen. Aber ich fürchte, sie sind ausgebucht. Wir haben Hochsaison.«

Kimberly griff zum Handy. Sie telefonierte mit einer Frau, die sie mit Marina ansprach, und mit der sie sich offenbar sehr gut verstand. Ein Stich ging Paulina durchs Herz. Mit ihrer Schwester war sie nie so eng gewesen.

Kimberly legte auf. »Tut mir leid, das letzte Zimmer ging gerade weg. In zwei Tagen wäre wieder etwas frei. Wie lange wolltest du noch bleiben?«

Paulina kam sich auf einmal richtig überflüssig vor. Wie lange sie bleiben wollte, hatte sie sich nicht überlegt. Sie wollte nicht den Eindruck erwecken, sie hätte sich selbst eingeladen. Eine Nacht würde sie hoffentlich überleben, wenn sie sich im Zimmer einschloss. Sie war sich sicher, dass Floppy jede Tür öffnen konnte.

»Ich reise morgen wieder ab«, sagte sie traurig.

»Schade«, sagte Kimberly, klang aber nicht enttäuscht. Ihre kleine Schwester war ihr offenbar egal. Sie merkte nicht einmal, dass Paulina das Gespräch zu ihrer großen, lebenserfahrenen Schwester suchte.

»Sagtest du nicht, du müsstest erst am Montag die neue Stelle antreten«, hakte Jens nach.

Sie nickte mit einem Kloß im Hals und starrte auf das Stück Käse, das vor ihr auf dem Teller lag.

»Ich hätte da vielleicht eine Idee«, sagte er bedächtig und mit dieser angenehmen Stimme, die ein wenig vibrierte wie der tiefe Ton eines Kontrabasses. Endlich konnte sie wieder durchatmen. Merkwürdig, wie er das bloß machte? Es war wohl eine besondere Gabe. Sie war sich ziemlich sicher, dass er alle ängstlichsten Tiere in der Praxis beruhigen konnte.

»Du könntest bei mir im historischen Gebäude wohnen. Da ist jede Menge Platz ... ich bin da Gast solange mein eigenes Haus saniert wird.« Er zwinkerte ihr zu. »Meine Hunde sind noch ganz klein. Und Daisy hattest du ja schon auf dem Arm.«

»Wäre da wirklich noch ein Gästezimmer frei?«

»Mindestens drei. Oder fünf? Ich habe sie nicht gezählt und mir auch nicht angeguckt.«

Kimberly zuckte mit den Schultern. »Ich weiß nur, dass dort auch ein paar Gästezimmer sind. Früher gab es nur diesen Teil des Hofes. Dann kam das weiße Haupthaus hinzu, wieder mit einer Reihe Gästezimmern, alle oben. Und hier unten wurde der Küchenbereich mit den Dienstzimmern in den Anbau gelegt, der historisch aussehen sollte. Also roter Backstein, damit es harmonischer wirkt. Wenn ihr mich fragt, ich hätte gar nicht erst die weiße Villa in die Mitte gesetzt. Aber Weiß galt wohl als besonders schick. Keine Ahnung.«

Sie erhob sich von ihrem Platz. »Paulina, ich würde mich wirklich riesig freuen, wenn du ... bis Sonntag bleibst. Spann mal richtig aus, bevor der neue Job losgeht. Ich suche dir schnell frische Bettwäsche raus. In dem Gebäude ist wirklich genug Platz für Jens und dich und noch ein paar Gäste. «

Paulina nickte erleichtert. Ja, sie wollte lieber bei Jens im Haus schlafen. Die Welpen machten ihr keine Angst. Mit ihren Schlappohren hatten sie eher etwas von einem Hauskaninchen.

»Soll ich dir mit der Bettwäsche helfen?«

»Du holst am besten inzwischen deinen Koffer aus dem Auto und suchst dir schon mal ein Zimmer aus. Ich komme gleich nach.«

»Okay. Gute Idee.« Sie wollte aus dem Landhaus raus sein, bevor Liam mit den zwei großen Hunden zurückkam.

»Na, dann komm am besten gleich mit. Ich muss jetzt eh nach meinen Welpen schauen.«

Paulina folgte Jens. Auf dem Vorplatz blieb er stehen und zeigt zu den Koppeln. »Wir haben einen Esel, Alpakas, ein paar alte Gäule, die hier ihr Gnadenbrot bekommen und drei Reitpferde. Kannst du reiten?«

»Nein. Für so etwas hatte ich nie Zeit. Aber ich kann malen … und Klavier spielen. Dafür hatte ich eigentlich auch keine Zeit. Aber klassische Musik beruhigt mich. Ich weiß, ich bin komisch drauf.«

Deshalb habe ich auch keine Freunde, schob sie in Gedanken hinterher.

»Ich mag auch klassische Musik. Und die Welpen stehen auch drauf. Sie sind sofort eingepennt.«

Sagte er das nur, um sie aufzumuntern? Spürte er, dass es ihr nicht gut ging? Ach, das konnte nicht sein. Er war einfach eine Frohnatur, der immer etwas Nettes sagte, damit sich die Fellnasen und ihre Besitzer bei ihm gut aufgehoben fühlten. Ja, das musste der Grund sein, warum sie sich in seiner Nähe besser fühlte.

Er führte sie in einen langen Gang. »Im ersten Zimmer schlafe ich. In dem Zimmer daneben sieht es chaotisch aus. Da lagert mein gesamter Hausstand.« Nachdenklich rieb er sich die Stirn. »Und ich befürchte, so schnell wird sich daran leider auch nichts ändern.«

»Was ist mit deinem Haus passiert?«

Er lachte dumpf. »Erst war es nur kaltes Wasser, dann ein Rohrbruch, dann veraltete Kabel und Leitungen, Böden, die neu gemacht werden müssen, ein Keller, der abgedichtet werden muss, und … nicht zu vergessen, der Bambus, der sich unters Haus durchgegraben hat. Der muss auch weg.« Er seufzte. »Fürs Haus ist der Denkmalschutz zuständig. Das macht es kompliziert.«

»Verstehe. Wenn ich da mal rechtlich nachhelfen soll, wende dich an mich.«

»Ich will es jeden Tag mindestens einmal abreißen. Einfach sprengen und weg ist es. Aber es geht nicht. Wenigstens darf ich an den Seiten die Fenster vergrößern und hinten anbauen. Dafür habe ich eine Genehmigung bekommen. Nur vorne soll es hübsch historisch bleiben.«

Paulina lachte. »Das wäre auch einfacher möglich gewesen.«

»Du meinst, alles abreißen, neu bauen und vorne eine Fakewand mit Sprossenfenstern hin? Auf jeden Fall wäre das schneller gegangen.«

Er stellte den Koffer ab und öffnete die Tür neben dem Krempelzimmer. »Wäre das okay für dich?«

»Wow, super.« Sie blickte auf ein großzügiges Zimmer mit antiken Möbeln, die bestens gepflegt waren. Unten waren die Wände holzvertäfelt, oben hellblau gestrichen. Das breite Bett war mit hellblauer Bettwäsche bezogen. In einer Ecke gab es sogar einen Kamin. »Geht der noch?«

»Frierst du etwa?«

»Nein, doch nicht im Sommer. Aber im Winter wäre so ein Kamin bestimmt nett.«

»Soweit ich weiß, sind die Teile nur noch optische Blickfänge.« Er trat an den Kamin und betätigte einen Schalter. Ein flackerndes Licht ging darin an.

»Oh, sehr gemütlich. Und … danke auch fürs Tragen meines Gepäcks.«

»Gern geschehen. Dann lass ich dich mal in Ruhe ankommen.« Er zeigte hinter sich. »Ich gehe mit den Welpen eine kleine Runde und bin dann im Clubzimmer. Komm gerne dazu. Magst du ein Gläschen Wein? Dann öffne ich uns eine Flasche.«

»Danke, sehr lieb von dir.«

Er nickte ihr zu und verschwand. Paulina ließ sich aufs Bett fallen und strich über das Kopfkissen. Das Bett schien unbenutzt zu sein. Sie fragte sich, warum Kimberly es neu beziehen wollte. Da ihre Schwester nicht auftauchte, öffnete sie den Koffer. Lohnte es sich, ihn auszuräumen, oder würde sie morgen wieder abreisen? Neugierig drückte sie die Klinke einer weiteren Tür. Sie war nicht verschlossen. Huch, dahinter verbarg sich ein großzügiges Badezimmer mit einer Dusche und einer Badewanne mit Füßen sowie schwarzen und weißen Kacheln auf dem Boden. *Hier könnte man es aushalten.*

Paulina hängte die Kleidung in den Schrank. Sie schaute zum Fenster hinaus auf eine grüne Wiese, die zum Teil von Hecken und Büschen gesäumt war.

Jemand klopfte an die Tür. War Jens schon zurück?

»Ja?«

Ihre Schwester öffnete. Im Arm hielt sie frische Bettwäsche und Handtücher.

»Sorry, es hat eine Weile gedauert, weil ich noch schnell die Küche aufgeräumt habe. Ich dachte, wir machen es uns gleich gemütlich und reden. Oder bist du müde?«

»Natürlich nicht. Nur Kinder gehen um diese Uhrzeit ins Bett.« Sie nahm ihrer Schwester die Wäsche ab und legte sie auf die Kommode.

»Ich glaube nicht, dass wir das Bett neu beziehen müssen.«

»Doch. Es könnte sich Staub gesammelt haben. Die

Zimmer werden nicht mehr benutzt.« Kimberly machte sich sofort an die Arbeit und zog das Bettzeug ab.

»Na dann.« Paulina fügte sich. »Aber es wäre wirklich nicht nötig gewesen.«

Sie half beim Beziehen. Kimberly legte die Handtücher ins Bad und sammelte die unbenutzten, sauber gefalteten Handtücher ein, die im Regal gelegen hatten.

»Jetzt fühle ich mich mies«, murmelte Paulina.

»Wieso das?«

»Ich komme unangemeldet mitten in der Woche bei euch vorbei und mache dir einen Haufen Arbeit.«

»Genau deshalb brauchst du das Verwöhnprogramm von deiner Schwester. Du siehst gestresst aus. Wirklich. Entspann mal und überlass mir die Arbeit.«

Jetzt fühlte Paulina sich noch schlechter. Kimberly wusste ja schon immer genau, was sie wollte und hatte ihr Ding durchgezogen. Sie war einfach ausgezogen und hatte sich nicht mehr blicken lassen. Hatte sich über ihre kleine Schwester lustig gemacht. »Na, hockst du immer noch bei Mama und Papa?« Und dann hatte sie sich aufs Zimmer verdrückt und stundenlang mit ihrem Chef telefoniert. »Die heiraten mal«, hatte Mama gesagt.

»Und warum bringt sie ihn nie mit?«, hatte sie gefragt.

»Schätzchen, hier ist es viel zu beengt. Das sind andere Verhältnisse. Da ist mehr Geld. Kimberly würde sich wohl schämen. Und außerdem hat der Steffen ja selbst Eltern, die ihn sehen wollen.«

Einmal war er bei ihnen gewesen. Einen Tag vor Weihnachten. Paulina hatte vorlesungsfreie Zeit.

Hinterher hatte sie gesagt, dass sie den Steffen so stocksteif wie die Jurastudenten in ihrem Semester fand. Er passe gar nicht zu ihrer Schwester. Daraufhin war was los gewesen bei ihnen.

Kimberly hatte die Türen geknallt. »Du hast ja keine Ahnung. Du kennst doch nur deine Gesetze und die

Bücher. Bestimmt bist du noch Jungfrau. Die werden üblicherweise von Drachen gefressen.«

Mama hatte interveniert. »Jetzt ist es aber gut. Solange Paulina die Füße unter unseren Tisch stellt, schleppt sie keinen Kerl nach Hause. Wo soll der schlafen? Sie muss erst ihr Studium beenden, bevor sie ans Heiraten denken kann.«

»Mama, wer denkt denn gleich ans Heiraten«, hatte Kimberly gekontert.

Paulina hatte sich aufs Zimmer verzogen und in die Bücher vergraben. Weihnachten war für sie gelaufen gewesen.

Und nun war es aus mit Kimberly und ihrem Chef und ganz plötzlich war sie verlobt und wollte heiraten. Den Mann musste Paulina sich doch genauer anschauen. Der erste Eindruck war okay, zumindest optisch. Leider besaß er zwei große Hunde. Das war einfach furchtbar. Damit war er eine noch schlimmere Wahl als der stocksteife ehemalige Chef. Auf einen Besuch bei ihrer Schwester musste sie dann wohl in Zukunft verzichten. Aber das machte eigentlich auch nichts. Sie hatten einander nie besucht. Das hier war das erste Mal. Und es war völlig daneben gelaufen. Was hatte sie sich bloß davon erhofft?

»So, fertig. Alles wieder frisch«, sagte Kimberly und nahm auch die abgezogene Bettwäsche in den Arm. »Komm mit zu uns und wir machen es uns gemütlich.«

»Äh, zu euren großen Hunden? Lieber nicht. Außerdem habe ich schon eine Einladung von Jens. Er wollte einen Wein aufmachen.«

»Oha, meine kleine Schwester ist kaum da und flirtet schon mit unserem Tierarzt.«

Paulina schob die Unterlippe vor. »Kaum sehen wir uns wieder und du machst dich lustig über mich.«

»Hey, entschuldige. So war das nicht gemeint. Nein,

ehrlich. Ich würde mich ja freuen, wenn du endlich auch mal einen Freund hättest.«

»Wer sagt denn, dass ich keinen habe?«

Ihre Schwester riss die Augen auf. »Hast du einen?«

Nein, natürlich nicht, dachte Paulina stumm. *Wie sollte ich denn – bei einer Achtzig-Stundenwoche.*

»Vielleicht habe ich einen«, antwortete sie stattdessen und hob das Kinn.

»Aber bei euch kriselt es doch?«, hakte Kimberly nach. »Du wirkst irgendwie nicht glücklich. Ich habe kein Strahlen in deinen Augen gesehen. Glaub mir, mit sowas kenne ich mich inzwischen aus. Wenn nicht das ganze Herz funkelt, ist er nicht der Richtige.«

»Und bei dir ist es endlich die ganz große Liebe?«, fragte sie vorsichtig.

»Oh ja, du glaubst gar nicht, wie sehr man sich verlieben kann. Wenn es eines Tages bei dir passiert, wirst du mich verstehen. Ich habe es vorher auch nicht gewusst. Als Schwester gebe ich dir einen guten Rat: Warte auf diesen einen Mann!«

Paulina nickte stumm. Schon wieder bekam sie Ratschläge von ihrer älteren Schwester. *Der eine Mann,* auf *den* wartete sie schon ihr ganzes Leben. Aber Tatsache war, diesen besonderen Mann gab es nicht. Nicht für sie.

»Kommst du nun mit rüber? Mir werden langsam die Arme lang mit der Wäsche.« Während ihre Schwester sprach, ging sie bereits den Gang entlang zur Haustür. Paulina folgte ihr.

»Äh, nein. Ich sagte doch. Jens hat mich auf ein Glas Wein eingeladen.«

Um die Mundwinkel ihrer Schwester spielte Spott. »Bestimmt nicht auf ein Date zu zweit. Jens ist einfach nur nett. Das ist er immer und zu jedem. Also dann kommen wir nachher einfach zu euch.«

»Du kennst ihn sicherlich besser. Also bis dann«, erwiderte sie lasch.

Die Haustür ging auf und Jens kam herein. »So, beide Welpen waren brav.« Daisy spazierte forsch vorweg. Freudig mit dem Schwanz wedelnd kam die Kleine auf sie zu. Das Brüderchen hielt er im Arm.

»Jens, Paulina will nicht zu uns rüber, wegen der großen Hunde.«

Er nickte. »Das dachte ich mir.«

»Wir kommen dann gleich zu dir rüber. Sollen wir noch einen Wein mitbringen?«

»Nicht nötig. Ich habe alles da.«

»Also, dann bis gleich. Ich muss die Wäsche loswerden.« Jens hielt ihr mit der freien Hand die Tür auf und Kimberly eilte hinaus. Er streichelte nachdenklich über den Kopf des Rüden. »Die Sachen hätten wir auch hier waschen können. Im Hauswirtschaftsraum steht doch eine Waschmaschine.«

Paulina bückte sich und nahm Daisy auf den Arm. »Meine Schwester will dir wohl keine unnötige Arbeit machen.«

»Ihr macht mir keine Arbeit. Mein Haus macht mir Arbeit.«

»Tut mir echt leid für dich.«

»Darf ich den Kleinen auf den Boden setzen? Oder wird dir das zu viel?«

»Mach nur. Ich glaube, Daisy ist sowieso die Forsche von den beiden. Hast du gesehen, wie sie auf meinen Arm gehüpft ist?«

»Sie hat dich wiedererkannt.«

Paulina setzte Daisy ab. »Lauf zu deinem Geschwisterchen. Ohne Mama braucht ihr euch.«

Der andere Hund schnüffelte an der Matte, dann an den Schuhen und watschelte an seiner Schwester vorbei. »Na toller Zusammenhalt.«

Jens lachte. »Ich glaube, der Kleine ist noch knatschig, weil seine Schwester heute früh ohne ihn davongelaufen ist.«

»Hat er noch keinen Namen?«

»Nein, ich dachte, das überlasse ich dir. Du hast ja auch einen tollen Namen für Daisy gefunden.«

»Oh, sehr nett.« Sie beäugte die beiden Fellknäuel. »Er ist kleiner als sie und ein bisschen tollpatschig?«

»Ja, scheint mir auch. So, kommt ihr zwei. Los geht es in die Körbchen.«

Er zeigte zu einer offen stehenden Tür und setzte die Welpen in ihre Bettchen. Darin blieben sie natürlich nicht, sondern krabbelten munter wieder hinaus und erkundeten den Raum.

»Das ist das ehemalige Clubzimmer. Deshalb stehen hier die schweren und gediegenen Ledermöbel und die antiken Schränke. So langsam gewöhne ich mich daran und finde es irgendwie auch gemütlich.«

Paulina sah sich um. »Der Raum hat was. Vielleicht liegt es daran, dass keine altmodischen Bilder an den Wänden hängen. Das wäre dann wirklich etwas zu viel aus der guten alten Zeit.«

»Ich habe den Wein vorhin schon geöffnet, damit er atmen kann. Setz dich doch!«

Paulina setzte sich aufs Sofa. Sofort kam der kleine Rüde zu ihr hin gewatschelt und versuchte, an ihrem Bein empor zu krabbeln. »Na, wen haben wir denn da.«

Sie hob den Hund hoch und setzte ihn auf den Schoß. Jens schenkte Wein ein und wählte den Platz neben ihr, statt den Sessel. »Wenn es dir zu viel mit dem Hund wird, nehme ich ihn dir ab«, sagte er ruhig und hielt dem Welpen ein Spielzeug hin. Der biss hinein und zerrte daran.

»Hattest du schon immer Angst vor großen Hunden oder ist etwas vorgefallen?«

»Ich kann es nicht so genau sagen. Wir hatten ja nie einen Hund. Aber im letzten Urlaub lief ein freier Hund am Strand direkt auf mich zu. Da habe ich das erste Mal geschrien.«

»Hat er dich angegriffen?«

»Nein ... vielleicht. Ich weiß es nicht. Er ist an mir hochgesprungen. Ich dachte, er will mich beißen. Der Besitzer hat gelacht und gesagt, der will nur spielen.«

Jens nickte ernst. »Leider fällt es den meisten Menschen schwer, sich vorzustellen, dass jemand Angst haben könnte.«

Sie nickte und erinnerte sich an den einzigen Urlaub in ihrem Leben. Fünf Tage Kreta, nach dem zweiten Staatsexamen. Pauschalurlaub mit einer festen Reisegruppe. »Im Urlaub auf Kreta gab es wilde Hunde an einer Müllkippe. Vor denen haben die Einheimischen uns gewarnt. Auf einer Tour mit dem Roller hat uns ein aggressives Rudel verfolgt. Ich hatte panische Angst.«

Jens blickte verständnisvoll. »Das sind verwilderte Haushunde. Ihnen sollte man wirklich aus dem Weg gehen. Je nachdem, wo du bist, kannst du auch richtige Wildhunde antreffen, sogenannte Pariahunde. Bekannt ist zum Beispiel der Dingo in Australien. Dingos sind wild und bleiben es auch. Manchmal mischen sich auch Wildhunde mit Haushunden. Dann gibt es regionale Besonderheiten. Meist bevorzugen sie Bereiche am Rande von Siedlungen, wie zum Beispiel deine Hunde auf Kreta, die bei den Müllkippen leben. Sie sind scheu, weichen der menschlichen Hand aus und verteidigen ihr Futter. Natürlich gibt es auch Spezialisten unter ihnen, die, ebenso wie die verwilderten Haushunde, in den Straßen wohnen. Sie haben das Überleben gelernt, indem sie sich immer wieder neuen Touristen anschließen.«

Schon wieder hatte sie Jens fasziniert zugehört. Er konnte interessant erzählen und sie entspannte, wenn sie seiner melodischen Stimme lauschte. Allmählich vergaß sie sogar, über ihre Angst nachzudenken.

Er griff nach dem Weinglas. »Ich hoffe, er schmeckt dir.«

Sie nahm ihr Glas. »Prost … und danke, dass du mich bei dir aufgenommen hast.«

»Keine Ursache.«

»Dann hattest du also schon zwei unangenehme Begegnungen mit Hunden. Manchmal reicht das schon aus, um beim nächsten Kontakt überzureagieren.«

»Ich war bei einem Therapeuten. Der hat gesagt, ich hätte zu viel Stress. Daran würde es liegen. Ich habe mich schuldig gefühlt und bin nicht mehr hin. Dann war ich bei einer Frau. Sie hat mich hypnotisiert. Fast habe ich schon daran geglaubt, dass die Angst weg ist. Die kleinen Welpen machen mir nichts aus. Aber nebenan der Riesenhund …«

»Das war natürlich ein Schritt zu viel«, sagte er sanft. »Hätten wir etwas von deinem Problem geahnt, dann wäre der Erstkontakt sicherlich anders verlaufen. Wenn du magst, probieren wir es in den nächsten Tagen noch einmal mit gebührendem Abstand.«

»Ich weiß nicht. Kimberly hat über mich gelacht. Ich denke, ich reise morgen wieder ab.«

»Das wäre sehr schade. Ich glaube, deine Schwester hat sich sehr über deinen Besuch gefreut. Und hier kannst du dich wirklich gut erholen.«

Sie blickte ihm zweifelnd in die blauen Augen. *Schade, dass du hier wohnst und nicht in Hamburg. Vielleicht würde ich mir einen Hamster zulegen und dich regelmäßig in der Praxis besuchen.*

Hastig schob sie den Gedanken beiseite. Sie vertrug wohl keinen Wein.

4

JENS

Das Chaos hatte sich mal wieder an seine Fersen geheftet. Als würde die Dauerbaustelle nicht genügen, hatte ihm das Schicksal zwei Welpen ins Haus gefegt. Okay, noch dazu eine attraktive Frau. Allerdings mit Angst vor großen Hunden. Dabei wollte er so gerne einmal ausspannen und die Füße hochlegen. Zugegeben, verlieben wollte er sich auch. Schon viel zu lange war er allein.

Aber er war ein Pechvogel. Frauen schlossen Freundschaft mit ihm und verliebten sich dann in einen anderen. Er war und blieb der nette Kumpel. Der, dem man sein Herz ausschüttete – und das war es. Vielleicht müsste er forscher an die Sache rangehen, aber das war nicht seine Art.

Bei Paulina würde er garantiert nichts versuchen. Die kam nicht in Frage. Was sollte ein Tierarzt mit einer Frau anfangen, die Angst vor Hunden hatte? Abgesehen davon war sie Kimberlys Schwester. Und außerdem reiste sie am Sonntag wieder ab.

Zugegeben, sie gefiel ihm. Sie wirkte scheu auf ihn, zumindest wenn es ums Flirten ging. Als Liam und

Kimberly sich über sie amüsiert hatten, weil sie auf seinen Arm geflüchtet war, hatte er ihre Röte im Gesicht bemerkt. Ihm hatte sie leidgetan. Denn er fand ihren Rettungssprung auf seinen Arm gar nicht komisch. Sie war leicht wie eine Feder gewesen. Und ab dem Moment mochte er sie einfach.

Kimberly und Liam saßen ihm gegenüber in den Clubsesseln. Munter erzählten sie Anekdoten über die Hochzeit von Liams Bruder Lorenz und Kimberlys Schulfreundin Marina.

Jens erhob sich von seinem Platz. »Bleibt sitzen! Zwei Stunden sind rum. Ich muss kurz mit den Welpen vor die Tür.«

Mit geübtem Griff legte er ihnen das Geschirr an und wollte zur Tür hinaus, als Liam ihn ansprach. »Warum nimmst du nicht den Weg durch die Veranda in den hinteren Garten?«

»Weil ich keinen Schlüssel für die Tür habe.«

»Huch, doch. Dein Haustürschlüssel müsste passen.«

»Oh, das wusste ich nicht.«

Liam lachte. »Du bist halt kein Raucher. Als das noch ein Clubzimmer war, sind die Gäste zum Rauchen auf die Veranda gegangen.«

»Dann teste ich mal, ob der Schlüssel passt. Das würde mir einiges erleichtern.«

Jens ging in den Flur, nahm den Schlüssel vom Schrank. Daisy war ihm bereits gefolgt und schleifte die rosafarbene Leine hinterher. »Du bist wirklich schnell auf deinen kurzen Beinen.«

Er nahm sie hoch und trug sie zurück in den Clubraum. Der Schlüssel passte.

Paulina kam zu ihm. »Hey, ich passe auf Daisy auf. Dann braucht sie die Leine nicht.«

»Danke, gute Idee. Und ich nehm den Bruder.«

Sie bückte sich und knipste die Leine wieder ab. Die Hunde schnüffelten auf der Wiese.

»Was für ein herrlicher Sternenabend«, sagte sie. »Eigentlich viel zu schade, um drinnen zu sitzen.«

»Ich brauche einen Laufstall für die Kleinen. Morgen kümmere ich mich darum.«

»Und vielleicht eine kleine Gittertür für die Veranda, damit sie nicht die Treppe runterkönnen.«

»Ja, das wäre gut.« Er seufzte. »Dann muss ich wohl morgen zum Baumarkt.«

»Das könnte ich für dich übernehmen. Ich habe Zeit. Und ich weiß ja jetzt, was du brauchst.«

»Wirklich?«

»Klaro. Ihr müsst ja alle arbeiten. An den Strand komme ich noch früh genug.«

Er lächelte und bückte sich nach dem namenlosen Hund. »Danke, Paulina. Im Moment fühle ich mich etwas überlastet. Zumal die Kleinen auch nachts raus müssen. Es ist fast so, als hätte man plötzlich zwei Babys.«

»Möchtest du mal Kinder?«

Sie stand wieder nah bei ihm. Aus dem Augenwinkel sah er, dass Daisy ihr hinterherkam.

»Die Frage stellt sich mir nicht. Ich habe keine Partnerin und außerdem jede Menge Chaos mit meinem Haus.«

»Das war nicht meine Frage. Ich wollte einfach nur wissen, ob du Kinder haben möchtest. Egal, welche Umstände gerade herrschen.«

Er blickte sie überrascht an. »Ja. Ich glaube schon. Und du?«

Sie lachte und fasste sich an die Wangen. »Das stand nie auf meiner Agenda. Aber seit Kurzem stelle ich mir komischerweise solche Fragen. Deshalb habe ich dich gefragt. Entschuldige, wenn ich dir damit zu nahe getreten bin.«

Er schmunzelte. »Das war nicht meine Frage. Möchtest du Kinder haben?«

Sie nickte langsam. »Okay, es wäre nicht fair, sich rauszureden. Wenn ich so darüber nachdenke. Ich glaube ja, ich hätte gerne eine Familie, ein Haus, Kinder und kleine Welpen.«

»Oh, das ist eine ganze Menge auf einmal.«

»Findest du? Ich wollte bisher immer ganz andere Dinge.«

»Welche zum Beispiel?«

»Die nächste Klausur bestehen, die nächste und die übernächste … Das erste Staatsexamen, dann das zweite. Glänzen im Job.« Sie senkte die Stimme. »Es meinen Eltern recht machen, die nie an mich geglaubt haben. Und Kimberly zeigen, was die kleine Schwester draufhat.«

»Das ist auch ganz schön viel«, sagte er leise. Warum schüttete sie ihm ihr Herz aus? Nun, er hatte sie gefragt. Und außerdem war er schon immer der Freund, mit dem die Frauen redeten. Bis dann einer kam, der mit den Frauen flirtete. So war es bisher gewesen und so würde es wohl bleiben.

Er schluckte. »Dann hoffe ich für dich, dass du mit deiner neuen Stelle Zeit hast, deine Wünsche zu verfolgen. Als Anfang könntest du gerne einen oder zwei Welpen mitnehmen.«

Sie lachte über seinen Scherz. »Ich fange doch lieber mit dem Mann an.«

»Guter Plan«, sagte er.

»Hey, so war das nicht gemeint.«

»Weiß ich doch.« Natürlich war er nicht gemeint, dachte er zerknirscht. »Ich habe ja auch kein Haus, sondern nur eine Ruine.«

Sie zeigte zum Boden und kiekste erfreut. »Daisy hat ein Häufchen gemacht.«

Er seufzte und zog die Hundebeutel aus seiner Hosentasche. »Ihr Brüderchen auch. Das Aufsammeln wird jetzt mein Los für die nächsten Tage, wenn ich nicht durch Häufchen latschen will. So, wir können wieder rein.«

Zwei Stunden später erhob er sich erneut vom Sofa. »Die Hunde müssen noch mal raus.« Kimberly und Liam sprangen ebenfalls von ihren Plätzen auf.

»Es ist schon nach zwölf«, sagte Liam. »Wir müssen dringend ins Bett. Jens, wir wünschen dir eine ruhige Nacht.«

Sah er da die Mundwinkel seines Gegenübers zucken? Na klar, sein Freund amüsierte sich über ihn. Jens öffnete die Tür zur Veranda und ließ die Hunde ohne Leine und Geschirr in den Garten. Paulina folgte ihm und behielt Daisy im Auge.

»Geht das jetzt die ganze Nacht durch? Alle zwei Stunden?«

»Nein, ich denke, sie schlafen jetzt drei Stunden.«

»Okay, dann übernehme ich die Runde um drei und du bist um sechs dran.«

Überrascht hob er eine Augenbraue. »Warum?« *Bist du so nett,* fügte er in Gedanken hinzu.

Sie zuckte mit den Schultern. »Du musst morgen arbeiten, nicht wahr. Ich weiß, wie es schmerzt, wenn man die Nacht durchgemacht hat. Hab' solche Lernphasen hinter mir. Man hält es aus, aber es tut bis in die Knochen weh. Ich denke, das hier ist ähnlich. Also schlaf sechs Stunden. Du brauchst es.«

»Danke.«

Sein Handywecker klingelte. Er fragte sich, warum es ihm so früh vorkam. Dann fiel ihm ein, dass es tatsächlich erst kurz nach dem Morgengrauen war. Er musste mit den Hunden raus.

Barfuß und nur mit Schlafanzughose lief er ins Zimmer zu den Welpen. Keine Sekunde zu früh. Daisy kam ihm entgegengelaufen. Ihr Brüderchen gähnte in seinem Körbchen.

»Raus mit euch, ihr Racker!« Er legte Daisy ans Geschirr, denn auf die Kleine musste er aufpassen, so unternehmungslustig, wie sie war. Dann öffnete er die Tür zur Veranda.

Die aufsteigende Morgensonne zeichnete lange Schatten und goldenes Licht auf die Wiese. Tau benetzte die Blüten und Gräser. Die Hunde tollten und rauften spielerisch miteinander. Daisy hatte genug. Neugierig wie sie war, lief sie zu den Büschen, soweit die Leine das zuließ, und untersuchte den Rand der Wiese.

»Hey, du sollst dein Geschäft machen«, rief er und lief ihr über der feuchten Wiese hinterher. Er sollte für sie eine längere Schleppleine besorgen. Dann könnte er auf den Holzdielen der Veranda stehenbleiben. Und einen Kaffee brauchte er jetzt auch.

Als er sich umdrehte, stand Paulina oben. Sie trug ein weißes Trägerhemd und kurze Pyjamashorts. Allein der Anblick hätte ihm als Freude gereicht. Doch noch mehr schielte er auf die dampfenden Kaffeetassen, die sie in den Händen hielt.

»Kannst du hellsehen?«, rief er ihr zu.

Sie stellte die Tassen aufs Holzgeländer und streckte sich. »Nö, aber ich habe komischerweise schon ausgeschlafen.«

Er sammelte von den Hunden die Häufchen in die Beutel und kam zurück.

»Du kannst gar nicht ausgeschlafen haben«, sagte er.

»Doch, doch. Ich habe jahrelang wenig Schlaf trainiert.«

»Das Bedürfnis kann man nicht wegtrainieren. Man gewöhnt sich vielleicht daran. Aber gesund ist es nicht.«

»Ich habe in der Großkanzlei bis zu achtzig Stunden die Woche gearbeitet. Von morgens um sieben bis nachts um elf. Gegessen wurde nebenbei. Morgens und abends hatte ich eine Stunde zum Duschen und für den Fahrtweg. Mir blieben sechs Stunden zum Schlafen … und meistens waren es weniger.«

Er schüttelte den Kopf. »Ihr Juristen seid doch verrückt.«

»Kann sein. Ich habe richtig Kohle gemacht und gedacht, hey wie geil mein Leben ist. Und dann habe ich einfach so gekündigt. Ab Montag arbeite ich nur noch vierzig Stunden. Mal gucken, was ich mit der vielen Freizeit anfange. Ehrlich gesagt, habe ich keinen Plan.«

Schade, dass du wieder abreist, dachte er und griff nach dem Kaffeebecher. »Danke.«

Daisy spielte mit ihrem Brüderchen. Jens stand neben Paulina und schaute den tollenden Hunden zu. »Wir haben noch immer keinen Namen für den Rüden.«

»Sie haben so niedliche Schlappohren. Guck mal, seine sind ganz schwarz. Tauf ihn doch Goofy!«

»Sehr guter Einfall. Wenn ich dich nicht hätte. Kann ich kurz duschen gehen und sie dir überlassen?«

Sie nickte. Er nahm den Kaffee mit. In Eile räumte er die Häufchentüten in die Mülltonne, duschte, schlüpfte in die Jeans, knöpfte eines seiner besten Hemden zu und kämmte das nasse Haar.

»Danke, Paulina. Jetzt nehme ich sie dir wieder ab. Kommt mit ihr zwei. Es gibt Frühstück für euch.«

»Dann gehe ich mal duschen.« Sie war so schnell zurück, dass er es kaum glauben konnte. Er hatte inzwischen den Frühstückstisch gedeckt. Normalerweise frühstückte er drüben mit Liam und Kimberly, damit er nicht allein war. Aber Paulina hatte Angst vor den großen Hunden. Also würde er heute mit ihr hierbleiben.

Sie trug einen dunkelblauen engen Rock, eine weiße

Bluse und ein passendes Jackett. Die Haare waren perfekt in große Wellen frisiert. Die Lippen glänzten roséfarben und die Wimpern waren getuscht. Hübsch sah sie aus – nur nicht im Freizeitlook.

»Gehst du so ins Büro?«

»Ja klar.«

»Aber du hast Urlaub.«

Sie zuckte mit den Schultern. »Ich glaube, ich fühle mich mittlerweile nackig, wenn ich nicht so aussehe.«

Er lachte. »Da weißt du ja, was du mit deiner enorm vielen Freizeit in Zukunft anfangen kannst.«

»Was denn?«

»Shoppen gehen.«

»Ach, ich mach das nicht gerne. Ich habe einen Schneider. Der hat meine Maße. Da lasse ich alles machen. Er schickt mir Stoffproben und ich bestelle telefonisch. Ganz praktisch und zeitsparend.«

»Du erinnerst mich an die Geschichte mit Momo. Zeit sparen, um mehr zu arbeiten. Wo liegt da der Sinn?«

Sie zuckte mit den Schultern und setzte sich auf einen Stuhl.

»Ich hole uns schnell frische Brötchen. Hast du irgendwelche Vorlieben oder Wünsche?«

»Nö, ich bin da ganz unkompliziert.«

Auf dem Weg zum Auto rief er Liam an. »Moin, ich hole heute die Brötchen. Aber Paulina frühstückt bei mir, wegen der Hunde.«

»Okay, dann genießt euer ruhiges Frühstück.« Er hörte Liam leise glucksen und wollte etwas erwidern. Doch dann ließ er es.

Beim Bäcker ließ er sich zwei Tüten geben. Er eilte zum Haupthaus und drückte Kimberly eine Tüte in die Hände.

»Wie habt ihr geschlafen?«

Was sollte die Frage denn? »Wir kommen klar«, wich er aus.

Sie nickte und auf ihrer Nasenspitze zeigte sich ein neugieriger Zug. »Sag Paulina, ich mache heute schon mittags Schluss und habe dann Zeit für sie.«

»Mach ich.«

Auf dem Rückweg freute er sich aufs Frühstück mit Paulina. Als er das erste Mal bei Liam Asyl gebraucht hatte, weil sein eigenes Haus nicht bewohnbar war, hatten die Männer selbstverständlich morgens zusammen gefrühstückt. Liam bestand auch weiterhin darauf, als er mit Kimberly zusammenkam. Aber Jens fragte sich schon eine Weile, ob es noch okay für die beiden frisch Verlobten war.

Er stürmte in die Küche. »Frische Brötchen! Marmelade, Eier, Käse und Butter habe ich auch mitgebracht. Der Bäcker hat eine kleine Auswahl. Nur Wurst gibt es bei ihm nicht.«

»Die esse ich auch nicht.«

»Omelett oder Frühstücksei?«

»Da bin ich nicht wählerisch. Ich nehme das, was du willst.«

Er rieb sich die Stirn. Was wollte er? Öfter mit einer Frau wie Paulina frühstücken, schlug ihm sein Unterbewusstsein vor. Er entschloss sich für Rühreier. Da konnten die Hunde die Reste vertilgen.

»Was hast du heute vor?«

»Keine Ahnung. Mit den Hunden spielen?«

»Nee, die nehme ich mit in die Praxis.«

»Dann fahre ich erstmal in den Baumarkt und kaufe einen Laufstall für die Fellnasen ein. So was brauchst du dringend, nicht wahr?«

»Da hast du recht. Vor allem in der Praxis muss ich sie sichern. In die kleinen Hundeboxen kann ich sie nur kurz sperren.«

»Dann komme ich anschließend bei dir vorbei.«

»Das wäre super. Übrigens, deine Schwester macht

heute früher Schluss, soll ich dir ausrichten. Sie nimmt sich den Nachmittag für dich frei.«

»Oh, das ist toll. Äh, dann kann ich frühestens danach zurück nach Hamburg.«

»Willst du wirklich nicht bleiben?« Er merkte, dass ihm die Enttäuschung ins Gesicht geschrieben stand. Vorsichtig lächelte er. »Ich will dich nicht bedrängen.«

Sie errötete. »Und ich will dich nicht nerven«, sagte sie leise.

»Du nervst doch nicht. Ganz im Gegenteil. Ich finde, du bist eine sehr nette Gesellschaft. Und deine Schwester sieht das bestimmt auch so.«

Sie griff sich durchs Haar. Er starrte fasziniert auf ihre blonde Mähne und auf die zarten Hände. Sein Blick blieb an ihren dunkelrot lackierten Fingernägeln hängen. Schminke gehörte wohl zu ihrem Auftreten im Job dazu. Er fand, dass die Nagelfarbe nicht zu ihrem zarten Wesen passte. Aber was wusste er schon über Frauen?

»Wir haben uns etwas aus den Augen verloren. Kimberly ist ja auch schon so früh ausgezogen und ich war das ganze Gegenteil von ihr«, sagte sie und stocherte mit der Gabel im Ei. »Deshalb kann ich nicht einschätzen, ob ich sie gerade mega nerve.«

»Sie freut sich über deinen Besuch. Das hat Kimberly mir eben noch gesagt«, flunkerte er.

»Ja, wirklich?«

Ein Lächeln huschte über ihr Gesicht.

Ich freue mich jedenfalls, dachte er. *Du bist ein Lichtstrahl in meinem trüben, von Chaos geprägten Leben. Keine Ahnung, ob deine Schwester sich auch freut.*

5
PAULINA

Paulina spürte, wenn Menschen flunkerten. Bei Jens war sie sich allerdings nicht sicher. Das verunsicherte sie. Sie hätte mehr auf seine Stimme achten sollen. Aber seine blauen Augen verwirrten sie. Das Blau war so tief und magisch, dass ihr Magen zu kribbeln begann, wann immer sich ihre Blicke trafen.

Sie unterhielten sich über Australien, ein Land, in dem er ein Jahr gearbeitet hatte. Es war ihr Wunschland, das sie unbedingt einmal bereisen wollte. Doch brauchte sie dafür ein paar Wochen Urlaub. Und so viel freie Zeit hatte sie noch nie gehabt. Deshalb war es bislang ein schöner Traum geblieben. Sie hing quasi an seinen Lippen, als er von den Papageien, Kängurus und Koalas erzählte.

Jens lachte. »Kannst du dir das vorstellen? Die Menschen sperren sich selbst in den Nationalparks hinter einem hohen Zaun ein, damit die Kängurus ihnen das Essen nicht vom Tisch klauen. Die Tiere laufen frei herum.« Er richtete sich auf. »So, genug erzählt. Ich muss los.«

Paulina blieb noch einen Moment sitzen und ließ die Landhausküche und den Blick auf den hinteren Teil des

Geländes auf sich wirken. Grüne, saftige Wiesen, ein paar Sträucher, Bäume und Hecken erstreckten sich bis zum Horizont. Vögel zwitscherten, Möwen kreischten, Pferde wieherten. Eine nie gekannte Ruhe erfüllte sie. Da Jens die Hunde mitgenommen hatte, gab es auf einmal nichts mehr, das sie ablenkte. Sie war allein. Ihre Gedanken kreisten darum, was sie sich von der Zukunft erhoffte. Seit der Hypnosebehandlung dachte sie unentwegt über solche Dinge nach. War da etwas falsch gelaufen? Sie sollte doch ihre Angst vor Hunden verlieren und nicht über sich und ihr Leben nachdenken. Paulina goss den restlichen Kaffee in ihre Tasse. Wie schön es wäre, hier zu wohnen, mit einem Mann wie Jens morgens zu frühstücken, spielende Hunde zu Füßen – sie korrigierte sich. *Spielende Welpen!* Komisch. Hundebabys mochte sie. Aber sobald sie erwachsen wurden, bekam sie Angst vor ihnen. Sie seufzte. Ach, könnten sie doch immer so süß und klein bleiben.

Paulina fuhr zum Baumarkt. Dort fand sie weder eine passende Holztür für die Veranda, noch Laufställe für die Hunde. Als Ersatz nahm sie Steckzäune mit, die für Hasen und kleine Hunde gedacht waren. Für draußen war das perfekt. Damit ließ sich ein großes Areal absperren, wo die Hunde tollen konnten.

Sie ließ sich den Weg zur nächsten Zoohandlung zeigen und kaufte dort zwei Pop-up-Laufställe für Welpen. Jeder hatte ein Dach aus feinem Netz, sodass die Hunde nicht herausspringen konnten, wenn sie größer wurden. *Eine Unterkunft für Daisy und eine für Goofy, wenn sie zu viel raufen,* dachte sie schmunzelnd.

Jens hatte die Praxis voll mit Kundschaft. Oh je. Damit hatte sie nicht gerechnet. Skeptisch spähte sie durch die Glastür. Sie sah zwei kleine Hunde, die ihr schätzungsweise bis zum Knie gingen. Weitere Tierbesitzer hatten Boxen vor sich stehen. Vermutlich waren Katzen oder

Hasen darin. Eine Frau hielt einen mit einem Tuch abgedeckten Vogelkäfig auf dem Schoß.

Sollte Paulina einfach an den Hunden vorbeigehen? Sie hatte doch die Hypnose gemacht und war angeblich geheilt. Ihr Herz klopfte. *Okay, sie sind angeleint. Das waren Floppy und Tim gestern nicht gewesen.* Außerdem wollte sie zu Jens. Sie wollte ihn sehen. Seinetwegen klopfte ihr Herz. Nicht wegen der Hunde, sagte sie sich. Er war der erste Mann, der sie neugierig machte. In seiner Nähe fühlte sie sich beschützt und zugleich aufgewühlt. Es waren merkwürdige Gefühle, die sie bisher so nicht kannte.

Neuerlich zwängten sich Gedanken in ihr Bewusstsein, die sie die meiste Zeit ihres Lebens beiseitegeschoben hatte. Doch nun spürte sie, dass sie nicht länger davor weglaufen konnte. Sie wusste selbst nicht, wie das geschehen konnte. Aber sie war mit ihren siebenundzwanzig Jahren noch gänzlich unerfahren in Liebesdingen. Um es auf den Punkt zu bringen, sie wusste zwar über alles Bescheid. Es gab genug Möglichkeiten, sich zu informieren. Und auf einer Studentenparty hatte sie auch schon mal jemanden geküsst. Sie war einfach neugierig gewesen. Aber es fühlte sich nicht besonders spannend an. Eine Zeitlang hatte sie sich gefragt, ob sie vielleicht an Frauen interessiert war. Aber, als sie es ausprobiert hatte, schmeckte der Kuss nach nichts.

Doch plötzlich war alles anders. Etwas in ihr hatte sich verändert. Ihr Magen kribbelte, ihre Gedanken verirrten sich oder setzten ganz aus, die Haut prickelte und das Blut perlte. Konnte sie das länger ignorieren? *Was soll's.* Seufzend gab sie nach. Ja, sie war daran interessiert, herauszufinden, wie es war, Jens zu küssen. *Verdammt,* jetzt hatte sie es zugegeben. Sofort zwängte sich ein weiterer Gedanke in den Vordergrund. *Und was dann? Händchenhalten wie eine Fünfzehnjährige? Das wohl eher nicht, oder?*

Intuitiv trat sie einen Schritt zurück. Die beiden mittelgroßen Hunde im Warteraum waren beunruhigend, aber noch mehr Angst hatte sie vor sich selbst. Sie holte tief Luft. *Ja, dann ist es eben so, Paulina. Du bist noch Jungfrau. Aber willst du das ewig bleiben?*

Beherzt öffnete sie Tür. Sie hielt den Atem an und marschierte mit den Pop-up-Welpenlaufställen unter den Armen durchs Wartezimmer und an den Hunden vorbei. »Hallo!«, sagte sie knapp. Schon war sie an der Assistentin vorbeigelaufen, die hinter dem Tresen stand und sie mit aufgerissenen Augen anschaute. Vor der Tür in den Behandlungsraum stellte sie einen Laufstall ab und klopfte.

»Ja?«, rief Jens von innen. Wahnsinn, was allein seine Stimme in ihr auslöste. Warum hatte sie das gestern nicht bemerkt?

Mit zittrigen Händen öffnete sie die Tür. »Hallo, ich bin es und ich bringe dir die Laufställe.« Ihre Stimme klang auf einmal unsicher und brüchig. So war sie doch sonst nicht.

Jens war nicht allein. Er hatte ein Kaninchen auf der Behandlungsfläche und hielt eine Spritze in der Hand.

»Ach, Paulina. Komm schnell rein, bevor mein kleiner Patient entwischt.« Er nickte ihr kurz zu und richtete sofort den Blick auf den weißen Hasen vor sich auf dem Behandlungstisch.

Immerhin lächelt er. Also freut er sich doch, dich zu sehen. Eine Stimme in ihr nörgelte. *Boa, ist dir nicht aufgefallen, dass er das Tier angelächelt hat und nicht dich?*

Sein Lächeln musste etwas anderes zu bedeuten haben. *Na klar, er freut sich über die Laufställe. Mit dir hat das nichts zu tun.*

Hastig zog sie die Tür hinter sich zu und blieb still stehen.

»So, Frau Jensen, Ihr Liebling ist versorgt. Meine Assistentin kümmert sich um den Rest.«

»Danke schön, Herr Doktor Hasselbach.« Die Frau hob ihren Hasen, *oder war es ein Kaninchen?,* in eine Box und verließ den Raum.

»Was war das eben?«, fragte Pauline. »Ein Hase oder ein Kaninchen?«

»Ein Kaninchen. Grob gesagt, sind die kleiner und haben kurze Ohren.« Er schaute zu ihren großen Taschen. »Was hast du eingekauft?«

»Das sind Pop-ups«, fasste sie sich kurz. »Die bauen sich von allein auf.«

Jens hob eine Augenbraue. »Pop-ups?«

»Äh, keine Internet-Werbung.« Sie spürte, wie ihr die Röte ins Gesicht stieg. »Die Laufställe funktionieren wie die Pop-up-Zelte«, hat mir die Verkäuferin erklärt. »Einfach aus der Tüte holen und sie entfalten sich von allein.«

»Was bekommst du dafür?«

»Das klären wir später. Schau erstmal, ob du damit zufrieden bist. Wenn nicht, bringe ich die Sachen zurück.«

»Nun bin ich aber gespannt.«

Sie blickte sich suchend um sich. »Wo sind denn die Kleinen?«

»Ich habe sie nebenan in den Pausenraum gesperrt, weil sie mir alles durcheinandergewirbelt haben.«

Er öffnete die Tür hinter sich und die Hunde kamen ihr fröhlich entgegengepurzelt. Daisy machte vor Freude Pipi auf den Boden. Er riss die Tür zum hinteren Garten auf und hob sie sofort auf den Rasen. »Da musst du das machen.«

Neugierig folgte Paulina ihm. »Hier ist ja noch ein Garten. Kannst du den nicht einzäunen?«

»Nein, das ist quasi der hintere Eingang für die speziellen Hunde.« Er räusperte sich. »Manche Hunde sind lieber Einzelprinzessin oder König ohne weitere Prinzen in der Nähe.«

Sie runzelte fragend die Stirn. »Ah, verstehe, sie haben voreinander Angst? So wie ich?«

»Manche. Andere haben einfach Freude am Pöbeln. Jedenfalls bekommen sie gesonderte Termine und kommen von dieser Seite rein.«

»Aber das sind keine bissigen Hunde, oder?«

»Du meinst, ob sie mich angreifen wollen?« Er lachte. »Nein, gewiss nicht. Die zittern wie alle Angsthasen und sind froh, wenn sie wieder gehen dürfen. Dann lass uns gleich mal einen Pop-up-Stall ausprobieren.«

Paulina öffnete den Reißverschluss der Tasche und zog den Welpenlaufstall heraus. Wie erwartet, entfaltete er sich. Es war der mit dem rosafarbenen Dach.

»Na, was sagst du?«

»Wunderbar. Ist der zweite auch rosa?«

»Nein, der ist oben grau.«

»Super. Der graue Welpenstall kommt in den Pausenraum und der andere bleibt hier im Behandlungszimmer. Dann kann ich die Racker trennen, wenn sie zu wild sind und schlafen sollen. Außerdem kann ich sie langsam an die Praxis und an die anderen Tiere gewöhnen. Vielleicht sind sie auf diese Weise ganz schnell an neue Besitzer vermittelt. Das funktioniert natürlich nur, wenn sie sichtbar sind.«

Ein Stich ging ihr durchs Herz. Er wollte die goldigen Welpen weggeben? »Willst du die süßen Kleinen nicht behalten?«

Jens schüttelte den Kopf. »Das ist wirklich ein herzallerliebster Mix aus einem Beagle und einem Cockerspaniel. Die bin ich schnell wieder los.«

Er bemerkte offenbar ihren traurigen Blick. »Nun, vielleicht behalte ich ja auch einen.«

Sie durchschaute, wenn jemand etwas sagte, ohne es zu meinen. »Du musst mich nicht trösten. Ich bin eine erwachsene Frau und kein kleines Kind, das sofort anfängt zu plärren«, sagte sie gekränkt.

Jetzt hatte sie ihn verunsichert. Er blinzelte überrascht. »Äh, wirklich. Wenn sich einer von den beiden gut in meiner Praxis einfügt, behalte ich ihn *vielleicht.* Aber bestimmt nicht beide. Das geht nicht. Dazu ist hier zu viel los. Ein entspannter Hund kann natürlich auch andere Fellnasen beruhigen.« Er zögerte. »Und natürlich muss er lernen, nebenan zu warten, wenn Katzen im Zimmer sind.«

»Oder, wenn spezielle Hunde kommen«, sagte sie versöhnlich.

»Genau. Die mit dem besonderen Verhalten.«

»Dann will ich dich nicht länger aufhalten. Deine Praxis ist voll.«

Paulina fuhr zurück zum Hof. Sie schleppte den Steckzaun ins Haus und trug ihn nach hinten zur Veranda. Dort baute sie um die Holztreppe herum einen perfekten Kreis aus den einzelnen Elementen. Jetzt konnten die Welpen von der Veranda direkt in den Garten, ohne wegzulaufen. Hinten baute sie das Element mit der Tür ein. Obwohl ein sportlicher Mensch auch über den Zaun springen konnte. Perfekt! Jetzt fehlte nur noch ihre Schwester. Welche Uhrzeit hatte sie wohl gemeint, als sie den Nachmittag freinehmen wollte?

Ihr Handy bimmelte. Sie schaute aufs Display. Huch, Jens. War ein Laufstall schon kaputt, oder was wollte er?

»Hallo.«

»Hier ist Jens«, sagte er und klang atemlos. »Ich habe gleich eine Stunde Mittagspause. Es gibt die Straße runter einen netten Italiener. Was hältst du davon, wenn wir dort etwas essen? Ich würde dich gerne als Dankeschön einladen.«

»Super Idee. Ich komme gerade um vor Langeweile«, sprudelte es aus ihr heraus. »In fünf Minuten bin ich da.«

Er lachte. »Dann kennst du eine Abkürzung, die ich noch nicht gefunden habe. Also, bis in zehn Minuten. Einen Patienten habe ich noch.«

»Bis gleich.« *Lieber Jens,* schickte sie in Gedanken hinterher.

Schon lange hatte sie nicht mehr für jemanden geschwärmt. Am Anfang ihres Studiums war da ein Junge gewesen, der sie interessiert hätte. Aber schon bald sah sie ihn mit einem Mädchen Hand in Hand über den Campus gehen. Sie verlor ihn aus den Augen. Außerdem hatte sie für solche Ablenkungen sowieso keine Zeit gehabt. Wann hätte sie in ihrem durchgetakteten Leben noch einen Jungen dazwischen quetschen sollen?, fragte sie sich lachend.

Sie parkte vor der Praxis. Im selben Moment kam Jens heraus. »Na, das nenne ich Timing.«

»Wo hast du die Hunde gelassen?«

»In den Laufställen.«

»Können wir sie nicht mitnehmen?«

»Ich denke, das wäre kein Problem. Wir setzen uns in den Garten.«

»Dann nimmt jeder einen«, schlug sie vor.

Jens machte kehrt und sie folgte ihm. Er leinte die Hunde ans Geschirr. »Welchen willst du? Daisy oder Goofy?«

»Ich nehme Daisy.«

Die Welpen schnupperten aufgeregt hier und da, wedelten mit den Schwänzen, begrüßten jeden Fußgänger und hatten wenig Lust, die Richtung zum Italiener zu nehmen.

»Schluss jetzt!«, sagte Jens energisch und hob Goofy

hoch. »Dein Herrchen braucht etwas zwischen die Kiemen, sonst werde ich zum Werwolf und das willst du nicht erleben.«

Paulina lachte und hob Daisy hoch. Sie liefen über die Straße und fanden ein Plätzchen im Restaurantgarten. Der Kellner stellte den Hunden eine Schüssel mit Wasser hin. Sie bestellten zweimal die Pizza Margarita und dazu eine Coke für sie und ein Wasser für ihn.

»Stell dir vor, ich habe den Welpenzaun schon aufgebaut«, erzählte sie freudig. »Ein Türchen für die Veranda habe ich nicht gefunden. Ich war mir unsicher, was am besten passt. Aber ich habe den Zaun einfach drumherum gesteckt. Jetzt können sie die Treppe runterlaufen und sind sofort im Auslauf gefangen.«

»Hm, soweit ich mich erinnere, hat die Holztreppe Lücken zwischen den Stufen und am Geländer. Meinst du nicht, sie würden uns dort entwischen?«

»Das haben sie gestern doch auch nicht getan?«

Er lachte. »Gestern war gestern. Heute ist heute. Sie lernen jeden Tag dazu. Und ich wette, Daisy findet die Schlupflöcher zuerst.«

»Und nun?«

Er zuckte mit den Schultern. »Grundsätzlich finde ich deine Idee super. Wir müssen sie nur verbessern. Ich glaube, Liam hat irgendwo im Stall noch Maschendraht liegen. Den nagle ich am Holz fest.«

»Klasse Idee. Soll ich Nägel einkaufen?«

»Nein, davon haben wir sicherlich genügend.«

»Aber darf ich dir helfen, wenn du es machst?«

Er blickte sie überrascht an. Dann lächelte er kaum merklich und sah ihr plötzlich etwas länger in die Augen. »Sehr gerne.«

Sie blinzelte. *Er hat gemerkt, dass du ihn magst.* Der Kellner brachte die Pizzen und lenkte hoffentlich von der Röte ab, die sie plötzlich auf ihren Wangen spürte.

Jens erzählte munter aus dem Leben hier im Ort. Sie hörte gebannt zu. Ein Dorfleben und Nachbarn – sowas kannte sie nicht. Besser gesagt, hatte sie dafür keine Zeit.

»Nächstes Wochenende ist hier Straßenfest«, sagte er. »Das ist nett. Die Leute haben Stände vor ihren Häusern. Es gibt selbstgebackenen Kuchen, Waffeln und Gegrilltes. Der ganze Ort veranstaltet einen riesigen Straßenflohmarkt. Jeder breitet auf Tischen und Decken aus, was er nicht mehr braucht oder gebastelt hat. Auch die Kinder machen mit. Die Läden haben geöffnet. Abends gibt es am Kirchplatz Musik. Es wird gefeiert und es ist nett, weil hier jeder jeden kennt.«

»Das klingt wirklich fantastisch.«

»Komm doch vorbei. Von Hamburg ist es nur eine Stunde entfernt.« Seine Augen strahlten. »Du kannst wieder bei mir schlafen. Ähm, ich meine natürlich in Liams Gästehaus … auf demselben Gang … also neben mir … du weißt schon«, verhaspelte er sich plötzlich.

»Ich kann es nicht versprechen«, sagte sie zurückhaltend. »Es ist meine erste Arbeitswoche. Vermutlich gehe ich mit einem Berg an Akten ins Wochenende. Ich muss mich in der Versicherung einarbeiten.« Innerlich schalt sie sich. *So lernst du nie einen Mann kennen.*

Er nickte verstehend. »Natürlich. Das ist wichtiger.«

Merkwürdigerweise dachte sie das Gegenteil, was überhaupt nicht ihrem Wesen entsprach. Was konnte wichtiger sein, als sich am Wochenende mit Freunden zu treffen? Wollte sie nicht weniger arbeiten?

»Mal schauen. Bestimmt herrscht dort nicht der exorbitante Arbeitswahn, den ich in der Großkanzlei hinter mir habe.« Sie seufzte. »Wenn ich nur Arbeit für zwei ganz normale Arbeitstage mit ins Wochenende nehme, habe ich nebenher noch Zeit für ganz viele andere Dinge.«

Er schüttelte den Kopf. »Du bist verrückt. Du kannst nicht doppelt so viele Aktivitäten in einen Tag packen.

Etwas bleibt auf der Strecke. Vermutlich deine Gesundheit.«

Sie schluckte. Krank war sie nicht. Aber ihr Privatleben war verloren gegangen. Sie hatte keine Freunde mehr. Das wollte sie doch ändern. Am besten sofort.

»Vielleicht komme ich doch«, sagte sie leise.

»Ich würde mich sehr freuen.« Er sah sie nicht an. Warum? Weil er nicht daran glaubte, dass er sie so schnell wiedersehen würde? Vermutlich hatte er recht.

Paulina spazierte mit Jens und den Hunden zurück zur Praxis. Er nahm die Leinen und nickte ihr fröhlich zu. »Bis heute Abend. Viel Spaß mit deiner Schwester.«

Auf dem Weg hatte sie einen Klamottenladen mit einfacher Mode entdeckt. Ein Geschäft, wie sie es seit Jahren nicht mehr betreten hatte. Draußen hingen Ständer mit Sommerkleidern. Drinnen gab es Shirts und Freizeithosen in allen Größen und für jedes Alter. Die Kleider waren preiswert und einfach geschnitten. Genau darauf hatte sie jetzt Lust. Sie wollte aussehen wie die anderen Leute hier, nicht wie eine Juristin auf dem Weg zum nächsten Fall.

Hastig zog sie ein geblümtes und ein hellblaues Kleid vom Ständer und ging in den Laden. Sie probierte das geblümte Kleid an. Natürlich saß es nicht exakt auf ihre Figur geschnitten wie ein Businesskostüm. Ein Stoffgürtel diente der Betonung ihrer Taille. Fertig. Sie trat vor die Kabine, drehte sich vorm Spiegel und sah sich mit fremden Augen. War sie das noch?

»Das Kleid steht ihnen aber ausgezeichnet«, sagte die Verkäuferin.

»Finden Sie?«

Paulina schlüpfte in das hellblaue Kleid und trat wieder

vor den Spiegel. Es war ärmellos, hatte einen angesetzten Rock und einen schmalen hellblauen Kunststoffgürtel.

»Das Kleid habe ich auch noch einmal in Weiß«, sagte die Verkäuferin.

Der einfarbige Stoff gefiel ihr besser. Ihre Businesskleidung hatte auch keine Muster. »Das nehme ich«, sagte sie. »Und in Weiß nehme ich es auch.«

»Ich hole es schnell.«

In der Zwischenzeit zog Paulina sich wieder um und trat an den Tresen. Die Verkäuferin kam zurück, verglich die Größen und legte ein drittes Kleid hinzu. »Ich vergaß, das Kleid haben wir auch noch einmal in Dunkelblau. Es ist ganz frische Ware. Gestern erst gekommen. Ich habe jede Größe nur einmal. Wenn es weg ist, kann ich es nicht nachbestellen.«

Paulina nickte. »Ich nehme sie alle drei. Haben Sie auch eine passende Strickjacke in Größe achtunddreißig?«

»Selbstverständlich.«

Als sie auf den Hof fuhr, war Kimberly noch immer nicht da. Paulina ging ins Haus, zog das hellblaue Kleid über und schlüpfte in weiße Sneaker. Schon besser, dachte sie und drehte sich vor dem Spiegel im Flur. Nun sehe ich aus wie eine Urlauberin. Und wenn meine Schwester nicht kommt, dann schaue ich mir mal die Pferde auf der Koppel an.

Sie öffnete die Haustür und trat ins Freie. Kaum war die Tür ins Schloss gefallen, bereute sie es. Denn in diesem Moment kam Floppy um die Ecke geschossen und bellte sie an. Panisch tastete sie hinter sich, fand aber das Schlüsselloch nicht. Sie presste sich an die Wand und kniff die Augen zusammen. Der Hund setzte sich und hechelte.

»Floppy! Zurück!«, rief Kimberly und kam nun ebenfalls ins Sichtfeld.

»Nimm den Hund weg!«, brüllte Paulina und war den Tränen nahe.

»Der tut doch nichts. Floppy, zu mir!«

Das Riesenkalb bellte kurz und sprang auf. Sie schrie. Der Hund schmiss seinen massigen Körper in Bewegung und lief zu ihrer Schwester. Nun stoppte er, drehte wieder um und rannte zurück zu Paulina. Er bellte und wedelte gleichzeitig mit dem Schwanz. Was sollte das bedeuten? Dass er sich freute, sie gleich zu fressen?

Endlich hatte sie die Haustür wieder geöffnet. Sie stürmte in den Flur, aber Floppy kam hinterher, bevor sie die Tür zuschlagen konnte. Also lief sie wieder nach draußen und zog die Tür hastig zu. Von drinnen bellte der Hund.

»Sei nicht albern«, sagte ihre Schwester. »Lass den Hund raus!«

»Nein. Ich sperre mich im Auto ein. Und du holst ihn da raus.«

»Das lasse ich nicht zu, kleine Schwester. Du musst dich deiner Angst stellen. Je schneller, desto besser. Floppy ist eine Seele von einem Hund. Er würde dich niemals beißen. Nicht mal, wenn du ihm aus Versehen aufs Pfötchen trittst oder ihm das Fressen wegnimmst. Niemals. Er liebt Menschen, Hühner, Pferde und sogar Katzen.«

»Wenn er so toll ist, warum hat er dann nicht auf dich gehört und mich angebellt?«

»Er wollte nur auf seine Weise *Hallo* sagen und dich zum Spielen auffordern.«

»Ich glaube dir nicht.«

Kimberly strich ihrer Schwester über den Arm. »Hey, seit wann hast du Angst vor Hunden?«

»Schon immer. Vor allem, wenn sie eine gewisse Größe überschreiten. Welpen sind süß.«

»Du meinst, Jens' Welpen.«

Sie nickte.

Ihre Schwester schaute sie skeptisch an. »Und Jens findest du auch süß?«

Paulina spürte, wie ihr das Blut ins Gesicht schoss. »Wie kommst du denn darauf?«

»Nur so. Du machst ja immer ein Riesengeheimnis um deine Männer. Da habe ich einfach geraten.«

»Welche Männer?«, blaffte Paulina und riss die Augen auf.

»Na ja, du erzählst ja nie was.«

»Du hast doch auch nie etwas über deinen Steffen erzählt.«

»Stimmt. Es lag daran, dass meine Arbeit dich nicht interessiert hätte. Und über mein Sexleben wollte ich nicht plaudern. Schon gar nicht, wenn Mama in der Nähe war.«

Paulina fasste sich an die glühenden Wangen. Für das Sexleben ihrer Schwester hatte sie sich früher nicht interessiert. Aber nun war sie brennend interessiert. Denn von irgendjemandem musste sie doch erfahren, was sie tun konnte, um zu verheimlichen, dass sie noch nie Sex hatte. Wenn sie das einem Mann erzählte, war der vermutlich schneller auf und davon, als sie ihre Cola austrinken konnte.

Drinnen hatte Floppy sich mittlerweile beruhigt.

»Schließ jetzt bitte die Tür auf!«, bat Kimberly. »Ich halte ihn am Halsband fest. Vertrau mir!«

Mit zittrigen Fingern drehte sie den Schlüssel im Schloss. Sie nahm so viel Abstand zur Tür, wie möglich war, fasste nach dem Griff und ließ den Riegel aufspringen.

Kimberly trat an ihr vorbei und packte den Hund am Halsband. »Da bist du ja, du Ausreißer. Lass das nicht Liam hören. Der macht mit dir Extratraining für Gehorsam. So, nun sei lieb zu Paulina. Die hat nämlich Angst.«

Zitternd versteckte Paulina sich hinter der Tür und hielt die Klinke fest. »Geht bitte!«

Kimberly packte die Tür und riss sie von ihr weg, um sie zu schließen. »Stell dich nicht an!«

Energisch zog Paulina die Tür wieder an sich und blieb dahinter.

»Ich hab den Hund am Halsband«, rief ihre Schwester. »Er tut dir nichts. Floppy, sitz!«

Er gehorchte.

Doch Paulina traute dem Frieden nicht. Sie beschloss, hinter der Tür hervorzukommen und sofort ins Haus zu flüchten. Aber sie hatte nicht mit ihrer Schwester gerechnet, die ihr die Tür vor der Nase zudrückte.

»Siehst du, nichts passiert.«

Hilflos stand Paulina vor der verschlossenen Tür und wusste sich nicht mehr zu helfen. Warum machte ihre Schwester das und quälte sie extra? Schon spürte sie, wie ihr Kinn zitterte und ihr die Tränen über die Wangen kullerten. Geweint hatte sie seit Jahren nicht mehr.

»Ich bringe den Hund zurück ins Haus«, sagte Kimberly und zog Floppy mit sich.

Paulina stürmte ins Haus, drehte den Schlüssel im Schloss um und sank hinter der Tür weinend auf den Boden. Sie hatte nun noch mehr Angst vor großen Hunden. Nein, sie konnte nicht länger hierbleiben. Entschlossen eilte sie ins Schlafzimmer und zog schniefend den Koffer unter dem Bett hervor.

An der Tür bimmelte die Glocke. Sturm! Es hörte nicht mehr auf. Zögernd ging sie hin, schloss auf und öffnete einen Spaltbreit.

Kimberly drückte die Tür auf und zog sie in ihre Arme. »Es tut mir unendlich leid, kleine Schwester. Ehrlich. Ich habe nicht geahnt, dass es so schlimm um dich steht. Nein, wirklich. Du bist doch sonst die Coole von uns beiden. Diejenige, die nichts beeindrucken kann und die alles total sachlich angeht.«

Paulina schluchzte jetzt nur noch leise. »Ich … ich weiß auch nicht, was es ist. Ich habe das Gefühl, ich kann dann nicht kontrollieren, was der Hund als Nächstes tut. Und das macht mir Angst.«

»Ah, das ist doch schon mal ein Ansatz. Wir könnten den Kontakt trainieren. Gemeinsam mit Liam. Er hält ihn fest und du kommst langsam näher. Bis das Herzklopfen aufhört.«

»Vielleicht … später. Äh, bei meinem nächsten Besuch.«

»Du willst schon wieder abreisen? Ach nein, doch nicht wegen Floppy. Wir kriegen das hin. Hey, wir sind doch Schwestern. Lass uns jetzt erstmal einen Spaziergang am Strand machen und ein Eis essen. Was hältst du davon?«

»Einverstanden.«

6
JENS

Jens hatte endlich Feierabend. Er freute sich darauf, den Rest des Tages auf der Veranda zu genießen, mit Paulina zu plaudern und den Welpen beim Tollen zuzuschauen. Größer waren seine Wünsche nicht. Abgesehen von der Baustelle. Aber das Chaos dort konnte er eh nicht ändern. Entweder geschah da dieses Jahr noch ein Wunder oder er müsste weiter bei Liam wohnen bleiben.

Mit einem fröhlichen Pfeifen auf den Lippen verließ er die Praxis, kaufte ein paar Lebensmittel und kam dann zurück. Er bedankte sich bei seiner Sprechstundenhilfe Anita fürs Hundesitting, schloss ab und fuhr zurück zum *Nordwindhof.* Niemand war da, abgesehen vom Esel, den Pferden, den Alpakas und den gackernden Hühnern. Normalerweise hätte er nun ein Pferd gesattelt und wäre in die untergehende Sonne geritten. Aber er hatte zwei Welpen, die jetzt auch in der Abendsonne tollen wollten. Jens sah ein, dass er sich fügen musste, und lief mit den Hunden in den hinteren Garten.

Wow! Er riss die Augen auf. Den Auslauf hatte Paulina

wunderbar gemacht. Doch bevor die Barriere ausbruchsicher war, gab es noch etwas zu tun. Er sperrte die Welpen ins Clubzimmer, damit sie nicht unter der Holztreppe und unter der Veranda hindurch davonlaufen konnten. Schlupflöcher gab es aktuell noch genügend.

Mit Maschendraht, Nägeln, einem Hammer und einer Zange beladen kam er zurück. Zuerst schloss er den Bereich um die Treppe herum bis zum Geländer hoch. Es war einfacher, als er vermutet hatte. Er holte Draht und verknüpfte am unteren Ende der Treppe den Maschendraht mit dem Steckzaun. Nun hatte er Ruhe. Je nachdem, wie groß die Hunde würden, könnten sie in ein paar Wochen über den Steckzaun springen. Bis dahin hatten sie hoffentlich neue Besitzer gefunden. Nein, er wollte keinen Welpen behalten. Wozu auch? Er hatte Floppy und Tim. Ja, es waren Liams Hunde. Aber er konnte mit ihnen tollen und spazieren gehen, wann immer er wollte – zumindest mit Floppy. Tim war zu alt für weite Wege.

Er ließ die Welpen ins neue Freigehege und begutachtete die Veranda. Wo blieb Paulina? Schnell fegte er den Staub aus den Ecken, deckte den Tisch mit Brot und den Einkäufen und stellte einen Rotwein dazu. Kaum war er fertig, hörte er die Haustür.

»Hallo? Jens?«

»Draußen!«

Zugegeben, er freute sich, ihre Stimme zu hören. Er freute sich sogar mehr als bei jeder anderen Frau, die er in letzter Zeit getroffen hatte. Sofort nahm er seine Erwartungen zurück. Bei seinem Glück in solchen Dingen war Paulina längst vergeben. Und wenn nicht, lief ihr bald der Richtige über den Weg. So ging es ihm doch immer mit den Frauen. Er versuchte es deshalb gar nicht mehr.

Sie erschien auf der Veranda. »Oh. Du hast dir solche Mühe gegeben.«

»Ach nein«, wehrte er ab. »Es stehen nicht mal Blumen auf dem Tisch.«

»Aber Wein für zwei Personen. Ich hoffe, du hast mich damit gemeint.« Sie fasste sich an die Wangen, die am Nachmittag Sonne getankt und nun eine gesunde Farbe bekommen hatten.

»Ich hoffe, du magst halbtrockenen Rotwein.«

»Ehrlich gesagt, habe ich keine Ahnung von Wein und auch nicht viele Gelegenheiten, so einen … äh, wunderschönen Abend zu genießen.«

»Dann setz dich!«

Sie reckte den Hals nach den Welpen. »Schau mal, wie süß sie spielen. Oh, du hast die Treppe schon abgedichtet?«

»Ich Esel.« Er schlug sich vor die Stirn. »Du wolltest mir doch helfen.«

»Ach, macht nichts. Jetzt können wir entspannt hier sitzen.«

»Hattest du denn einen schönen Nachmittag?«

»Ja, ich war mit meiner Schwester am Strand … und wir hatten tatsächlich mal ein intensiveres Gespräch. Vielleicht sogar das Beste seit Jahren. Liam tut ihr wohl sehr gut. Ich sag dir, sein Vorgänger war eine Schlaftablette. Ich habe ihn ja nur einmal gesehen. Aber der hatte einen Stock verschluckt. Boa, was für eine Knalltüte.«

Jens lachte. »Weiß sie, wie du über ihren Verflossenen denkst?«

»Natürlich habe ich da kein Blatt vor den Mund genommen.«

»Dann seid ihr wohl eng miteinander und tauscht euch über die Männer aus.« Er zwinkerte.

Sie schüttelte den Kopf. »Du liegst falsch. Wir sind gar nicht eng miteinander. Ich dachte … ich könnte das mit meinem Besuch ein wenig zum Positiven wenden. Außerdem war ich neugierig, wen meine Schwester demnächst heiraten wird.«

Er hob das Glas und überlegte, ob ihm ein lockerer Trinkspruch einfiel. Aber in der Zunge hatte er plötzlich einen Knoten und in der Kehle einen Kloß. *Junge, du warst schon origineller.*

Es klingelte an der Tür. »Deine Schwester?«

»Dann hat sie aber schnell gegessen.«

Kimberly kam mit einem Korb auf die Veranda. Liam folgte ihr.

»Wir haben uns überlegt, wir könnten doch zusammen bei euch essen.«

»Gute Idee. Dann hole ich schnell Gläser und Teller.« Er erhob sich.

»Und eure Hunde?«, rief Paulina. Sie lief die Stufen hinab und nahm Daisy auf den Arm, die nach ihr gefiept hatte.

Liam machte eine Handbewegung, als wollte er etwas fortschieben. »Sachte. Wir wollen dich nicht verschrecken. Es muss mal so gehen, bis du deine Angst überwunden hast.«

»Danke, das ist sehr nett von dir, Liam.«

Sie hatten gerade gegessen, als die großen Hunde im Haupthaus Alarm schlugen und bellten. Liam zuckte ratlos mit den Schultern und erhob sich. »Jagen die etwa eine Maus im Hausflur?«

Jens erhob sich ebenfalls. »Das klingt anders. Ich schätze, es ist wieder irgendwer da, der nicht weiß, dass es den Reiterhof nicht mehr gibt. Ich komme mit.«

Damit signalisierte er ihm, dass *er* notfalls den unerwünschten Besucher abwimmeln würde. Für Liam waren mit dem alten Hof schmerzvolle Erinnerungen verbunden. Er war zwar längst geschieden und hatte jetzt Kimberly.

Aber das Drama von damals, als ein Rennpferd verunglückt war, würde ihn auf ewig verfolgen.

Liam nickte ihm knapp zu. Jens verstand auch ohne Worte, dass es »Danke« bedeutete.

Auf der Freifläche am Hofeingang parkte ein grüner Wagen. Ein Mann stand an der Koppel und blickte zu den Pferden. Also stimmte die Vermutung.

»Kann ich Ihnen helfen?«, rief Jens dem Mann zu.

Dieser drehte sich um, hielt die Hände in den Hosentaschen und lächelte freundlich. »Ein schöner Hof ist das hier. Sind Sie der Besitzer?«

»Das bin *ich*«, mischte sich nun Liam ins Gespräch.

»Im Ort erzählt man, das war früher mal ein Reiterhof, der nicht mehr genutzt wird.«

»Wer ist man?«, grummelte Liam. Doch sein Gegenüber ließ sich davon nicht beeindrucken. Er lächelte unbeirrt. Offenbar hatte er ein sonniges Gemüt.

»Ich bin auf der Suche nach so einem Reiterhof.«

»Das ist kein Reiterhof mehr, und dabei bleibt es auch«, entgegnete Liam.

Der Mann nickte betroffen. »Ich habe die tragische Geschichte über das verunglückte Pferd gehört. Das tut mir wirklich sehr leid. Ich kann Ihnen versichern, an einem Rennstall habe ich kein Interesse.«

»Hören Sie, das hier ist nicht zu verpachten. Der Hof wird bewohnt.«

Wieder nickte der Sonnyboy. »Ist das Gehöft nicht ein bisschen groß für zwei Leute?«

»Lassen Sie das mal meine Sorge sein!«

Nun reichte es auch Jens. Er wollte dem ungebetenen Besucher deutlich machen, dass er hier endlich verschwinden sollte. Während Jens sich noch die richtigen Worte überlegte, redete der Fremde unbeirrt weiter. Er lehnte dabei lässig am Zaun. Gerade so, als wähnte er sich bereits als den neuen Eigentümer.

Jens schnaubte leise. In ihm brodelte es, denn sein Gespür sagte ihm, dass der Mann überzeugende Argumente hatte und so schnell nicht von der Bildfläche verschwinden würde. So war es doch immer. Gab es einmal eine Frau, die ihm gefiel, tauchte kurz darauf ein Mann auf, der sie ihm vor der Nase wegschnappte.

»Nun, ich bin auf der Suche nach ein paar Ställen und Weiden. Mein Name ist Henry Weidenfels. Ich habe die Weidenfels-Stiftung für kranke Kinder gegründet. Vielleicht haben Sie davon schon mal gehört.«

Liam nickte. »Ja, die Weidenfels-Kinder. Eine schöne Sache.«

Jens entsann sich. Dafür hatte er auch schon gespendet. Vor allem an Weihnachten. Aber was hatte das alles mit dem Hof zu tun?

Henry Weidenfels nickte. »Danke. Wir geben uns alle Mühe, den Kindern etwas Sonnenschein ins Leben zu bringen. Deshalb haben wir ein paar Ponys. Die Kinder können sie streicheln und die ganz Kleinen dürfen auch darauf reiten. Vielen hilft das sehr, um Krankheiten oder Traumata einmal für eine kurze Zeit zu vergessen. Um unsere Aktivitäten auszuweiten, suchen wir nun eine Möglichkeit, Tiere unterzubringen. Wir benötigen außerdem ein paar Räume vor Ort. Falls das nicht möglich ist, wären wir auch bereit, ein eigenes Haus zu bauen. Mit einem Büro, Kochmöglichkeiten für eine Kindergruppe, Toiletten und Duschen. Der Platz hier wäre ideal. Darf ich Ihnen vielleicht meine Karte und ein paar Unterlagen über die Weidenfels-Kinderstiftung dalassen?«

»Sehr gerne«, sagte Liam. »Ich schau mir das an. Aber versprechen kann ich Ihnen nichts.«

Der Mann lächelte. »Das erwarte ich auch nicht. Sie entschuldigen bitte, dass ich hier einfach ungefragt eingedrungen bin. Dann hoffe ich, ich darf Sie in den nächsten

Tagen anrufen und wir reden mal unverbindlich über mein Konzept und ob sich das hier verwirklichen lässt?«

»Meinetwegen«, sagte Liam freundlich.

Meinetwegen nicht, dachte Jens und sah den Mann finster an. *Wusste ich es doch. Den Schönling sehen wir demnächst häufiger hier, bei meinem Glück mit Frauen ...*

Auf der Bildfläche tauchten nun auch Kimberly und Paulina auf.

»Wer ist das?«, fragte Kimberly ihn leise.

Jens rang um eine Antwort, die neutral oder eher gleichgültig klingen sollte. »Jemand von einer Kinderstiftung«, quetschte er hervor.

Sie kräuselte die Stirn. »Hat er sich verirrt?«

»Nein, er sucht ... einen Platz.«

»Oh, das klingt interessant.« Kimberly eilte zu Liam und ließ sich nun alles noch einmal erklären.

»Ein interessantes Projekt«, sagte Paulina, die ebenfalls näher getreten war. Auch sie lächelte.

Schon klar, dachte er und knirschte mit den Zähnen. *Wenn die Stiftung als Frontmann so einen Charmebolzen vorschickt, dem auf Anhieb alle Herzen zufliegen, da kann ich nur das Nachsehen haben.* Er trat einen Schritt zurück.

Paulina drehte sich zu ihm um. »Passt das nicht ganz wunderbar in das Konzept dieses Hofes?«, flüsterte sie.

Er sah sie verständnislos an. »Welches Konzept?«

»Na, etwas für die alleingelassenen Tiere zu tun. Und nun auch noch für kranke Kinderchen.«

»So weit ist es doch längst noch nicht«, grummelte er. »Ich gehe dann mal zurück ins Haus und schaue nach Daisy und Goofy. Hier werde ich nicht gebraucht.«

»Warte! Ich komme mit.«

Huch, sie wollte auch zurück ins Haus? Er dachte, sie wollte sich den charmanten Sonnyboy etwas genauer anschauen. Bei dem Entzücken in ihrem Gesicht, konnte das doch nur an dem Mann liegen. *Jetzt wirst du ungerecht,* ermahnte er sich. Sie hat dir gesagt, dass sie Kinder haben möchte. Und vermutlich hat sie ein großes Herz. Sonst hätte sie Daisy nicht gerettet.

»Magst du noch Wein?«, fragte er, als sie zurück auf der Terrasse saßen.

»Sehr gerne. Vielen Dank! Aber bitte nicht zu viel. Ich bin den Alkohol nicht gewohnt.«

»So?«

»Ja, ganz wunderbar. Überhaupt ist der Abend gerade zauberhaft. Findest du nicht auch?«

Er nickte beklommen. *Der Abend war noch zauberhafter, als wir hier unsere Ruhe hatten. Wo blieben eigentlich Kimberly und Liam? Schmiedeten die etwa schon konkrete Pläne?*

Ach, was sollte er sich Gedanken machen. Paulina würde eh bald wieder abreisen. Und ob sie sich so schnell wiedersahen, bezweifelte er. Sie würde ihn über ihre neue Arbeitsstelle ganz schnell vergessen. Und wer weiß, da gab es sicherlich auch nette Männer.

Wer nicht um sein Glück kämpft, hat schon verloren, sagte eine Stimme in ihm. *Na los, tu was!*

»Äh, Paulina«, sagte er bedächtig.

»Ja?« Sie sah ihn erwartungsvoll an.

»Nur so ein Gedanke. Ich habe eine kleine … wirklich nur eine kleine Motorjacht im Hafen liegen.« Gerade hatte er noch die Kurve gekommen. Denn er wollte nicht angeben. Frauen mochten das nicht.

»Also, wenn du Lust hast und bis zum Wochenende bleibst, könnten wir damit mal eine Tour entlang der Häfen machen und ich könnte dir die Umgebung vom Wasser aus zeigen.«

»Oh, das klingt ganz wunderbar. Dann können wir gleich testen, ob die Kleinen seetauglich sind.«

Ja, das auch. In Gedanken ging er hastig die Gegebenheiten durch. Konnten die Fellnasen von Bord springen? Sicherheitshalber würde er einen der Welpenlaufställe mitnehmen. Im Stillen schüttelte er über sich den Kopf. Jetzt plante er, was er mit den Hunden machen sollte, statt sich Gedanken über die Frau zu machen. Wie konnte er ihr nur begreiflich machen, dass er nicht bloß ein netter Tierarzt war, sondern auch solo und schon lange auf der Suche nach der richtigen Frau?

7
PAULINA

Paulina hatte unendlich viel Zeit und wusste nicht, was sie damit anfangen sollte. Sie wollte sich um die Welpen kümmern, aber Jens hatte lachend abgelehnt. »Ich nehme sie mit in die Praxis. So bekomme ich sie am einfachsten vermittelt.«

Ein Stich ging ihr durchs Herz bei der Vorstellung, die Kleinen schon bald nie wieder zu sehen. Andererseits würden sie schnell groß werden. Ob sie dann Angst vor ihnen bekäme? Sie verwarf den Gedanken und räumte den Küchentisch ab. Aus Langeweile putzte sie die Küche besonders gründlich. Als sie fertig war und ihr Werk bewunderte, musste sie lachen. *Wirklich Paulina, so weit ist es schon gekommen, dass du dich übers Putzen freust.* Heute trug sie das dunkelblaue Kleid. Sie ging in ihr Zimmer und nahm die gestern gekaufte, weiße Strickjacke aus dem Schrank. Wenn es sonst nichts mehr zu tun gab, dann könnte sie wenigstens an den Strand gehen und in der Sonne lesen.

An der Haustür vernahm sie ein Geräusch. Jemand war im Haus. Sie zuckte zusammen. Ein beängstigender

Gedanke schoss ihr durch den Kopf. *Du bist ganz allein auf dem riesigen Landsitz, es ist kein Mensch da, der dich beschützen könnte, vielleicht solltest du demnächst hinter Jens abschließen.*

»Paulina?«

Das war die Stimme ihrer Schwester. Erleichtert atmete sie tief durch. »Im Zimmer«, rief sie.

Die Tür öffnete sich und ihre Schwester kam herein. Sie lächelte. »Ich kenne dich eigentlich nur im Hosenanzug oder im Kostüm. Aber hey, du solltest wirklich öfter solche Kleider tragen. Das Lässige steht dir.« Sie zwinkerte verschwörerisch. »Ich wette, hinter der Veränderung steckt ein Mann. Ja, ich sehe es dir an der Nasenspitze an. Wer ist es? Kenn ich ihn?«

Paulina spürte die Röte in ihrem Gesicht aufsteigen. Denn natürlich kannte ihre Schwester Jens. »Du kennst keinen einzigen meiner Freunde, woher solltest du ihn kennen?«, flunkerte sie.

»Stimmt.« Ihre Schwester nahm sie in den Arm. »Das sollten wir unbedingt ändern. Ich bin jedenfalls froh, dass du hier bist. Schau mal, mein Leben war bisher auch nicht perfekt. Ich hab gedacht, Steffen sei meine Sonne, um die ich kreise. Aber Pustekuchen. Er war der Misthaufen und ich die Stubenfliege.«

Paulina lachte. »Was willst du mir damit sagen?«

Ihre Schwester setzte sich auf die Bettkante und klopfte neben sich. »Setz dich!«

»Okay. Und nun.«

»Wir sind doch jetzt erwachsen«, begann Kimberly. »Und keine albernen Teenies mehr. Ich finde, es wird an der Zeit, dass wir auch Gespräche auf Augenhöhe führen. Du bist und bleibst zwar meine kleine Schwester, aber nun bist du meine große kleine Schwester. Ich bin mächtig stolz auf dich. Aber ich hoffe, ich darf dir einen Rat mitgeben, ohne dass du die Augen verdrehst.«

»Welchen, da bin ich gespannt?« Paulina fragte sich, was in Kimberly gefahren war. So war sie sonst nie. So ernst und erwachsen.

»Lass mich vorher noch eine Sache loswerden. Es tut mir leid, dass ich dich mit deiner Angst vor großen Hunden nicht ernst genommen habe. Ich habe mich über dich lustig gemacht und dich damit verletzt. Das gehört auch zu dem neuen Verhalten, das wir füreinander aufbringen sollten. Respekt und Zuneigung. Ich hab' dich wirklich lieb, kleine Schwester.«

Paulina traten Tränen in die Augen. Sie hatte keine Freunde, auch wenn sie vor ihrer Schwester immer so tat, als würde sie ein ganz normales Leben führen. Es war nicht so. Für Freunde und Freizeit hatte sie nie Zeit gefunden. Wenn sie nun wenigstens eine Schwester hatte, der sie ab und zu ihr Herz ausschütten könnte, würde es ihr schon viel besser gehen.

Sie umarmte ihre Schwester zurück. »Ich hab' dich doch auch lieb. Und dir längst vergeben.«

»Da bin ich erleichtert. Ich meine das wirklich ernst mit uns beiden. Also deshalb mein Rat für dich, kleine Maus. Lebe mehr! Sei nicht zufrieden damit, nur zu arbeiten. Ehrlich gesagt, war ich geschockt, als ich von Mama gehört habe, wie viele Stunden du in der Woche arbeitest. Ich kann mir kaum vorstellen, dass dein Freund das lange mitmacht.«

»Ich habe keinen Freund«, gab Paulina kleinlaut zu. »Ich habe das nur so gesagt, um … mit dir mithalten zu können.« Sie schniefte.

Ihre Schwester drückte sie. »Das … musst du nicht. Wir stehen doch nicht in einem Wettbewerb. Du wirst schon noch den Richtigen finden. Aber, Maus, wenn es sich nicht wirklich, wirklich total perfekt anfühlt, dann ist er der Falsche. Gib dich nicht mit weniger zufrieden, wenn du alles haben kannst. Nämlich das totale Glück mit dem einen perfekten Mann. Ich schwöre dir, den gibt es auch für dich.«

Paulina gluckste. »Wenn ich wenigstens mal einen einzigen Mann hätte … wäre ich ja schon glücklich.«

Kimberly hob den Zeigefinger. »Nicht irgendeinen. Steffen war eine Notlösung. Ich war blind für die Wahrheit. Hab' die Krümel an Aufmerksamkeit genommen, die er mir hingeworfen hat. Das möchte ich dir ersparen. Such dir einen Mann, der dich auf Händen trägt. Du hast es verdient.«

»Ach, keine Ahnung, was ich verdient habe. Ich bin eine langweilige Anwältin geworden. Ab Montag stecke ich in der Versicherung. Glaubst du, da wird mein Leben plötzlich aufregend und spannend?«

»Aber, das ist doch der Beruf, für den du jahrelang gekämpft und auf alles verzichtet hast.« Ihre Schwester blinzelte irritiert.

»Stimmt schon. Wenn ich ehrlich bin, hat es mir in der Großkanzlei auch wunderbar gefallen. Ich hatte viele spannende Firmenfälle. Allerdings wollte ich nicht mehr so extrem hart und viel arbeiten. Ich hatte das Gefühl, mein Leben rast an mir vorbei.«

Kimberly nickte. »Verstehe. Nun machst du etwas Langweiliges, damit du endlich auch geregelte Freizeit hast. Wie blöd ist das denn? Gibt es keine bessere Lösung?«

»Die gibt es bestimmt. Aber ich musste *sofort* die Reißleine ziehen. Es war ja nicht nur das. Ach, ich weiß es nicht … alles hat mit meiner Angst vor Hunden angefangen. Mein erster Therapeut sagt, ich sei total gestresst und könnte deshalb mit Belastungen nicht mehr umgehen. Das wollte ich natürlich nicht hören. Aber irgendwie habe ich geahnt, dass es stimmen könnte. Dann habe ich bei einer Frau Hypnose gemacht. Und seither mache ich komischerweise ganz viele Dinge anders als vorher. Ich kündige meinen Job. Ich besuche dich und will wissen, wie es dir geht.«

Sie spürte, wie ihre Schwester sie fester an sich drückte.

»Ja, und ich rette einen Welpen. Ich! Die Angst vor Hunden hat. Fast habe ich geglaubt, die Furcht ist nun weg. Und dann, dann …«

Sie schluckte. Das Gespräch heute war noch ehrlicher und intensiver als gestern. Da hatte ihre Schwester viel von sich erzählt. Aber heute ging es um sie. Doch, dass sie drauf und dran war, sich in Jens zu verlieben, wollte sie nicht gleich ausplaudern. Allerdings lag ihr noch etwas anderes auf der Seele. Etwas, über das sie mit jemandem reden musste. Unbedingt.

»Was dann?«, fragte ihre Schwester behutsam.

»Dann will ich genau das, was du mir eben geraten hast. Auf einmal ist da diese Sehnsucht nach … nach einem Mann in meinem Leben.« Sie verstummte und sah ihre Schwester fragend an.

Kimberly riss die Augen auf. »Jetzt sag bloß, du hast noch nie einen festen Freund gehabt?«

Paulina schüttelte den Kopf. »Keinen festen und keinen losen Freund. Nichts.«

»Äh.« Kimberly rückte ein Stück ab und sah sie fragend an. »Hab' ich das jetzt richtig verstanden, du hast … noch nie … also nur mal was für einen Abend?«

»Auch das nicht. Verstehst du?«

Ihre Schwester blinzelte. »Willst du mir gerade sagen, dass du … äh, da ist aber nichts vorgefallen bei dir, oder?«

»Wie meinst du das?«

»Irgendwas, das dir Angst macht?«

»Nein, das nicht. Ich hatte einfach keine Zeit für so was. Eine Zeitlang war ich sogar in einer Social-Media-Gruppe, die sich auf die Fahnen geschrieben hatte, als Jungfrau in die Ehe zu gehen.«

Kimberly lachte und hielt sich die Hand vor den Mund.

»Entschuldige bitte! Ich wollte mich nicht lustig über dich machen. Also Angst vor Männern hast du nicht. Aber … aber du bist noch Jungfrau? Habe ich das richtig verstanden?«

Paulina nickte heftig.

Ihre Schwester atmete tief durch und schwieg.

»Bitte, bitte hilf mir!«, flüsterte sie.

»Wobei denn?« Kimberly blinzelte. »Soll ich dir sagen, wie man sich verliebt? Das passiert einfach.«

»Nein, du sollst mir nur einen Tipp geben, was ich dann machen muss. Ich meine, wenn ich den Richtigen gefunden habe. Sag ich ihm, dass ich noch Jungfrau bin? Dann bin ich doch sofort abgemeldet. Der denkt, mit mir stimmt was nicht.«

»Du machst erst einmal gar nichts. Vor allem grübelst du nicht darüber nach. Gefühle kann man nämlich nicht zerlegen wie ein Gesetzbuch. Da gibt es auch keine Paragrafen, die du abhaken kannst. Verlass dich einfach auf dein Gefühl und mache nur das, womit du dich wirklich wohlfühlst. Also, lass dich zu nichts überreden, was du nicht willst. Und wenn dir irgendwas zu schnell geht, sagst du *Stopp!* Ja, man darf einem Mann auch auf die Finger klopfen, wenn er zu forsch ist. Abgesehen davon wäre er dann wohl eh nicht der Richtige für dich. Such dir einen sensiblen Mann, der zartfühlend mit dir umgeht und auf dich eingeht.«

»Und wie finde ich heraus, ob ich so ein Exemplar vor mir habe?«

»Wenn ich ehrlich bin, ist das der schwierigste Teil überhaupt. Ich war ja auch jahrelang mit so einem Gefühlsklotz zusammen und hab' geglaubt, es müsse so sein. Die Frau passt sich dem Mann an, schweigt zu allem und macht ihm alles recht. Ja, bei unseren Eltern hat das noch so funktioniert. Aber die Zeiten haben sich geändert. Du bist mehr wert, Paulina. Hör auf dein Gefühl. Dann kommt der Rest von ganz allein. Und im Zweifel erzählst du mir alles und ich sag dir, was ich darüber denke. Ja?«

»Das mache ich«, versprach Paulina erleichtert. Denn sie hatte noch so viele Fragen. Wie sollte das erste Mal ablaufen? Was war ihre Aufgabe dabei? Gab es Regeln? Was musste sie tun, damit die Sache nicht in einem Desaster endete. Sie hatte natürlich auch negative Geschichten darüber gehört.

Kimberly drückte ihre Hand. »Du findest den Richtigen. Ich verspreche es dir. Sei einfach Paulina, meine kleine, hochbegabte Schwester mit dem großen Herzen für kleine Welpen. Und das mit den großen Hunden kriegen wir auch noch hin. Sollen wir mal nach Floppy und Tim gucken? Natürlich auf Abstand. Ich nehme sie an die Leine und verspreche dir bei meinem Leben, ich lasse sie nicht zu dir. Und du sagst *Abbruch,* wenn es dir zu viel wird. Na los! Sei mutig!« Ihre Schwester zog sie an der Hand vom Bett hoch.

Paulina überlegte, wie sie davonkommen konnte. »Musst du nicht längst zur Arbeit sein?«

»Nö, ich hab' mir heute frei genommen. Liam sagt, du seist wichtiger. Ich soll was Schönes mit dir unternehmen.«

»Da hast du's. Er hat nicht davon gesprochen, dass du mich mit seinen großen Hunden nerven sollst.« Sie lachte gequält. »Also gut, dann versuche ich mal, den Monstern in meinem Kopf ein Stück näher zu kommen.«

»Und sie zu besiegen.«

»Hast du dafür zufällig einen Tarnanzug in deinem Kleiderschrank? Oder einen Zauberstab, um sie in eine Maus zu verwandeln?«

»Aaachtung, ich mache die Tür jetzt einen Spalt auf. Du bleibst hinter mir.«

Kaum hatte Kimberly die Tür geöffnet, kam Floppy ihr entgegengestürmt. Paulina merkte, wie sie sich anspannte und ihr Herz zu rasen begann. Hastig trat sie einen Schritt zurück.

»Floppy, mach Platz!«, kommandierte ihre Schwester. »Siehst du, er hat sich hingelegt.«

»Ja, ich sehe es. Aber wenn du ihn durchlässt, ist er sofort bei mir.«

»Das lass ich nicht zu.« Kimberly zwängte sich durch die Tür. »Ich gehe jetzt mit Floppy ans Ende der Halle. Und du öffnest die Tür und kommst langsam rein. Versprochen, ich halte ihn am Halsband fest.«

»Ich weiß nicht, ob ich das kann.«

»Du schaffst das.«

Mit zittrigen Knien trat sie an den Eingang und öffnete die Tür. Sie atmete tief durch und sagte sich, im Stillen immer wieder: *Der Hund beißt nicht, der Hund beißt nicht ...*

Nach drei Schritten kam ihr der Gedanke, dass sie aus der Eingangshalle nicht gut fliehen konnte, *falls* ... Sie verbot sich, weiterzudenken. Aber es war längst passiert. Sollte sie jetzt fliehen?

»Das reicht!«, sagte sie mit zittriger Stimme. Wie auf rohen Eiern ging sie rückwärts in Richtung Ausgang und schloss hastig die Tür. Jetzt war ihre Schwester bestimmt sauer, weil sie ihr nicht vertraut hatte. So ein Mist.

Die Tür ging auf und Kimberly kam heraus. »Das war doch schon super.«

»Ja? Findest du?«

»Na klar. Welcher Hund hat dir denn am meisten Angst gemacht?«

Erst jetzt fiel ihr auf, dass sie den anderen kaum wahrgenommen hatte. »Ich habe nur auf Floppy gestarrt. Tim habe ich gar nicht beachtet.«

»Aber du hast ihn gesehen?«

»Natürlich.«

»Hey, dann ist das doch schon ein riesiger Fortschritt. Tim ist sowieso gaaanz ruhig und bewegt sich sehr langsam. Er ist unser Oldi-Opi. Was hältst du davon, wenn ich Tim am Geschirr raushole und wir ein paar Schritte bis zur Koppel gehen.«

Paulina blieb skeptisch. »Wenn er so lieb ist, wie du sagst, warum braucht er dann das Geschirr?«

Ihre Schwester klang plötzlich traurig. »Damit ich ihn besser halten und stützen kann. Er ist manchmal sehr wacklig auf den Beinen.«

»Verstehe. Und er bleibt wirklich bei dir?«

»Ehrenwort.«

»Okay, wir können es probieren. Ich gehe schon mal ein paar Schritt vor, damit ich Abstand habe.«

Tatsächlich hielt sich ihre Schwester an die Vereinbarung – und der Hund auch. Paulina ging in einigem Abstand mit den beiden mit. Sie umrundeten die Koppel ein Stück.

»Wir drehen jetzt um«, sagte Kimberly. »Heute ist es ihm zu warm. Er schafft nicht mehr.«

»Oh, das tut mir leid.« Sie trat langsam näher. Die Logik sagte ihr, dass der Hund kein Interesse daran hatte, Extraschritte zu ihr zu machen. Aber ihr Gefühl blieb trotzdem zwiegespalten. Doch merkte sie, dass sie allmählich ihrer Schwester vertraute. Und das war ihr viel wichtiger als die Furcht vor dem Hund. Es war ein gutes Gefühl, jemanden zu haben, dem sie sich anvertrauen konnte. Jemand, der sie ernst nahm und sich nicht lustig über sie machte.

So jemanden bräuchte sie auch als Freund. Sie seufzte. Es erschien ihr unmöglich, dass irgendwer auf der großen weiten Welt sie so wollte, wie sie war. *Schon gar nicht ein attraktiver Tierarzt wie Jens.* Sie japste und blieb stehen. *Wie konnte ich mir da Chancen ausrechnen? Hey, der hat jeden Tag mit Hunden zu tun. Was will der mit einer Frau, die Angst vor ihnen hat?*

»Ist was?«, unterbrach ihre Schwester ihre Gedanken und schaute sie besorgt an.

»Nein, alles ist gut.«

8

JENS

Im Wartezimmer war seit vierzehn Uhr niemand mehr. Jens schloss die Praxis ab. Notfälle würden bei ihm anrufen. Der Himmel schien unendlich weit zu sein, das Blau war tiefer als sonst, der Wind wärmer und sanfter. Die Möwen klangen zufriedener und die Menschen spazierten mit Eis in der Hand durch die Straßen. Er kaufte fürs Wochenende ein, packte alles in eine Kühltasche und fuhr zum Hafen. Sein Boot schaukelte sanft am Steg.

Wie angenehm es doch war, einmal ohne die Welpen unterwegs zu sein, dachte er schmunzelnd.

Er stellte die Lebensmittel in den Kühlschrank und füllte den Wassertank auf. Was sollte er noch vorbereiten? *Vielleicht bleiben wir über Nacht. Paulina und ich.* Kurzentschlossen nahm er Bettzeug aus dem Schrank und bezog die beiden schmalen Betten neu. Wobei er daran dachte, sie später zusammenzuschieben. Falls der Abend nach seinen Vorstellungen ablief. In seiner Fantasie sah er bereits Paulina vor sich. Er nahm sie in den Arm und seine Finger glitten durch ihre blonden Haare. Fast spürte er, wie sie sich sanft an ihn schmiegte. Und dann? Er würde ihr vorschlagen, über Nacht zu bleiben.

Huch, auf so einem schmalen Bett soll ich schlafen?

Natürlich nicht. Ich kann die Betten zusammenschieben. Dann haben wir es gemütlicher.

Sie würde ihn ansehen mit ihren großen blauen Augen. *Ja, Schatz genau das sollten wir tun. So ist es viel schöner.*

Genau so!, dachte er und lächelte.

Zwei Jahre war es jetzt her, dass er das letzte Mal mit einer Frau geschlafen hatte. Nach einer kurzen Affäre lief sie ihm im Supermarkt mit einem anderen Mann über den Weg. Unverschämterweise tat sie so, als würden sie sich nicht kennen. Die Situation war eindeutig. Sie war mit ihm und einem anderen Mann zweigleisig gefahren. Das war der absolute Tiefpunkt in seinem Leben gewesen.

Dann doch lieber das Nachsehen haben, wenn ein anderer dir die Frau wegschnappt? Zum Beispiel Henry Weidenfels von der Kinderstiftung? Nein, natürlich nicht, gebot er der kritischen Stimme in seinem Kopf Einhalt. *Dann streng dich an!*

Die Vernunft sagte ihm, die Liebe ließ sich nicht erzwingen. Manche Frauen sahen alles ganz locker und wollten nur ein unverbindliches Zusammenfinden im Bett. Manche Männer auch. Aber er war auf der Suche nach der richtigen Frau. Er biss die Zähne zusammen. Sollte er vorher mit Paulina über seine Erwartungen sprechen?

Er kam sich so albern dabei vor. Nein, das sollte er nicht, beschloss er. Sie würde vermutlich die Flucht ergreifen. Er wollte nicht den Eindruck erwecken, ein Klammeraffe zu sein. Aber wann war dann der richtige Zeitpunkt? Hm, hatten sie nicht schon über ein wichtiges Detail gesprochen? *Kinder! Jetzt spinnst du. Das war doch nur unverbindlicher Smalltalk.*

Er schüttelte über sich den Kopf. *Junge, das sind die Hormone und die Triebe. Mehr nicht. Nichts anderes will die Tierwelt. Als Tierarzt müsstest du das doch wissen. Menschen sind auch nur eine weitere biologische Vielfalt auf diesem Planeten. Sie wollen Sex und sich vermehren.*

Er rollte die alte Wäsche zusammen und packte sie ins Auto. Auf der Straßenseite gegenüber fiel ihm ein Blumenladen ins Auge. Er betrat den Laden.

»Hallo, ich benötige einen gemischten Strauß für den Küchentisch. Nein, am besten zwei Sträuße, einen für die Küche und einen für die Veranda. Und dann noch einen kleinen Strauß für ein Boot.«

»Fürs Boot empfehle ich Ihnen ein Gesteck. Da schwappt kein Wasser aus der Vase.«

»Das sieht aber so nach Hochzeit oder Trauerfeier aus. Es muss schon lässig wirken. Unauffällig. Falls Sie verstehen, was ich meine.«

Die Verkäuferin strahlte. »Ein Date?«

Er fasste sich an den Nacken. »Vielleicht.«

»Ah, die Dame hat sich noch nicht entschieden. Aber sie soll einen hübschen Blickfang vorfinden.«

Nein, der Blickfang bin ich, dachte er. »Ja, so in etwa. Haben Sie auch Blumenvasen?«

»Ja, wir haben farbenfrohe Krüge. Die Urlauber kaufen sie gerne als Mitbringsel für ihre Gartenblumen. Sollen wir vielleicht mit der Vase anfangen?«

»Ja, ich brauche drei Stück.«

Die Verkäuferin führte ihn zu einem Regal neben dem Schaufenster. »Auch die Vasen im Fenster können Sie haben. Ich nehme die Blumen dann raus.«

Er wählte nach den Farben. Creme. Erdbeere und Türkis. Dazu ließ er sich die passenden Sträuße binden. Den türkisfarbenen Krug brachte er zurück aufs Boot. Er passte farblich zu den Sitzbezügen. Jetzt musste er nur Paulina und die Welpen einsammeln.

Auf dem Hof kam ihm Liam entgegen. »Was hast du vor?« Er grinste.

Jens fühlte sich ertappt. »Nichts habe ich vor. Aber, da

ich nun eine Weile in deinem Haus wohnen werde, mache ich es mir jetzt gemütlich.«

Liam lachte. »Ich dachte, dafür reicht im Allgemeinen ein Kasten Bier, auf den man notfalls die Füße legen kann.«

»Sehr witzig. Und warum steht bei euch auf dem Küchentisch immer eine Vase mit Blumen?«

Liam zuckte mit den Schultern und grinste noch breiter. »Weil ich eine Frau im Haus habe.« Er riss die Augen auf. »Ah, du willst Paulina beeindrucken. Sag das doch gleich.«

»Nein, will ich nicht. Ich bin nur nett.« Er presste die Blumen und die Vasen an sich.

»Soll die Tasche ins Haus? Dann helf' ich dir tragen. Siehst du, ich bin auch nur nett.«

Wenn Jens noch eine Hand freigehabt hätte, hätte er Liam jetzt in die Seite geboxt.

»Wo hast du deine Welpen gelassen? Sag bloß, du hast schon neue Besitzer gefunden.«

»Nein. Anita, meine Praxishilfe, wollte sie heute Nachmittag im Häkelkreis vorstellen. Vielleicht findet sich da jemand, der sich in einen der Hunde verliebt. Ich hole sie gleich ab.«

»Junge, vielleicht solltest *du* dich auch mal wieder verlieben.«

»Liam, du hast dein Maß an guten Ratschlägen jetzt voll. Wenn ich mehr davon brauche, kaufe ich einen Kasten Bier und zünde in deinem Hof ein Lagerfeuer an.«

Liam lachte. »Tu das!«

Jens hatte erwartet, Paulina anzutreffen. Schließlich stand ihr Wagen auf dem Hof. Aber im Haus war es still.

»Ist Kimberly mit ihrer Schwester unterwegs?«, fragte er im beiläufigen Tonfall.

»Ja, sie hat sich heute extra für ihre Schwester freigenommen.«

Schade, dachte er, ließ sich aber vor Liam nichts anmerken. Der erste Teil seines Planes war schon mal gescheitert.

Er stellte die cremefarbene Vase mit den rosafarbenen Röschen und den blauen Blumen, deren Namen er vergessen hatte, auf den Küchentisch.

Als wäre es Gedankenübertragung, vibrierte sein Handy in der Hosentasche. Hastig setzte er die erdbeerfarbene Vase neben der Spüle ab und schaute aufs Display. Paulina hatte ihm geschrieben.

»Hallo, wir stehen gerade vor deinem Boot. Es ist wirklich sehr hübsch. Gilt dein Angebot noch?«

»Jederzeit!«, antwortete er sofort. In Gedanken schickte er ein Herzchen hinterher.

Liams Handy machte ebenfalls *Ping.* Auch er blickte aufs Display. »Ah, die Frauen kommen zurück. Sie waren am Hafen. Boote gucken.«

»Magst du ein alkoholfreies Bier?«

»Lieber ein richtiges.«

Jens brachte die Blumenvase zum Tisch auf der Veranda, ging zurück in die Küche und holte aus dem Kühlschrank ein Bier für Liam.

»Du trinkst nichts?«

»Ich muss gleich die Welpen abholen.«

Sie setzten sich draußen an den Tisch. Normalerweise wären jetzt Liams Hunde bei ihnen, aber mit Rücksicht auf Paulina, die jeden Moment zurückkommen konnte, blieben sie nebenan.

»Was macht die Renovierung?«

Jens lachte. »Das klingt nach Tapezieren und Wände streichen. Aber mein Haus wurde von einer Lawine überrollt, in Einzelteile zerlegt, in die Waschmaschine gestopft und hängt jetzt zum Trocknen an der Wäscheleine.«

»Sei froh, dass die Handwerker so gründlich arbeiten. Danach hast du Ruhe.«

»Daran klammere ich mich. Seit neustem buddeln sie

auch noch in meinem Garten, als gäbe es dort Gold zu schürfen.«

»Warum das?«

»Vielleicht hätte ich den Bambus stehenlassen sollen. Er hätte mein Haus erobert und die Straße unter Wasser gesetzt. Und danach hätte die Abrissbirne den Rest erledigt. Den Hebel hätte ich mit Freude selbst bedient.«

Liam lachte. »Aber dann hast du kein Haus mehr.«

»Ich muss jetzt los. Die Hunde.«

Sein Freund trank das restliche Bier in einem Zug. »Kommt ihr nachher rüber zu uns?«

»Du weißt doch, dass Paulina Angst vor deinen Hunden hat. Ich wollte lieber mal zum Boot schauen. Vielleicht kommt sie mit.«

Als er ins Auto steigen wollte, kam der rote Wagen von Kimberly auf den Hof gefahren. Er wartete, bis die Frauen ausgestiegen waren.

Paulina strahlte. »Ich hab deine Motoryacht gesehen. Ein schickes Boot.«

»Heute Abend wollte ich hinfahren. Wenn du magst, nehme ich dich mit.«

»Sehr gerne.«

»Aber erst muss ich die Hunde abholen. Sie haben heute Häkeln gelernt.«

Paulina runzelte die Stirn.

»Sie sind in der Handarbeitsgruppe«, erläuterte er. »Meine Angestellte hat sie mitgenommen.«

Kimberly mischte sich ins Gespräch. »Ich dachte, sie müssen zuerst stricken lernen.«

»Leinen *verstricken* können sie schon sehr gut.«

Die drei lachten. »Kann ich mitkommen? Die Hunde abholen? Dann hat meine Schwester ihren Liam mal für sich. Die haben sich ja den ganzen Tag nicht gesehen und fühlen sich bestimmt schon wie die Königskinder.«

»Du störst nicht«, sagte Kimberly energisch.

»Natürlich kannst du mitfahren«, sagte er zu Paulina. »Und danach geht's los zum Boot, wenn du magst. Wir können im Hafen zu Abend essen.«

Paulina sah ihre Schwester fragend an. »Was habt ihr denn vor?«, piepste sie auf einmal unsicher. Oder kam es ihm nur so vor?

»Wir gehen eine große Runde mit Floppy und bewegen die Pferde.«

Paulina riss die Augen auf. »Du kannst reiten?«

»Ja. Liam hat es mir beigebracht.«

»Cool. Dann euch viel Spaß. Und ich schau mit Jens zum Hafen … und zum Boot.« Paulina winkte und stieg in seinen Wagen.

»Hast du nur Angst vor Hunden oder auch vor Pferden?«

»Komischerweise mag ich Pferde. Obwohl sie noch größer sind. Aber ich hatte nie Zeit, das Reiten zu lernen.«

»Ich kann es dir beibringen. Wir haben drei Reitpferde. Die Fuchsstute ist total lieb und geduldig. Du wirst mit ihr klarkommen.«

»Wirklich?«

»Na klar. Und wie war dein Tag? Konntest du heute Floppy und Tim aus dem Weg gehen?«

»Nein. Das habe ich auch gar nicht vor. Ich will mich meinen Ängsten stellen. Tim macht mir auch gar nicht so große Angst. Er ist ruhig und geht langsam.« Sie lachte. »Selbst ich sehe ein, dass der alte Hund nur seine Ruhe haben will und jeder Extraschritt in meine Richtung anstrengend für ihn ist.«

Er nickte. »Vor allem, solange es so warm ist.«

»Stell dir vor, Kimberly ist mit ihm ein Stück um die Koppel gegangen und ich bin mitgelaufen.«

»Wow, was für ein Fortschritt.«

»Natürlich habe ich Abstand gehalten. Aber ich war ganz kurz davor, einfach hinzugehen und ihn zu streicheln. Vielleicht mache ich das beim nächsten Mal.«

»Du bist eine mutige Frau. Ich bin mir sicher, du schaffst das.«

Er parkte den Wagen vor dem Gemeindezentrum. »Dann schauen wir mal, ob die Hunde häkeln gelernt haben.«

Sie betraten den Saal, in dem fünfzehn Frauen und ein Mann mit Häkelnadeln saßen. Sie hatten einen Kreis um Daisy gebildet und in ihren Gesichtern sah er pures Entzücken. Eine Frau hatte Goofy auf dem Arm.

Seine Sprechstundenhilfe Anita kam ihnen sofort entgegen. »Frau Meyer hat sich in Goofy verliebt«, flüsterte sie. »Vielleicht nimmt sie ihn. Sie muss allerdings testen, ob der Kleine sich mit ihrem Hund verträgt. Und sie muss noch ihren Mann fragen.«

»Ja, dann soll sie am besten Montag in meine Praxis kommen.«

Anita nickte. Sie wandte sich nun an die besagte Frau. »Doktor Hasselbach nimmt die Hunde jetzt wieder mit. Klara, du musst dich verabschieden. Frag deinen Mann und komm dann in die Praxis.«

»Och nein, ich kann den Süßen gar nicht hergeben.« Mit einem traurigen Blick drückte sie seiner Sprechstundenhilfe den Hund in den Arm. »Mach's gut, mein kleiner Spatz. Winke, winke!«

Er kannte die Frau flüchtig. Im letzten Jahr war sie einmal zum Impfen mit ihrem alten, aber fidelen Hund in der Praxis gewesen. Er nickte ihr zu. Paulina hatte sich inzwischen Daisy geschnappt. Sie fuhren zurück zum *Nordwindhof*.

Er versuchte, locker zu klingen. Aber er stockte. »Paulina, pack dir am besten … Übernachtungszeug ein, falls … wir bleiben wollen. An Bord gibt es alles. Frühstück liegt im Kühlschrank.«

»Das ist ja toll. Ich habe noch nie auf einem Boot übernachtet. Fahren wir auch ein Stück?«

Er atmete auf. Sie freute sich. »Nur, wenn wir jetzt zügig loskommen.« Endlich hatte er seine normale Stimme zurück.

»Gib mir zwei Minuten!«

Er nahm eine kleine Reisetasche, warf sein Zeug rein und packte ein paar Dosen Hundefutter dazu. Die Näpfe stopfte er in eine Tüte. Kurzentschlossen eilte er ins Clubzimmer und suchte im Schrank fieberhaft nach einer Kerze. In einer breiten Schublade fand er einen antiken Kerzenhalter, echt Sterling, dazu lange Kerzen. Die Sachen vergrub er in der Reisetasche, denn er wollte nicht allzu plump vorgehen.

Paulina stand bereits im Eingangsflur und hielt eine große Tasche mit einer Werbeaufschrift von einem Modehaus in der Hand. »Zum Glück habe ich die Tasche noch von meinem Shoppingnachmittag. Der Koffer wäre mir jetzt zu groß.«

»Oh, ich hätte dir einen Rucksack leihen können.«

»Nicht nötig.«

Worüber er nicht traurig war. Denn sein Rucksack war in einem der vielen Umzugskartons verschwunden. Er hätte eine Weile suchen müssen.

Die Abendsonne schüttete goldenes Licht auf den Hof. Liam und Kimberly waren mit den Hunden bei den Pferden an der Koppel.

Kimberly winkte ihrer Schwester zu. »Huhu, wir warten hier, bis du im Auto bist.«

Paulina setzte sich sofort auf den Beifahrersitz. Jens lud die Hunde in die Box im Auto, packte die restlichen Sachen daneben und schloss den Kofferraum.

Erst jetzt kamen die beiden mit den Hunden näher. Floppy blieb bei Liam. Er hielt ihn am Halsband fest.

»Ihr wollt jetzt zum Hafen?«

»Ja, und ich denke, wir bleiben über Nacht.«

Kimberly riss die Augen auf. Er sah deutlich ihre überraschte Reaktion. Aber natürlich, Paulina war ihre Schwester. Er hatte nicht bedacht, dass Kimberly es vielleicht nicht gut fand, wenn er und Paulina sich näherkämen.

»Wir können dann am Hafen ein Glas Wein trinken und ich muss nicht mehr fahren«, erklärte er und versuchte schon wieder, locker zu klingen.

»Und die Hunde willst du nachts am Steg ausführen?« Liam schüttelte den Kopf. »Lass sie bei uns! Da gewöhnen sie sich gleich an unsere Fellnasen und trainieren Sozialkontakte.«

Liam zwinkerte ihm zu. Offenbar dachte er noch in eine ganz andere Richtung. Welpen störten einfach bei einem Date.

»Danke, Liam«, murmelte Jens und vermied es, Kimberly anzuschauen.

Liam öffnete den Kofferraum und holte die Hunde wieder raus. Die Kleinen schnüffelten aufgeregt nach seinen beiden Hunden. Floppy ließ sich hinfallen und fiepte fasziniert. Dabei wedelte er glücklich mit dem Schwanz.

»Achtung, Paulina, ich steige jetzt ein«, warnte er sie. »Ist das Okay für dich?«

Sie nickte.

Schnell schloss er die Tür wieder, damit sie nicht in Panik ausbrach. Er wandte sich an sie. »Ist es wirklich okay für dich, wenn die Hunde draußen vor dem Wagen stehen?, fragte er sanft.«

»Ja, solange ich weiß, sie kommen hier nicht rein. Und Liam hält Floppy ja auch ganz fest. Ich vertraue darauf, dass er stärker ist.«

»Schau mal raus! Siehst du, wie glücklich der Riese mit den Welpen spielt? Und guck mal, er wedelt mit dem Schwanz. Daran erkennst du, dass er sich freut.«

Sie reckte den Hals und beugte sich dabei weit in seine Richtung. Ihr zartes Parfüm oder Duschgel zog in seine Nase. Er sog den Duft ein und hielt dann die Luft an. Sein Herz klopfte schneller. Wie er sich auf diesen Abend und die Nacht freute.

Kimberly klopfte ans Fenster. Paulina ließ die Scheibe einen Spalt hinunter. Das war doch auch schon ein Riesenfortschritt. Er war zuversichtlich, dass sie bald ihre Angst verlor.

»Hey, viel Spaß und denk dran, was ich dir gesagt habe«, sagte Kimberly.

»Mach ich.«

Worüber redeten die beiden? Hm, er wurde nicht schlau daraus. »Achtung!«, brüllte er nach draußen und ließ den Motor an.

Im Rückspiegel sah er Liam und Kimberly mit jeweils einem Welpen auf dem Arm. Liam guckte entspannt. Er lachte und sagte etwas zu Kimberly, die jedoch ernst schaute und den Kopf schüttelte. Was stimmte da nicht?

Jens hatte ein feines Gespür für Menschen. Als Tierarzt musste er das. Er musste zuerst immer den Kunden die Angst nehmen, damit die Tiere sich auch entspannten. Warum nur war Kimberly besorgt? Er würde doch ihrer Schwester niemals wehtun. Nein, er war ernsthaft interessiert.

9
PAULINA

Paulina wäre am liebsten sofort wieder aus dem Wagen ausgestiegen. Was hatte sie sich nur dabei gedacht? Sie fuhr mit Jens zu seinem Boot. Und er hatte eine Übernachtung eingeplant. Das konnte doch nur eines zu bedeuten haben. Das hier war ein Date. Ein richtiges Date! Sie hatte Kimberlys sorgenvollen Blick aufgeschnappt. Ihre Schwester kannte ihr Geheimnis. Fieberhaft überlegte sie, was sie ihr geraten hatte. Aber ihr Kopf fühlte sich leer an. Panik stieg in ihr hoch.

Willst du das jetzt oder nicht?, fragte sie sich. Sie wollte. Und ob sie wollte. Aber sie wusste nicht, worauf sie sich einließ. Sie hatte keine Ahnung, wie sie vorgehen sollte. Und das Schlimmste, sie konnte ihm doch nicht einfach sagen, dass sie noch Jungfrau war. Er würde das Date bestimmt sofort abbrechen. Kein normaler Mann über dreißig hatte Lust auf eine Anfängerin im Bett.

Verdammt, sie hatte sich hinter Büchern vergraben und das alles verpasst. Nun holte es sie wieder ein. Sie musste da durch. Irgendwie. Diesen Urlaub musste es passieren. Sie musste es hinter sich bringen. War es nicht wie bei ihren schrecklichen Prüfungen? Ihr Magen drehte sich um und die Hände zitterten. Sie wollte vor jeder Prüfung davonlaufen.

Das hilft dir nicht weiter, ermahnte sie sich. *Trink ein Glas Wein, am besten zwei, mach die Augen zu, sag nichts und warte, bis es vorbei ist.* Ja, das war der Plan. Jetzt fühlte sie sich schon viel besser.

Er parkte und schlenderte mit ihr am Hafen entlang. »Dort ist ein nettes Restaurant. Sollen wir dort essen?«

Paulina war alles egal. Sie hatte vor Aufregung keinen Hunger. Die Welpen hätten ihr geholfen. Wenn sie Daisys Fell knuddelte, konnte sie wunderbar entspannen. Sie versuchte, sich auf die Atmung zu konzentrieren. Jens durfte nicht merken, wie durcheinander sie gerade war. Sollte *er* doch die Führung übernehmen.

»Das finde ich … ganz wunderbar«, heuchelte sie und schnappte nach Luft. So etwas sagten doch die Frauen im Fernsehen, wenn sie auf ein Date eingeladen waren. Sie musste das nur nachmachen.

Er zögerte. »Sag bloß, du vermisst die Hunde.«

»Ein bisschen«, kiekste sie.

»Tut mir leid, wenn du traurig bist, weil Goofy vielleicht bald ein neues Zuhause hat.«

»Ja, ich werde ihn schrecklich vermissen.«

Sie warteten in der Schlange am Eingang. Als sie an der Reihe waren, winkte der Angestellte mit einem Bedauern ab. »Tut mir leid, alle Plätze sind reserviert. Es wird auch heute nichts mehr frei.«

»Können wir Essen zum Mitnehmen bestellen?«, fragte Jens.

Der Mann trat beiseite und zeigte zum Tresen hinter sich. »Das geht selbstverständlich.«

»Sollen wir etwas bestellen?«, fragte er.

Paulina nickte. Ihr war alles egal.

Eine Stunde später betraten sie mit den Taschen beladen das Boot. Es schaukelte sanft auf dem Wasser. Auf den beiden Nachbarbooten saßen Leute und tranken Cocktails. Paulina zog die Sneaker aus und trat barfuß auf die Holzplanken. Der Boden unter ihren Füßen fühlte sich warm an.

»Sollen wir gleich ein Stück rausfahren und auf See essen? Da sind wir ungestörter.«

Sie erschrak. Panik stieg in ihr auf. *Ungestört!* Das Wort brannte auf ihren Wangen. Er rechnete sich wohl aus, dass er es dort draußen wild und laut stöhnend mit ihr treiben konnte.

»Ach, mir gefällt das bunte Treiben hier am Hafen. Meinetwegen können wir hierbleiben.«

»Ich mag die Atmosphäre am Hafen auch sehr. Wir können ja morgen noch nach dem Frühstück rausfahren.«

Falls ich bis dahin nicht die Flucht ergriffen habe. »Ja, eine ganz tolle Idee.«

Er zögerte. »Dann hole ich mal Teller und Besteck nach oben und du guckst dich in der Zwischenzeit um. Du kannst in alle Räume schauen.«

Er ging vor. Sie kletterte hinter ihm nach unten in den Bauch des Schiffes. Es gab eine Küchenzeile mit einem Tresen und davor eine großzügige Sitzecke aus weißem Leder mit türkisfarbenen Kissen und einem weißen Tisch. »Wow, sehr schick. Ich hätte nicht gedacht, dass es hier unten so geräumig ist.«

»Ich habe das Boot gebraucht gekauft und da wurde einiges neu gemacht. Auch die Polster. Das ist wasserfestes Kunstleder.«

»Das ist also dein Stil. Im alten Gehöft ist ja alles historisch. Ich habe mich schon gefragt, was dir so gefällt.« Sie schnupperte an den Blumen, die einen süßlichen Duft verbreiteten. »Sogar der Krug und die Blumen passen zu den Kissen.«

»Freut mich, wenn du dich bei mir wohlfühlst.«

»Ja«, wisperte sie und meinte das Gegenteil. Von Wohlfühlen konnte keine Rede sein. Sie fühlte sich unbehaglich, hatte schweißnasse Hände und ihr Herz klopfte bis zum Hals hoch.

»Weißwein oder Rotwein?«

»Keine Ahnung.«

»Der Weißwein wird gekühlt getrunken und erfrischt. Der Rotwein ist schwerer, er hat mehr Alkohol und … ja, er verkörpert für mein Empfinden das klassische mediterrane Genießen. Mir reicht am Wochenende ein Stück Baguette mit Käse. Vielleicht noch ein paar Oliven mit Olivenöl. Und dazu ein Glas Rotwein. Dann ist die Nacht fast perfekt.«

»Wieso nur fast?«

Er sah sie mit diesem tiefen Blick an, der ihr durch und durch ging. »Na ja, wenn du allein unter dem Sternenhimmel sitzt, ist es nur fast perfekt.«

»Oh ja, verstehe«, hustete sie und verschluckte sich an ihrer Spucke. *Mehr Alkohol,* fasste sie gedanklich zusammen.

»Wir nehmen den Rotwein«, sagte sie, als sie die Sprache zurückhatte.

Er lächelte. »Super. Ich merke schon, wir passen perfekt zusammen.«

Vielleicht nachdem ich deinen Wein getrunken habe. Jetzt bin ich mir da noch gar nicht sicher. Verlegen senkte sie den Blick zu den dunklen, lackglänzenden Holzdielen. »Ja dann, schau ich mich mal um«, stammelte sie verlegen. *Ich muss doch wissen, wo es heute Nacht mit uns passieren wird.*

Hinter der Treppe gab es einen Flur, der so groß war wie ein Badehandtuch. Davon gingen zwei Türen ab. Huch, getrennte Zimmer. Erleichtert öffnete sie die erste Tür. Darin befanden sich rechts an der Innenwand und links an der Außenwand des Bootes zwei schmale Pritschen, die mit weißer Bettwäsche bezogen waren. Na, wenigstens zwei Betten und zu schmal für die eine gewisse Sache. Sie atmete tief durch.

»Die Betten sind flexibel«, rief er ihr zu. »Man kann sie an der Schiene zusammenschieben.«

Es wäre besser, ich hätte es nicht gewusst. Ich glaube, ich muss mir Mut antrinken. »Sehr praktisch«, rief sie zurück.

Neugierig öffnete sie die schmale Tür neben dem Eingang. Huch, da war ja ein kleines Bad mit einer Toilette und sogar einer Dusche. *Krass, was so alles in den Bauch eines Bootes passt.*

Sie betrat das zweite Zimmer. Alles war identisch, nur gespiegelt. Aber hier waren keine Betten bezogen. Das Bettzeug lag zusammengeschlagen auf der Matratze. Obenauf lagen die Bezüge. *Okay, Jens, das ist eindeutig. Ich glaube, ich brauche gleich eine ganze Flasche Wein für mich.* Sie holte tief Luft. *Du willst es doch, oder? Sag, dass du es willst. Dann hast du es endlich hinter dir.*

Sie ging zurück in die Wohnküche. Jens war nicht mehr da. Also folgte sie ihm nach oben. Er hatte in Windeseile den Tisch mit einer weißen Tischdecke, mit Porzellan und einer Kerze gedeckt. Wie romantisch und wie süß! Das hätte sie nun wirklich nicht erwartet. Er gab sich richtig Mühe. Zu dumm, dass sie nicht die richtige Gesellschaft für ihn war.

»Oh, wie hübsch«, kiekste sie und setzte sich.

»Es fehlt nur noch der Wein.« Er hüpfte die Treppe nach unten und kam gleich darauf mit einer Flasche und zwei bauchigen Gläsern zurück.

»Ich dachte, auf Schiffen gibt es nur Metallteller oder Plastikgeschirr.«

Er lachte. »Unten hat alles seinen festen Platz, wo es nicht wegrutschen kann. Das genügt. Die Weingläser liegen in Schaumstoffformen. Aber für einen edlen Tropfen brauche ich auch das richtige Glas. Da bin ich ein

Genießer.« Er zog den Korken heraus und schenkte ihr ein.

»Soll ich in der Zwischenzeit das Essen auspacken?«

»Gerne.«

Paulina erhob sich von ihrem Platz. An der Reling gab es einen niedrigen Schrank. Darauf lag das Essen. Sie schaute in die Tüten, holte die Vorspeise heraus und öffnete die Folie. Sie hatten einfach die gemischte Delikatessenplatte bestellt. Jens rückte die lange Kerze mit dem silbernen Kerzenhalter ein Stück beiseite.

Sie setzte sich und griff zum Glas. »Dann auf den wunderschönen Abend«, sagte sie und spürte, wie imaginäre Vögel in ihrem Bauch zwitscherten.

»Und auf uns«, ergänzte Jens.

Das Glas in ihrer Hand zitterte. Oder lag es an dem Schaukeln des Bootes. »Ja … das auch«, stammelte sie. »Auf uns.«

Du willst es doch auch, flüsterte eine Stimme in ihrem Kopf.

Von einem anderen Boot am äußeren Ende des Stegs sprang jemand ins Wasser. Frauen lachten. Sie konnte die Leute nicht sehen, aber hören. Im Boot direkt nebenan entzündete jemand ebenfalls Kerzen. Ein Mann und eine Frau prosteten einander zu. Die Gläser klirrten.

Paulina musste jetzt ein Gespräch beginnen. Irgendwas. Sie hatte doch sonst genug Stoff. Aber ihr Kopf war wie leergefegt. Warum sagte er denn nichts? Himmel, was erzählt man sich bei einem Date?

»Weißt du schon, was …?«

»Hast du schon …« Er stoppte, denn er hatte sie unterbrochen, als sie zeitgleich etwas sagen wollten.

»Du zuerst«, sagte er.

»Nein du.«

»Ladies first.«

»Ich wollte nur wissen, ob du etwas darüber weißt, was Kimberly und Liam für ihre Hochzeit geplant haben.«

Er schüttelte den Kopf. »Sie wirken immer ziemlich gelassen und gleichzeitig total verschwiegen, wenn die Sprache darauf kommt. Es soll wohl eine typische Landhochzeit werden. Ums Essen kümmert sich sein Bruder. Die haben ja zwei Hotels und können den gesamten Cateringbereich abdecken. Auf die Wiese kommt ein Festzelt zum Tanzen. Blumen macht wieder die Blumenhandlung, die auch schon für Liams Bruder Lorenz und seine Frau Marina die Gestecke gemacht hat. Eine Kutsche wollen die beiden nicht. Tja, mehr weiß ich auch nicht. Und den Termin. In wenigen Wochen.«

»Ah, und was wolltest du von mir wissen?«

Er lachte. »Fast dasselbe. Ich frage mich, ob es wieder Brautkleider und Brautjungfern gibt.«

»Nein, gibt es nicht. Kimberly sagt, sie hätte auf Marinas Hochzeit damit schlechte Erfahrungen gemacht. Aber sie möchte, dass ich etwas Cremefarbenes trage. Ihre Schwägerin lässt sich ein Kleid schneidern. Liams Fabrik übernimmt das für sie. Ich soll das auch machen. Aber ich weiß nicht, ob ich das will. Kann ich das wirklich in Anspruch nehmen?«

»Kannst du. Ich habe einen cremefarbenen Leinenanzug über Liams Schneiderei machen lassen. Es wäre klasse, wenn du zu mir passt.«

»Oh.« Sie spürte, wie sie errötete. Es lag auch am Wein. Ihr Glas neigte sich dem Ende zu. Vor Verlegenheit hatte sie immer wieder daran genippt.

Nebenan erklang aus einer Musikbox romantische Tanzmusik. Hatte Jens sich mit seinen Nachbarn abgesprochen?

Prompt fragte er. »Kannst du tanzen?«

»Nur ein wenig Standard.«

»Das wird reichen.« Er erhob sich und reichte ihr die Hand. »Darf ich bitten.«

Ihr blieb nichts anderes übrig, als mitzuspielen, wenn sie nicht als langweilige Zicke in seine Analen eingehen wollte. Das Boot schwankte leicht und der Wein war einem sicheren Stand nicht förderlich. Kaum hielt er sie im Arm, schwappte eine Welle und sie klatschte gegen seine Brust. Sie japste und biss sich auf die Lippe. Er hielt sie prompt fester in den Armen. Das gab ihr mehr Sicherheit. Er konnte wirklich gut führen und machte nur einfache Schritte auf dem engen, schwankenden Boot. Allmählich gewöhnte sie sich an seine Nähe und merkte, dass sie wirklich mehr von ihm wollte. Ein warmes, ziehendes Gefühl breitete sich in ihrer Körpermitte aus. Das Blut pulsierte und prickelte unter ihrer Haut. Der Wein machte sie beschwingt und mutig. Es war doch ganz wunderbar mit ihm. Wovor hatte sie denn Angst? Ach, da war doch noch eine Kleinigkeit. Hastig verdrängte sie den Gedanken.

Das Musikstück war vorbei. Er blieb stehen, ließ sie aber nicht los. »Schau mal nach oben. Wir haben heute einen besonders klaren Himmel.«

Sie neigte den Nacken, sah an seinem männlichen Kinn und an seinen blauen Augen vorbei nach oben. Die Sterne schaukelten. Was wohl am Boot lag. Oder am Wein. Noch immer hielt er sie fest. Es gefiel ihr. Sie fühlte sich beschützt in seinen Armen. Und er roch so gut. Am liebsten hätte sie ihre Nase in seinem Shirt vergraben und ihm zugeflüstert. *Ich bin noch Jungfrau – macht das was?*

Nebenan war eine kleine Combo aus einem Gitarristen und einem Sänger an Bord gestiegen, die jetzt ihre romantische Musik zum Besten gaben. Der Gitarrist spielte gut. Aber der Sänger traf keinen Ton. Paulina hatte ein gutes Gehör. Zur Entspannung hörte sie gerne Klassik. »Autsch!«, sagte sie und lachte.

Jens sah sie fragend an.

»Nebenan! Er kann nicht singen.«

»Ich auch nicht«, sagte Jens und lachte. Leider war damit der romantische Moment vorbei und sie setzten sich wieder.

Oh nein, jetzt versuchte es der Sänger doch glatt noch mit dem Klassiker »O sole mio«.

Sie liebte die Aufnahme mit Bryan Adams und Luciano Pavarotti. Hastig griff sie nach dem Weinglas, um ihre Ohren zu betäuben. Aber es war leer.

»Warte! Ich schenke dir nach«, sagte Jens hastig und griff nach der Flasche.

Er schenkte großzügig ein. Sie hob das Glas. »Auf wunderbare Sternenhimmel und ungefragte Musiker, die ihre Tonleiter verlegt haben«, sagte sie.

»Und auf die schönste Frau im ganzen Hafen«, erwiderte Jens und sah ihr verführerisch in die Augen. Daraufhin musste sie hastig das halbe Glas trinken. Ihr wurde warm im Magen und schummrig im Kopf. Schon fühlte sie sich besser und mutiger. Wozu doch so ein Glas Wein gut war.

Als sie das Glas abstellen wollte, kippelte es. Erschrocken hielt sie es fest. Jens sprang von seinem Platz auf, ergriff geistesgegenwärtig den Kerzenhalter mit der einen und sein Glas mit der anderen Hand. »Oh, eine kleine Überraschungswelle. Das kommt schon mal vor.«

Während des Hauptganges sprang er noch zweimal auf, was sie irgendwie putzig und lustig fand. Er war schon süß, richtig Zucker, und auf einmal fand sie den ganzen Abend schön und leicht und wunderbar. Der Sänger war fertig mit seinen schiefen Strophen. Der Mann kniete vor der Frau und steckte ihr einen Ring an den Finger.

»Hast du das gesehen?«, flüsterte sie.

»Nein, was?« Jens blinzelte.

»Er hat ihr einen Antrag gemacht. Wie romantisch.«

Jetzt flog drüben der Sektkorken. So wünschte sie sich das auch, aber davor müsste sie noch einen entscheidenden Schritt machen …

Paulina erhob sich von ihrem Platz und lehnte sich gegen die Reling. »Was für ein schöner Sternenhimmel. Schau mal, eine Sternschnuppe! Und noch eine …« Sie reckte den Hals.

»Hey, stoßt mit uns an«, rief die Frau von nebenan. »Er hat mir einen Antrag gemacht und ich hab' ja gesagt.«

Fragend schaute sie nach Jens. »Natürlich machen wir das«, sagte er. Er stieg die Außentreppe nach unten und reichte Paulina die Hand. Das Paar stieg von seinem Boot und reichte ihnen Pappbecher. Der Sekt schäumte über. Aber das war dem glücklichen Paar egal.

»Auf euch!«, rief Paulina und kippte den Sekt hinunter. Hui, der hatte eine ganz andere Wirkung. Die Perlen in ihrem Kopf und unter ihrer Haut schienen zu explodieren. Das Paar lief auf dem Steg weiter und stieß mit den Leuten an, die zufällig am Hafen entlang spazierten. Paulina fühlte sich so richtig gut. Sie hob erneut den Kopf zum Sternenhimmel, reckte den Hals und da passierte es. Das Boot schwankte und sie verlor die Balance. Da sie sich noch unten am Heck befand, statt oben an Deck hinter der Reling, stürzte sie ins Wasser. Sie tauchte wieder auf und schnappte nach Luft.

Jens zog sie heraus. Es war ihr megapeinlich. Aber er lachte nur. »Das passiert jedem einmal. In den Kajüten sind Duschen.«

Unter der lauwarmen Dusche wurde sie wieder halbwegs nüchtern. Oh je, er wird dich nie wieder auf sein Boot einladen. Ihr fiel ein, dass ihre Reisetasche noch nebenan stand. Und sie sowieso vergessen hatte, ein Handtuch einzupacken. Was sollte sie jetzt tun?

»Jens?«, rief sie verzweifelt.

»Ja?«, fragte er hinter der Tür. »Soll ich reinkommen.«

»Nein, bloß nicht. Ich bin nackt.«

»Ich verstehe.« Hatte sie ihn lachen gehört?

»Ich habe kein Handtuch.«

»Kommt gleich, meine Meernixe.« Auweia, der machte sich lustig über sie.

Er klopfte gegen die Tür. »Das Handtuch!« Sie öffnete die Tür einen Spalt und sah sofort, dass er das Handtuch ausgebreitet vor ihr hinhielt.

»Augen zu!«

Er gehorchte und kniff die Augen zusammen. Sie ließ sich ins riesige Handtuch sinken, spürte, wie er sie darin einwickelte und im nächsten Moment hatte sie sich in seine Arme geschmiegt. Seine Hände glitten über ihren Körper. Es war der Versuch, sie trocken zu rubbeln, und gleichzeitig gefiel ihm wohl, was er fühlte.

Sie hob das Kinn, um sich zu vergewissern, dass er sie noch immer wollte. Sie wollte ihn jedenfalls – dessen war sie sich gewiss. So sicher, wie sie all ihre Prüfungen bestehen wollte. Aber sie hatte keine Ahnung, was als nächster Schritt folgen sollte. Eines war aber sicher: Es waren keine Paragrafen, die sie aufsagen musste.

»Paulina«, sagte er und sein Atem ging stockend. Sie hingegen atmete seit fünf Minuten gar nicht mehr.

»Ja«, hauchte sie und schnappte nach Luft.

»Darf ich dich küssen?«

»Ja.«

Er küsste sie sehr vorsichtig. So sanft wie eine Sommerbrise berührten seine Lippen ihre. Sie fragte sich, ob sie das nur träumte. *Denk nach, was musst du jetzt tun? Vielleicht zurück küssen? Oh, eine gute Idee.* Sie strich vorsichtig mit ihrem Mund über seine samtenen Lippen. Die Haut begann zu kribbeln und das Blut pulsierte in jeder Faser ihres Körpers. *Wow, Paulina, du bist verliebt. Yeah, ich bin verliebt … und wie ich das bin.*

Jens küsste sie intensiver. Auch das gefiel ihr. Sie küsste

ihn zurück, ihre Zungen begannen miteinander zu spielen und zu tanzen. *Das ist der Himmel. Ich kann es gar nicht glauben. So muss es sich auf Wolke sieben anfühlen.* Ihre Körper schwangen sich aufeinander ein. Er konnte so gut küssen, wie sie es sich niemals im Traum erhofft hatte. Schon bald schmiegte sie sich fester in seine Arme.

Dann spürte sie eine verräterische Beule gegen ihren Bauch drücken. War das etwa, huch … nein …

Sie riss sich los und japste. Was hatte ihre Schwester ihr geraten?

»Habe ich etwas falsch gemacht?«, fragte Jens betroffen.

»Nein, an dir liegt es nicht. Du bist wunderbar. Aber ich … ich bin … ich will dich ja, aber …«

Sie sah ihn flehend an. *Versteh doch, was ich dir sagen will.*

»Ah.« Er lächelte. »Du hast Angst, dass es dir zu schnell geht. Das verstehe ich voll und ganz. Ich finde es sogar ganz toll, dass du dir Zeit mit mir nehmen möchtest. Wir hatten einen wunderbaren Abend. Und den sollten wir auch so ausklingen lassen.«

Sie hatte Tränen in den Augen. »Wie machst du das nur, dass du immer die perfekten Worte findest? Wirklich, Jens ich mag dich sehr. Und ich möchte gerne noch einmal in deine Arme.«

Er breitete seine Arme aus und sie schmiegte sich hinein. »Wenn du magst, kannst du die ganze Nacht in meinen Armen liegen«, sagte er mit tiefer Stimme, die ihr eine wohlige Gänsehaut bereitete.

»Ja, das will ich.«

Und vielleicht noch viel mehr.

10
JENS

Jens war sich nicht sicher, ob er gerade wieder der Notnagel war. Oder ob Paulina wirklich aus einem anderen Kaliber gestrickt war. Andererseits machte er sich wohl zu viele Gedanken. Sie lag in seinen Armen, sie hatten sich erneut geküsst, und dann war sie eng an ihn geschmiegt eingeschlafen. Er war glücklich mit ihr und er war drauf und dran, sich zu verlieben. Aber, verdammt, er wollte nicht schon wieder enttäuscht werden.

Wenn sie sich nicht sicher mit ihm war, konnte er sich abmühen, wie er wollte. Früher oder später würde ein anderer Mann sie sich schnappen. Zum Beispiel dieser Henry Weidenfels von der Kinderstiftung.

Die Eifersucht durfte ihn nicht zerfressen, nur weil er schlechte Erfahrungen gemacht hatte. Sie hatte es nicht verdient, dass er ihr mit Misstrauen begegnete. Ja, er musste und er wollte ihr eine Chance geben. *Uns!* Korrigierte er sich in Gedanken.

Er schälte sich sanft aus ihren Armen und schlich sich aus der Kajüte in den Salon. Dort zog er sich an, umrundete den Tresen und stellte die Kaffeemaschine an. Fürs

Frühstück brauchten sie frische Brötchen. In Fußnähe gab es einen Bäcker. Als er mit der Tüte zurückkam, schlief Paulina noch immer.

Jens trug Geschirr, Kaffee und Lebensmittel nach oben und setzte sich in die Morgensonne. Sollte er sie wecken? Kaum hatte er den Satz zu Ende gedacht, erschien sie an Deck. Ihr Haar war verstrubbelt.

»Ich habe mir ein Shirt von dir geklaut. Ist das okay?«

Ach, das cremefarbene Teil war seines. »Dir steht es viel besser. Und ich habe ja schon etwas an.« Er zupfte an seinem weißen Shirt.

»Ich glaube, ich muss mir mehr Freizeitklamotten kaufen, wenn ich öfter hier bin.«

Ihre Worte machten ihn gerade unsagbar glücklich. Sie sprach davon, wiederzukommen. Und dann, ja dann könnten sie da weitermachen, wo sie gestern Nacht aufgehört hatten. Vermutlich hatte auch sie irgendwann in ihrem Leben schlechte Erfahrungen gemacht. Er würde ihr beweisen, dass er es wert war, sich auf ihn einzulassen. Gerade konnte er vor Glück die ganze Welt umarmen.

Sie setzte sich neben ihn auf die Bank.

»Magst du Kaffee und Brötchen?«

»Sehr gerne. Ich habe richtig Hunger. Das muss die Seeluft sein. Sagt man das nicht immer? Seeluft soll hungrig machen?«

Oh je, sie hatte wirklich noch nicht viel erlebt in ihrem Leben. »Warst du nie im Urlaub am Meer?«

»Leider, bis auf Kreta, nein. Meine Eltern hatten kein Geld, um mit zwei Mädchen in den Urlaub zu fliegen. Die haben ihre kleine Wohnung abbezahlt. Im Studium hatte ich auch kein Geld und vor allem keine Zeit zum Reisen. Dann habe ich zwar schweineviel verdient, aber ich hatte wieder keinen Urlaub. Als ich dann endlich mal ein paar Tage frei hatte, wollten Mama und Papa, dass ich sie besuche. Und dann habe ich manchmal einfach nur drei Tage durchgeschlafen. Für mehr fehlte mir die Kraft.«

Er strich ihr mitfühlend über den Rücken.

»Ah, du hast so schöne warme Hände«, sagte sie zufrieden.

»Ist dir etwa kalt? Komm her!« Er zog sie in seine Arme, sodass sie mit dem Rücken an seiner Seite lehnte. Mit seinem Körper umschlang er sie und wärmte sie in der kühlen Morgenluft. »Besser?«

»Viel besser. Ach, könnte ich immer hier sitzen. Für den Rest meines Lebens.«

»Deine Wünsche sind aber klein.« Er hatte noch andere Wünsche, die er jetzt ganz schnell vergessen musste, sonst würde sie wieder aus seinen Armen flüchten. Zum Glück landete eine Möwe auf ihrer Reling und reckte den Hals nach den Brötchen. Das lenkte ihn ab.

»Sollen wir gleich noch eine Bootstour machen?«, schlug er vor.

»Dann muss ich mich aber definitiv wärmer anziehen.«

»Wie schade. Dann bleiben wir doch lieber hier sitzen und ich wärme dich.«

Sie lachte. »Du bist wohl nie um ein Kompliment verlegen.«

Die Möwe nutzte den unbeobachteten Moment und stahl ein Stück Brötchen von Paulinas Teller. Mit der Beute flog sie aufs Nachbardeck und pickte hastig die Krumen auf.

»Hast du das gesehen?«

Gegen Mittag fuhren sie zurück zum Hof. Er konnte Liam und Kimberly nicht länger die Welpen überlassen. Denn er wollte die Freundschaft nicht überstrapazieren. Außerdem hatten die beiden am Wochenende sicherlich mit ihren

Hochzeitsvorbereitungen zu tun. Er brachte die Taschen ins Haus.

»Ich hole dann mal die Welpen.«

»Am liebsten würde ich mitkommen.«

»Dann mach es doch!«

»Ich trau mich nicht. Floppy ist mir einfach zu lebhaft und zu groß.«

»Aber gestern ging es mit Tim doch schon besser.«

»Ja, weil meine Schwester mich quasi gezwungen hat.«

»Was hältst du davon, wenn wir mit dem alten Collie und den Welpen eine kleine Runde gehen? Du führst die Kleinen an der Leine und ich halte Tim.«

Er sah ihr an, dass sie sich überwinden musste. »Gut, dann machen wir das so. Ich vertraue dir.«

Jens ging zum Haupthaus. Floppy hörte ihn bereits kommen und bellte freudig. Früher war Jens einfach ins Haus gegangen. Aber seit Kimberly hier wohnte, hatte er Bedenken. Er betätigte den Türklopfer und dann kurz die Glocke. Woraufhin Floppy noch lauter bellte. Schnell öffnete er die Tür. Der Hund sprang vor Freude an ihm hoch und wollte ihm durchs Gesicht lecken.

Liam kam aus der Küche. Er hielt Goofy im Arm. »Warum klingelst du? Das ist für ihn die Aufforderung, erst richtig aufzudrehen.«

»Seit du nicht mehr allein hier wohnst, finde ich … ich sollte mich ankündigen.«

Kimberly erschien hinter Liam. Sie hielt Daisy im Arm. »Jens, meinetwegen musst du nicht extra bimmeln. Wenn wir unten in der Küche sitzen, kannst du jederzeit dazukommen. Sonst würden wir oben in Liams Wohnung bleiben. Wo hast du Paulina gelassen?«

»Sie wartet drüben. Wegen Floppy.«

»Ah, und wie war eure Bootstour? Wie hat es Paulina gefallen?« Sie warf ihm einen merkwürdigen Blick zu, den er nicht deuten konnte. War das noch harmlose Neugier oder wollte sie von ihm hören, wie das Date mit Paulina gelaufen war. Offiziell hatte er nie etwas von einem Date gesagt.

Auch Liam guckte auf einmal ernst. Wollten die beiden nicht, dass er etwas mit Paulina anfing? Sie waren doch erwachsene Leute. Was stimmte hier nicht?

Plötzlich war es so still, man hätte eine Nadel fallen hören können. Floppy saß kerzengerade vor ihm und rührte sich nicht.

»Äh, ja, es war toll.«

Kimberlys Augen weiteten sich. »Nur toll?«

Liam stupste sie mit dem Ellbogen, damit sie schwieg. »Komm doch erstmal rein in die Küche.«

Daisy zappelte auf Kimberlys Arm. Der Welpe hatte ihn erkannt und fiepte nun nach ihm. Das Herz ging ihm auf. Wenn die Fellnase noch länger bei ihm blieb, könnte er sie gewiss nicht mehr hergeben. Vorsichtig nahm er Kimberly den Hund ab.

»Hast du … meiner kleinen Schwester gezeigt, wie … man ein Boot führt?«, fragte Kimberly und rang offenbar nach Worten.

Merkwürdigerweise klang es in seinen Ohren, als hätte sie gefragt, ob er mit ihrer Schwester im Bett war. »Nein, Paulina hat sich einfach mal verwöhnen lassen.«

Kimberly riss die Augen weit auf. »Das Verwöhnprogramm. Ah.«

»Ja, wir haben beim Italiener am Hafen Essen geholt. Wir hatten sogar Livemusik. Auf dem Nachbarboot hat sich ein Paar verlobt. Es war … nett und … lustig.«

Bevor Kimberly weiterbohren konnte, musste er zur Gegenfrage ausholen. »Und wie weit seid ihr mit euren Hochzeitsvorbereitungen?«

»Oh, das Brautkleid steht schon. Da sind nur noch kleine Anpassungen nötig. Sag doch bitte Paulina, heute Nachmittag wäre eine Besprechung mit der Schneiderin möglich. Darüber, was sie sich für ein Kleid vorstellt. Ich hätte sie so gern im Stil passend.«

»Ich werde es ihr ausrichten.«

»Setz dich doch und trink mit uns einen Kaffee«, mischte Liam sich wieder ins Gespräch.

»Danke, wir hatten schon ausgiebig Kaffee und Frühstück auf dem Boot. Ich wollte die Welpen abholen, damit ihr wieder durchatmen könnt. Und eigentlich wollte ich Tim mitnehmen. Paulina würde gerne noch ein bisschen Hundekontakt üben.«

Kimberly lachte. »Wessen Idee war das? Gestern hatte sie noch ganz schön Angst.«

»Mir hat sie erzählt, dass sie Tim fast gestreichelt hätte.«

»Ich komme mit rüber«, beschloss Kimberly.

»Lass mal!«, sagte Liam ruhig. »Die beiden kriegen das schon hin.«

Was meinte er? Das mit den Hunden? Oder das, was sich zwischen ihnen anbahnte?

Kimberly wirkte nicht begeistert von dem Vorschlag, setzte sich aber und schwieg. »Na gut, dann komme ich aber später zu ihr rüber.«

Jens nickte. Er ging zum Fenster und knuddelte Tim. »Alter Junge, hat dich Daisy fertiggemacht? Magst du noch einmal für ein kleines Nahtraining aufstehen?«

Als hätte der alte Hund ihn verstanden, erhob er sich schwanzwedelnd.

»Ich hol die Leine«, sagte Liam. Jens und Tim folgten ihm. Liam nahm das Geschirr vom Haken und blickte fragend auf seinen Hund. »Ach, dass brauchst du nicht. Ihr geht ja nicht weit.« Er hängte es zurück und legte ihm das Halsband um. »Das brauchst du eigentlich auch nicht. Aber Paulina fühlt sich dann sicherer.« Er knipste die Leine an und überreichte sie ihm.

»So! Dann viel Glück! Und … äh, wird schon klappen mit Paulina.«

»Ich verspreche dir, wir überlasten ihn nicht. Aber es wäre schon toll, wenn Paulina sich überwinden könnte, ihn zu streicheln.«

Liam nickte verhalten. Zuckte da ein Mundwinkel? Worüber amüsierte er sich gerade?

»Versprochen, ich pass auf Tim auf. Sie soll ihn nur streicheln.«

Schon wieder zuckte ein Mundwinkel. »Ja, das finde ich auch«, sagte Liam und wirkte mühsam beherrscht. »Sie soll ihn streicheln. Sie ist ja schon ein großes Mädchen und … entschuldige, ich hab wohl etwas im Auge.«

Liam wandte sich ab und tat offensichtlich so, als müsse er etwas in seinem Gesicht in Ordnung bringen. Aber Jens sah, dass seine Schultern zuckten. Er lachte gerade lautlos. Etwa über ihn?

Schnell legte er die Welpen ins Geschirr und verließ das Haus. Liam und Kimberly hatten wohl einen Joint zum Frühstück geraucht. Oder was stimmte nicht mit den beiden?

Der kleine Spaziergang hatte geklappt. Jetzt lag Tim im Garten vor der Veranda und die Welpen spielten im eingezäunten Bereich. Paulina saß auf der Treppenstufe und beobachtete den Hund. Da nichts mehr passierte und die Welpen den alten Hund nicht nerven konnten, legte er entspannt die Schnauze auf den Pfoten ab.

»Siehst du, so sieht ein zufriedener Hund aus. Meinst du, du traust dich hin? Gib mir deine Hand. Vielleicht ist es dann leichter.«

Zaghaft ging sie mit. Sie setzten sich im Schneidersitz vor Tim auf den Rasen. Jens beugte sich vor und kraulte den Hund am Kopf. Der Collie drehte sich auf die Seite. »Er möchte, dass wir ihm den Bauch kraulen. Viele Hunde lieben das.«

Zaghaft streckte sie die Hand aus. »Er fühlt sich ganz flauschig an«, sagte sie mit zittriger Stimme. Allmählich entspannte sie sich. »So, jetzt ist es an der Zeit, den Hund zurückzubringen, bevor Liam eine Vermisstenmeldung aufgibt. Ich schlage vor, du übernimmst das.«

»Ich?« Sie atmete hektisch ein und aus.

»Ruhig weiteratmen«, sagte er sanft. »Du schaffst das. Ich bin ja bei dir.«

Er erhob sich langsam und reichte ihr die Hand. Sie griff danach und ließ sich hochziehen. »Ich weiß nicht, ob ich schon so weit bin«, flüsterte sie und beäugte den Hund. Der hob den Kopf und spitzte die Ohren.

»Was hat er nun?«

»Er fragt sich, warum wir ihn nicht weiter kraulen. Es hat ihm ja gefallen. Nun wartet er, ob etwas Neues passiert. Er will wissen, was wir von ihm wollen.«

»Was wollen wir denn von ihm?«, wisperte sie.

»Er soll aufstehen. Sag: *Tim! Hoch mit dir!*«

»Tim, hoch mit dir«, piepste sie.

Jens schmunzelte. »Er hat dich nicht verstanden, weil du ihn nicht angesprochen hast. Nur Mut.«

Sie probierte es erneut und sprang gleich darauf einen Schritt zurück. Der Hund erhob sich und sah die beiden fragend an. Dann wedelte er mit der Rute.

»Er freut sich, weil er hofft, dass gleich etwas Gutes passiert.« Jens beugte sich vor und gab ihm ein Leckerli aus der Hosentasche. Seit er die Hunde hatte, trug er am liebsten die Cargohosen mit den vielen Taschen. Da war immer alles griffbereit.

»Nimm seine Leine! Wir gehen wieder ums Grundstück herum, dann muss er keine Treppen steigen.«

Sie machte es vorsichtig und der Hund watschelte an

lockerer Leine mit. »Wie macht Liam das eigentlich? Die beiden haben doch oben die Wohnung.«

»Früher hat er den Hund abends hochgetragen und morgens runter. Aber seit Floppy da ist, wollen die beiden unten im Flur schlafen. Wenn du mich fragst, Floppy ist jetzt im Alter, in dem er dringend erzogen werden muss. Er hat Hütehund-Gene. Deshalb braucht er Aufgaben und geistige Beschäftigung. Leider strukturiert Liam gerade einiges in der Fabrik um und hat nicht viel Zeit. Ich nehme ihm manchmal den Hund ab und trainiere mit ihm. Aber mein kaputtes Haus lässt mir auch nicht viel Freizeit übrig.«

»Verstehe. Liam hat ja auch noch die anderen Tiere. Die Alpakas und die Pferde.«

»Und den Esel Alf. Er hat sich den Alpakas angeschlossen. Aber eigentlich sollte er eine Gefährtin haben. Sobald ich wieder Luft habe, kümmere ich mich darum.«

Sie waren am Haupthaus angekommen. »Führ den Hund am besten an der Rollstuhlrampe hoch! Dann muss er keine Stufen nehmen. Es sind zwar nicht viele, aber es fällt ihm immer schwerer.«

Jens nahm die Treppe und ließ Paulina die Aufgabe allein meistern. Er wartete auf dem breiten Absatz vor dem Eingang. Hinter der Tür bellte Floppy. Tim trottete von ganz allein nach Hause. Er blieb ruhig, während Floppy sich drinnen überschlug.

»Das ist es, was ich meine. Floppy dreht auf, obwohl er ganz genau weiß, wer hier steht. Er muss lernen, ruhig zu bleiben.«

»Wie kann er das lernen?«

»Er ist klug und verfressen.« Jens grinste. »Am einfachsten mit Leckerlis. Und man muss sich langsam bewegen und immer erst den nächsten Schritt machen, wenn er sich beruhigt hat. Er darf nur vor die Tür, wenn er ruhig ist. Dann gibt sich das bald.«

»Es gibt auch kleine Hunde, die überdrehen. Das habe ich schon beobachtet. Aber bei einem großen Hund ist das … beängstigend. Ich will nicht plötzlich seine Pfoten auf meinen Schultern haben.«

»Was auch immer der Riese aus Überschwang tut, ich versichere dir, er wird dich niemals beißen.«

»Ich glaube dir. Jetzt muss ich trotzdem noch meine Angst überwinden.«

Drinnen war es endlich wieder ruhig. »Siehst du, er hat sich beruhigt. Das ist ein super Anfang. Jetzt können wir die Tür öffnen. Am besten machst du das.«

Sie schluckte. »Ich? K-kann d-das nicht.«

Doch dann passierte etwas, womit er nicht gerechnet hatte. Sie stufte Tim als weniger gefährlich ein. Er war quasi das kleinere Übel. Deshalb rief sie ihn zu sich heran. »Tim, komm her!«

Der Hund drängte sich freudig an ihre Beine. »Brav!« Sie schob den Collie vor, damit er seinen Kumpel begrüßen konnte. Jens trat einen Schritt zurück. Paulina öffnete die Tür.

Floppy saß ruhig auf den Steinen und blickte erwartungsvoll zum Eingang. Tim trat zu ihm heran. Die beiden begrüßten sich mit schnuppernden Nasen. Floppy blieb noch immer ruhig.

»Ignoriere ihn!«, sagte Jens und komm rein, wenn du dich traust. »Sieh ihn nicht an und sprich ihn nicht an. Er muss lernen, dass er nicht immer im Mittelpunkt stehen kann.«

Paulina quetschte sich neben den Eingang und hielt die Tür mit der Hand fest.

Jens legte für Floppy ein Leckerli hin. »Warte!«, sagte er. Er hatte mit dem Hund geübt, dass er nichts anrühren durfte, bevor er nicht die Erlaubnis bekam. Ruhig nahm er dem Collie die Leine ab und hängte sie an den Haken. Tim legte sich brav auf seiner Matte ab. Jens ging sachte zurück zu Floppy, der den Keks nicht aus den Augen ließ. »Du darfst!«

Der Hund stürzte sich auf seine Belohnung und Paulina sauste zur Tür hinaus. Jens folgte ihr. »Wahnsinn, Paulina. Du warst so tapfer.«

»Ich finde es wirklich faszinierend, wie du mit den Tieren umgehst. Das würde ich auch gerne können. Stell dir vor, wie toll es wäre, wenn ich bis zur Hochzeit mit dem Riesenhund beste Freundschaft geschlossen hätte.«

»Du schaffst das. Ich bin stolz auf dich. Was hältst du davon, wenn wir zur Belohnung testen, wie dir das Reiten gefällt. Ich führe das Pferd und du musst nur die Balance halten.«

Ihre Augen glänzten. »Davon habe ich immer geträumt. Einmal auf einem Pferd zu sitzen.«

11
PAULINA

Paulina schaukelte auf dem Pferderücken vor und zurück und hüpfte mit dem Po auf dem Sattel. Es war ungewohnt, die Balance zu halten. Ein Pferd war kein Stuhl. Jens führte die Stute. Dann und wann sah er zu ihr hoch und lächelte. *Jens, du bist so lieb und sanft und zuvorkommend,* schwärmte sie im Stillen. *Und vor allem zurückhaltend.* Sie fühlte sich sicher mit ihm. Er machte immer im richtigen Moment genau das Passende. Sein Gespür für alle Lebewesen, sie eingeschlossen, war phänomenal. Wieso hatte dieser liebe Mann noch keine Freundin? Sie konnte es nicht verstehen. So könnte es immer weitergehen, dachte sie glücklich. Wäre da nicht dieses klitzekleine Problem zwischen ihnen. Er wollte sicherlich bald mehr von ihr. Aber sie wusste nicht, wie sie sich verhalten sollte. Je kleiner ihre Angst vor den Hunden wurde, desto größer wurde sie vor dieser einen Sache.

»So, da wären wir«, riss Jens sie aus den Gedanken. »Soll ich dir runterhelfen, oder schaffst du es?«

»Halt lieber das Pferd fest!«

»Okay.«

Sie schwang das Bein über den Sattel und stieg ab. Im

Stall nahm Jens eine Bürste aus dem Regal und striegelte die Stute. Er hielt ihr die Bürste hin. »Möchtest du es auch mal probieren?«

»Ja, sehr gerne.« Als er ihr die Bürste gab, berührten sich ihre Hände. Natürlich geschah das nicht zufällig.

Jens machte einen Schritt vorwärts, umschlang ihre Taille und zog sie näher zu sich heran. Sie legte den Kopf in den Nacken.

»Ich glaube, du wirst hier noch zum Cowgirl«, sagte er sanft und gab ihr einen Kuss auf die Lippen. Sie wollte sich gerade an ihn schmiegen, als die schwere Holztür aufgerissen wurde. Hastig machte sie einen Schritt zurück. Jens ließ sie los. Hatte sie es doch geahnt, es war ihre Schwester.

»Ah, hier steckt ihr.«

»Ich bürste gerade Ewa.«

»Nicht nötig. Das haben wir vorhin schon ausgiebig gemacht. Aber ich könnte dich drinnen gebrauchen, weil ich wissen möchte, was du auf meiner Hochzeit tragen wirst. Könnten wir bitte die Auswahl sondieren, bevor du wieder abreist? Das wäre super.«

»Jetzt?«

»Was spricht dagegen?«

Sie blickte Jens fragend an. Er zuckte mit den Schultern. »Ich denke, das ist wichtiger. Aber gib Ewa zum Dank eine Möhre. Dann erinnert sie sich beim nächsten Mal an dich. Ich räume hier auf. Geht ihr schon ins Haus.«

»Danke, Jens.«

Sie folgte ihrer Schwester. Ihr war klar, dass Kimberly nur auf die Chance gewartet hatte, sie allein anzutreffen, um sie auszuhorchen. Aber sie wusste doch auch nicht mehr. Das mit Jens war viel zu frisch. Abgesehen davon, hatte sie keine Ahnung, wie es weitergehen sollte.

»Wie war denn eure Bootstour nun wirklich«, fragte sie prompt.

»Nett«, wich Paulina ihr aus. Sie spürte einen

bohrenden Blick auf sich ruhen, fasste sich ertappt ans Shirt und zupfte am Saum. »Puh, ich rieche nach Pferd. Ich glaube, ich muss erst duschen und mir ein frisches Kleid anziehen.«

Ihre Schwester fasste nach ihrem Arm. »Du weichst mir aus. Wir wollten doch über alles reden. Ich mache mir Sorgen. Und ich will doch nur wissen, ob bei dir … und mit Jens … alles gut ist.«

»Natürlich.« Paulina riss sich los, öffnete die Haustür und eilte ins Clubzimmer zu den Welpen. Sie schliefen brav in ihren Körbchen. Es war erstaunlich, wie gut Jens die Phasen zwischen Ruhen und Toben lenken konnte. Er war wirklich ein wahrer Hundeflüsterer. Dafür liebte sie ihn schon jetzt.

Die Hunde erwachten und stürmten ihnen entgegen. So, jetzt war ihre Schwester erst einmal beschäftigt. Kimberly legte den Karton auf den Tisch, den sie unter dem Arm getragen hatte, und bückte sich zu den Welpen hinunter. Paulina schlüpfte zur Tür hinaus in ihr Schlafzimmer. Sie duschte, zog das neue weiße Kleid an und betrachtete sich im Spiegel. *Oh,* sie hatte in der Sonne Farbe getankt. Jetzt stand es ihr viel besser.

Schmunzelnd rollte sie die Anzughose zusammen und verstaute sie in der Reisetasche. Die musste in die Reinigung. Sie konnte sich nicht vorstellen, dass noch irgendjemand auf dieser Welt so verrückt war, in einer Anzughose reiten zu gehen. Aber sie hatte einfach keine anderen Sachen dabei. Jens hatte ihr ein Shirt geliehen. Doch mit einer passenden Hose konnte er nicht dienen. Und von Kimberly hätte ihr auch keine Hose gepasst. Ihre *große* Schwester war ein ganzes Stück kleiner.

Als sie zurück ins Clubzimmer kam, war Kimberly noch immer allein mit den Hunden. Was machte Jens so lange im Stall? Menno, gleich würde ihre Schwester erneut versuchen, sie auszuhorchen.

»Magst du etwas trinken?«

»Danke, jetzt nicht. Später. Wenn ihr Lust habt, können wir nachher wieder gemeinsam mit euch auf der Veranda essen. Es gibt im Nachbarort einen guten Pizzaladen. Die liefern auch zu uns raus.«

»Tolle Idee.«

»Deshalb, lass uns am besten sofort in die Unterlagen schauen! Also, ich zeige dir ein paar Kleiderschnitte, und du sagst, was dir ungefähr gefallen könnte. Ich stelle mir alles im ländlichen Stil vor. Denk dabei zum Beispiel an Jane Austin. Das Kleid kann unter der Brust geschnürt sein. Oder du nimmst eine Korsage mit Rock dran. Das geht auch. Dann sollte es cremefarben sein. Gerne mit Satinbändern und Röschen.«

Paulina war froh, dass ihre Schwester nicht weiter nachbohrte. Sie schlug eine Kladde mit Zeichnungen von verschiedenen Kleidern auf. Alle lang, ein wenig verspielt, enger, weiter, aber nicht im übertriebenen Prinzessinnenstil. Keine Cinderella-Verkleidung.

»Am besten wählst du drei Kleider. Die Schneiderin bringt bei deinem nächsten Besuch die entsprechenden Grundmodelle mit. Du hast Kleidergröße achtunddreißig, nicht wahr? Hast du mit Jens geschlafen?«

Wie konnte Kimberly nahtlos zu dieser Frage übergehen? Paulina schnappte nach Luft. Sie musste dafür sorgen, dass ihre Schwester sie in Ruhe ließ. »Natürlich nicht. Wo denkst du hin? Wir … wir sind erstmal nur gute Freunde.«

»Ah, gute Freunde. Und wie lange willst du … es ihm verschweigen. Ich meine, es wäre doch alles einfacher, wenn er es wüsste.«

»Er muss gar nichts wissen.«

Kimberly hob entwaffnend die Hände. »Deine Sache. Ich finde, du solltest mit offenen Karten spielen. Nur mein Rat. Dann … mische ich mich jetzt auch nicht weiter ein. Aber du kannst dich jederzeit an mich wenden, wenn du einen schwesterlichen Rat brauchst. Ich hab dich doch nur lieb … und Jens mag ich auch. Es wäre schade, wenn …«

»Alles ist gut«, fiel sie ihrer Schwester ins Wort. »Ich glaube, mir gefällt das Kleid.« Es war das erste Beispiel in der Kladde. Sie hatte keine Ahnung, ob es ihr stand. Aber sie musste jetzt ganz schnell ein anderes Thema finden. Ihr war natürlich klar, dass sie mit Jens reden musste. Aber sie scheute das Gespräch. Denn sie hatte Angst, dass er dann nicht mehr an ihr interessiert war.

»Dein Ernst, dir gefällt dieser labberige Schnitt? Kannst du natürlich haben. Aber ich dachte, etwas mehr Figur zu zeigen, wäre schöner.«

»Okay, dann …« Sie schlug die Seite um. »Das Modell.«

»Findest du? Es ist gerade geschnitten. Klar du bist lang und schlank. Du kannst das tragen. Aber ist es nicht schnell langweilig? Man müsste irgendwas mit Schleifen machen. Oder dann bei der Stoffauswahl schauen, was man da noch rausholt. Vielleicht einen feinen Baumwollstoff mit eingestickten Blumen.«

Paulina wollte nicht streiten. Es war ihr im Grunde egal, solange das Kleid vernünftig saß. »Sag doch mal, was du dir vorstellst. Es ist schließlich deine Hochzeit. Dein Kleid habe ich noch gar nicht gesehen.«

Kimberly blätterte nach ganz hinten. Sie senkte die Stimme. »Aber verrate niemandem etwas. Auch Jens nicht. Liam darf nichts vorher erfahren. Schau, das ist der Schnitt.« Sie blätterte durch den Ordner mit den Stoffproben. »Und das ist der Stoff.«

»Du siehst bestimmt wunderschön als Braut aus. Vielleicht findest du etwas für mich, das dazu passt. Ehrlich, ich überlass die Wahl dir.«

»Das kommt nicht in Frage. Du suchst dein Kleid selbst aus. Du sollst dich ja darin wohlfühlen. Das Kleidermotto für die übrigen Gäste wird auch sein: Leinenstoffe, Baumwolle und Naturfarben. Also Beigetöne, Cremeweiß und helle Grüntöne. Wenn jemand fragt, sag ich immer, du kannst sogar im T-Shirt und in heller Trekkinghose kommen. Das passt zum ländlichen Stil. Aber ich hätte gerne auf den späteren Fotos keine roten Etuikleider, die herausstechen.«

Paulina hob frech das Kinn. »Ich hätte da ein schickes, rotes Kostüm.«

»Wag es nicht!« Ihre Schwester knuffte sie und beide lachten.

Kam es ihr nur so vor? Oder war Jens heute Abend etwas stiller als sonst? Nun, dafür erzählten Kimberly und Liam umso mehr. Floppy saß unten im Garten. Paulina hatte es erlaubt, um sich an seinen Anblick zu gewöhnen. Liam hatte die Leine an einem Apfelbaum befestigt. Tim leistete seinem Kumpel Gesellschaft und schlief daneben im weichen Gras. Die Welpen spielten im eingezäunten Gehege.

Paulina sah immer wieder von den kleinen Hunden zu den Großen. Da war schon ein gewaltiger Unterschied. Jens hatte Bier geholt. Jetzt setzte er sich neben sie. »Was denkst du?«

Sie lachte. »Zum Glück sind sie weit genug weg.«

»Willst du vielleicht mal mit mir runtergehen?«, fragte er im charmanten Tonfall, dem sie nicht widerstehen konnte. »Mit Tim läuft es doch auch schon ganz gut. Du musst Floppy ja nicht gleich streicheln.«

»Okay, dann …«

Sie erhob sich. Er ging neben ihr. Sie hatte das Gefühl, er wollte ihre Hand ergreifen. Aber sie zog sie zurück. *Nicht vor meiner Schwester. Noch nicht. Du hast ja keine Ahnung, wie sie mich vorhin ausgefragt hat.*

Jens hockte sich hin und hielt Floppy zusätzlich am

Geschirr fest. Er knuddelte ihn und der Riese wackelte mit der Rute hin und her, als wollte er den Garten fegen.

Paulina streckte zaghaft die Hand nach Tim aus. Der Collie schien es zu genießen, blieb aber ruhig und faul liegen.

Sie ließ sich auf die Knie fallen und krabbelte ein Stück näher. Aber nun war Floppys Schnauze direkt vor ihrem Gesicht. Sie hatte den dringenden Wunsch, sich ihm unauffällig von hinten zu nähern. Doch Jens hatte ihr erklärt, das sei nicht gut. Hunde könnten sich erschrecken.

»Komm auf meine Seite!«, sagte Jens mit sanfter Stimme und rückte noch ein Stück weiter. »Ein Hund mag es, wenn man sich nicht direkt über ihn beugt oder sich frontal von vorne nähert. Seitlich ist am besten. So kommst du am einfachsten an den Hals. Obwohl, die meisten Hunde lieben es auch, wenn man sie an der Schnauze knuddelt.« Er beugte sich vor und umfasste erstmal Floppys Schnauze. Der Hund fand das scheinbar ganz toll. Er robbte ein Stück näher an Jens heran und schmuste sich tief in seine Hand.

»Ich wünschte, das könnte ich auch.«

»Jetzt du!«

Sie streckte die Hand. Aber als der Hund in ihre Richtung wollte, zog sie sich wieder zurück. Sie japste und hatte den dringenden Wunsch, wegzulaufen.

Jens streckte ihr die Hand hin. »Leg deine auf meine und wir machen es gemeinsam. Ich verspreche dir, ich schiebe deine Hand nicht zum Hund. Das musst du selbst tun.«

Sie vertraute ihm und folgte seinem Vorschlag. Ganz vorsichtig streckte sie den Arm aus. Er umschloss ihre Hand nicht, sondern führte sie nur so zart, wie ein Tanzpartner seine Tänzerin aufs Parkett geleitet. Ihre Fingerspitzen berührten das weiße Fell.

»Tief durchatmen!«, flüsterte Jens.

Sie atmete sehr tief durch. Doch dann berührten ihre Fingerspitzen Floppys flauschiges Fell. *Mein Gott, das ist so weich wie das weichste Schaffell. Ich wünschte, ich hätte keine Angst vor dir. Dann würde ich dich durchknuddeln, bis ... ich vollgehaart wie ein Flokati bin.*

Sie zog die Hand zurück und lächelte. Schnell krabbelte sie rückwärts und japste. »Das war toll«, presste sie die Worte hervor. *Weil du bei mir warst,* fügte sie in Gedanken hinzu.

Jens erhob sich und reichte ihr die Hand. Aber sie war sportlich und ließ sich nicht aufhelfen. Ihr war klar, dass Kimberly und Liam gerade die Hälse nach ihnen verrenkten.

Vorsichtig lugte sie in deren Richtung. Ein kurzer Blick genügte und ihre schlimmsten Erwartungen wurden bestätigt. Es war sogar noch heftiger, als sie erwartet hatte. Die beiden standen am Geländer, gafften ungeniert und nun klatschten sie auch noch Beifall. Sie spürte, wie ihr die Hitze in die Wangen schoss.

»Hey, das wird«, sagte Kimberly. Paulina fragte sich, ob ihre Schwester damit die Sache mit den Hunden oder mit Jens meinte.

Es klingelte an der Haustür. »Wer kann das sein?«, fragte Kimberly und sah Liam stirnrunzelnd an.

»Ich geh schon«, sagte Jens und eilte zur Tür. Er kam mit zwei Leuten zurück. »Marina! Hey, tolle Überraschung.« Kimberly stürmte auf die blonde Frau zu und umarmte sie.

»Am Haupthaus war keiner. Da dachten wir, vielleicht seid ihr hier. Du hast ja erzählt, dass deine Schwester zu Besuch ist.«

Kimberly wandte sich nun an Paulina. »Das ist Marina, meine älteste und beste Schulfreundin. Und das ist Lorenz, Liams Bruder.«

Paulina gab den beiden die Hand.

»Setzt euch!«, sagte Jens. »Was mögt ihr trinken?«

»Ach nichts«, winkten die beiden höflich ab. »Wir waren gerade auf dem Weg und da dachten wir, sagen wir doch kurz Hallo.«

»Was Alkoholfreies?«, blieb Jens hartnäckig.

»Ja, ein Bier. Danke«, sagte Lorenz.

Marina wollte nur ein Glas Wasser. Sie schaute auf den Tisch. »Hübsche Blumen. Toller Krug. Wo hast du die Vase her, Liam?«

»Es ist nicht meine. Jens hat sie gekauft.«

»Die gibt es am Hafen in diesem Blumenladen.«

»Danke für den Tipp. Da muss ich unbedingt auch vorbeischauen. Ich bin doch immer auf der Suche nach neuer Deko fürs Hotel.«

Es wurde ein netter Abend. Aber es war nicht allzu spät, als Marina und Lorenz sich von ihren Plätzen erhoben. »Ihr wisst ja, ein Hotel kennt kein freies Wochenende. Wir müssen ins Bett.«

Kimberly und Liam erhoben sich ebenfalls. Paulina blieb oben auf der Veranda. Liam band Floppy los. Er und Kimberly winkten am Fuße der Veranda. »Wir gehen außen herum.«

Floppy drehte sich noch einmal neugierig in ihre Richtung. *Mach's gut, du Riese mit dem sanften Fell. Ich wünschte, ich könnte dich knuddeln.*

Sie räumte die Flaschen und Gläser in die Küche. Plötzlich stand Jens bei ihr. Er nahm ihr das Glas aus der Hand und stellte es auf den Tresen, wobei er ihr fragend in die Augen sah. Sie konnte sich denken, was er von ihr wollte. Er umfasste ihren Hals und küsste sie sanft. Sie erwiderte seinen Kuss, konnte sich aber nicht ganz hineinfallen lassen. Zu groß war ihre Angst vor dem Unvermeidlichen.

Plötzlich stoppte er. »Was ist los mit dir?«

»Nichts, ich …«

»Ich hab schon gemerkt, dass du dich vor Liam und

Kimberly bedeckt verhalten hast. Aber ich wüsste gerne den Grund dafür.«

»Ich will nicht, dass sie gleich sonst was denken.«

»Was denken sie denn? Dass ich dich … mag?«

Sie las auf seiner Stirn etwas ganz anderes, als er gesagt hatte. *Dass ich dich will. Jetzt!*

Ein verlangendes Ziehen breitete sich in ihrem Unterleib aus. Sie wollte doch dasselbe. Aber es ging nicht. Sie konnte nicht tun, was er sich nun erhoffte. Deshalb sagte sie etwas gegen ihren Willen. Etwas, das ihr fast das Herz zerbrach. »Jens, ich möchte erstmal, dass wir nur gute *Freunde* werden. Geht das?«

Er zog sich enttäuscht zurück und ließ sie los. »Natürlich geht das. Also nur Freunde«, murmelte er.

»So habe ich das nicht gemeint. *Erstmal!* Das meinte ich.«

»Es ist gut. Ich habe dich schon verstanden. Dann, schlaf gut!« Er wandte sich ab und rief nach Daisy und Goofy. »Hopp, ihr beiden. Ihr geht jetzt ins Bettchen«, rief er mit sanfter Stimme, der man nichts anmerkte.

Paulina hingegen hatte einen dicken Kloß im Hals. Sie legte sich ins Bett und konnte kaum die Tränen unterdrücken. War das so zwischen Männern und Frauen, dass es sofort ins Bett ging? Und wenn nicht, dann war es auch nichts zwischen ihnen? Aber warum tat es dann so weh? Sie wollte ihn. Sie wollte ihn so gerne. Ja, sie sehnte sich danach, noch einmal in seinen Armen zu liegen. Und sie wollte auch mehr. Sie wollte endlich von diesem Himmel kosten, der sich Sex nannte. Aber ihr fehlte die Anleitung dafür.

12
JENS

Er hatte keine Ahnung, was mit Paulina nicht stimmte. Und er wollte es auch gar nicht wissen. Sie hatte ihn abgelehnt. Mit deutlichen Worten. Von *Freundschaft* redeten Frauen, wenn sie einen nicht enttäuschen wollten. Er verstand die Welt nicht mehr. Dabei hatte doch alles so wunderbar angefangen.

Vorhin in der Küche, da hatte er es wirklich wissen wollen. Ja, er hatte sie ein wenig bedrängt. Aber er wollte einfach wissen, woran er bei ihr war. Das zufällig mitgehörte Gespräch zwischen ihr und ihrer Schwester hatte ihn stutzig gemacht. Paulina sollte mit ihm reden und ihm etwas Wichtiges sagen. Nun wusste er, was es war. Sie suchte Freundschaft und vielleicht flüchtigen Sex. So gut kannte er sie nicht. Aber sie wollte keine Beziehung. Doch diesmal war er nicht der Dumme, der ewig wartete, um dann zuzuschauen, wie ein anderer Mann sie sich vor seiner Nase schnappte.

Jetzt hatte er Klarheit. Also dann: *Freundschaft.* Das Wort brannte in seinem Kopf und pochte an seinen Schläfen. Es lief mal wieder darauf hinaus. Was hatte er an sich, dass ihn Frauen nicht als Mann ansahen. War er zu sanft?

Zu einfühlsam und zurückhaltend? Er konnte und wollte sich aber nicht ändern. Dann war Paulina eben doch nicht die Richtige. Gut, dass er es noch rechtzeitig herausgefunden hatte, bevor er sein Herz ganz an sie verloren hatte.

Am nächsten Morgen beschloss er, sich seine Enttäuschung nicht anmerken zu lassen. Er eilte zu seinen Welpen und schickte sie in den Garten. Dann deckte er den Frühstückstisch auf der Veranda. Er kochte Kaffee und Frühstückseier. Die Eier wickelte er in ein Handtuch.

Die Uhr zeigte erst sieben. Na klar, er war viel zu früh auf den Beinen. Eine Stunde saß er allein dort. Dann schrieb er Paulina eine Nachricht, legte die Hunde ins Geschirr und schaute auf seiner Baustelle vorbei. Hier hatte sich in den letzten Tagen überraschend viel getan. Nachdem wochenlang alles aufgerissen wurde, alte Kabel, Leitungen, die Heizkörper und Fenster rausgerissen wurden, ging es offenbar endlich in die umgekehrte Phase. Die neu gelegten Wasserrohre lagen in den Schächten, die Strom- und LAN-Kabel ebenfalls. Nächste Woche könnten die Arbeiter die Wände verputzen. Er hob jeweils einen Hund rechts und links unter den Arm und stieg die Treppe nach oben. Hier bot sich dasselbe Bild. Sicherheitshalber band er die Hundeleinen ans Geländer und stieg dann die Treppe zum Dachboden hoch. Der war fertig isoliert, das Dach neu gedeckt, die breite Dachgaube hatte zusätzlichen Raum geschaffen.

Er kehrte zu seinen Hunden zurück. »Kommt, wir schauen uns mal den Garten an.«

Sie fanden den offenbar spannend und wühlten aufgeregt in den verstreuten Sandhaufen. Der Bambus war raus, aber nun sah es auf dem Grundstück so aus, als hätte ein Maulwurf in der Größe eines Elefanten darin gewohnt. Er brauchte einen Gärtner. Denn für Gartenarbeit hatte er keine Zeit. Schnellstmöglich wollte er einen Bauerngarten mit insektenfreundlichen Blumen und mit einem winzigen

Teich oder Brunnen, in dem die Tiere Wasser fanden. So vor sich hinträumend saß er auf dem verbliebenen Stück Rasen auf der Mitte seines Grundstücks und sann über Paulina nach. Konnte er sie weiterziehen lassen oder sollte er um sie kämpfen? Er beschloss, das Kapitel loszulassen, bevor es richtig begonnen hatte. Aber wozu renovierte er dieses Haus und wofür wollte er einen hübschen Garten? Für sich allein? Das Areal war viel zu groß für eine Person. Er sollte vielleicht zur *Freiwilligen Feuerwehr* gehen. Dort gäbe es bestimmt eine passende Frau für ihn. Eine, die dieses leere Heim mit Wärme und Liebe füllen konnte.

Sein neuer Plan war gereift. Er musste jetzt vorwärtsschauen und nicht um Dinge trauern, die er nicht haben konnte. Mit neuem Mut schnappte er sich die Hunde und kehrte zurück in sein vorübergehendes Zuhause.

Als er den Flur betrat, stand Paulinas gepackter Koffer dort. Er schaute zur Veranda. Sie war nicht da. Offenbar hatte sie nichts gefrühstückt. Denn ihr Teller war unbenutzt.

»Paulina?«

In ihrem Zimmer war sie nicht. War sie etwa zu ihrer Schwester und den Hunden gegangen, um sich zu verabschieden? Als er über den Hof lief, stand sie an der Koppel und streichelte die Fuchsstute.

Sie hörte ihn kommen und drehte den Kopf. Blonde Strähnen wehten ihr ins Gesicht. Ihre Wangen waren gerötet. Sie sah zauberhaft aus.

»Guten Morgen«, sagte sie und streckte die Hand erneut nach dem Pferd aus.

»Moin. Hast du gut geschlafen?«

»Es geht so. Ich muss an morgen denken. Mein erster Tag.« Sie sprang vom untersten Brett des Zaunes ab und wandte sich ihm mit einem bedauernden Lächeln zu. »Es wird Zeit, dass ich mich emotional auf meine neue Stelle einstelle … ich muss zurück, Jens. Ich danke dir für die tolle Zeit und für alles, was du getan hast, um meine Angst vor großen Hunden loszuwerden. Ich … ach.«

Sie lief auf ihn zu und umarmte ihn. Damit hatte er gar nicht mehr gerechnet. Er schlang seine Arme um ihre schmalen Schultern und sog ihren blumigen Duft ein. Sein Herz war einfach noch nicht bereit, Abschied zu nehmen. Er wollte sie. Und er hatte keine Ahnung, wie er es anstellen sollte, sie zu vergessen.

Sie löste sich aus seinen Armen. »Von meiner Schwester und Liam habe ich mich schon verabschiedet.«

»Dann willst du gleich los?«

»Ja. Ich muss mich auf morgen vorbereiten.«

»Ich wünsche dir, dass alles so schön wird, wie du es dir erhoffst. Und vor allem, dass du endlich mehr Freizeit hast.«

Sie nickte und sah ihn mit großen Augen an. »Nächstes Wochenende muss ich zur Anprobe hier sein. Und … ich hätte Lust, auf das Straßenfest zu gehen, wenn … du mich mitnimmst.«

»Natürlich mach ich das. Dann bis in einer Woche.«

Sie nickte und wandte sich ab. Er hatte das Gefühl, dass sie traurig war. Der kurze Urlaub hier auf dem Hof hatte ihr wohl gutgetan. Und wer weiß, vielleicht wollte sie ja wirklich eine *Freundschaft.* Aus welchen Gründen auch immer. Er spürte, wie Hoffnung ihn ihm keimte. *Lass nicht zu, dass sie mit dir spielt. Lass dir nicht schon wieder wehtun.*

Sie gingen zurück zum Haus. Der Wind war heute stärker. Die Hühner scharrten und hüpften gackernd beiseite. Sand knirschte unter seinen Füßen. Jeder Schritt fühlte sich wie eine Ewigkeit an und gleichzeitig wie eine einzige Sekunde.

Paulina knuddelte ein letztes Mal die Welpen. »Euch sehe ich vielleicht nie wieder«, murmelte sie. Er trug ihren Koffer zum Auto. Dann winkte er kurz und drehte sich weg. Sie sollte nicht sehen, dass ihm der Abschied naheging.

Liam kam über den Hof gelaufen. »Wir wollen eine Runde ausreiten. Kommst du gleich mit?«

»Alle drei Reitpferde brauchen Bewegung, nicht wahr?«

»So ist es.«

»Ich bringe nur schnell die Welpen ins Haus und erkläre ihnen, dass sie ihren Mittagsschlaf brauchen. Dann komme ich.«

Liam ging mit ihm mit. »Hast du eine Ahnung, warum Paulina so plötzlich abgereist ist?«

Er stellte sich unwissend. »Morgen fängt ihr neuer Job an. Sie macht sich Gedanken und will den Tag vorbereiten.«

»Und zwischen euch … ist alles in Ordnung?«

Jens blieb stehen. »Ja, warum denn nicht?«

»Es wirkte anfangs so, als würde mehr … ach vielleicht habe ich mich auch getäuscht«, murmelte Liam und bog zu den Ställen ab.

Jens knirschte mit dem Kiefer. *Hast du nicht, aber das musst du nicht wissen.*

Wenige Minuten später kontrollierte er, ob der Sattel richtig saß, und konzentrierte sich auf die Gegenwart. Vorsichtig verlagerte er das Gewicht und stieg auf Ewas Rücken. »Los geht's!«

Kimberly drängte sich mit ihrem Rappen nach einer Weile neben ihn. »Sag mal, Jens, was hast du gemacht, um Paulina die Angst vor unseren Hunden zu nehmen? Ich bin echt beeindruckt. Heute früh ist sie allein zu uns rüber, um sich zu verabschieden. Wir haben natürlich dafür gesorgt, dass Floppy ruhig sitzen bleibt.« Sie kicherte. »Wenn ich daran denke, wie sie am ersten Tag panisch auf deinen Arm gehüpft ist.«

»Das war nur für dich lustig«, kommentierte er.

»Stimmt schon.« Sie schnalzte mit der Zunge und holte Liam ein. Er hatte den Eindruck, sie wollte etwas von ihm wissen. Aber nach seiner trockenen Antwort war das Gespräch erstmal beendet.

Er konnte die ganze Zeit nur an Paulina denken. Wie es sich angefühlt hatte, sie im Arm zu halten. Wie ihr Haar duftete und wie ihre Küsse geschmeckt hatten. Noch immer hörte er ihre Stimme in seinem Ohr, ihr Lachen und spürte die Abschiedsumarmung.

Paulina, komm gut heim. Trotz allem freue ich mich, dich wiederzusehen.

Der Montag begann mit einem unerfreulichen Anruf. Es war die Frau, die Goofy nehmen wollte. Sie sprach nicht mit ihm, sondern mit Anita, seiner Sprechstundenhilfe. Diese kam kurz darauf in den Behandlungsraum und erklärte ihm, dass es nicht ginge. »Klaras Mann will leider keinen zweiten Hund. Sie wollen in Zukunft mehr reisen und das sei dann mit zwei Hunden zu kompliziert.«

Er wollte keine Kundin verlieren, die wegen eines schlechten Gewissens nicht mehr zu ihm in die Praxis kam. »Ich kann ihren Mann sehr gut verstehen. Sag ihr bitte einen lieben Gruß von mir. Ja?«

»Mach ich.« Anita nickte erleichtert und widmete sich dem nächsten Wartenden und seiner Katze.

Jens brachte die Hunde ins Nebenzimmer. Was mache ich nur mit euch?

Nach der Katze kam eine Frau mit einem Beagle, die er noch nie in seiner Praxis gesehen hatte.

»Sind Sie zugezogen?«, fragte er.

»Ja. Vor drei Monaten. Meine Hündin braucht eine Zeckenimpfung. Wir reisen demnächst ins Zeckengebiet.«

»Wie heißt sie denn?«

»Jenny.«

Routinemäßig tastete er den Bauchraum ab. »Ihr Hund hat vor kurzem Welpen bekommen?«

»Ja, es ist aber schon eine Weile her«, erwiderte sie.

»Wie lange«, hakte er nach.

»Vier Monate.«

»Wie viele waren es denn? Waren alle gesund?«

»Zwei Welpen. Sie sind gesund und längst vermittelt.«

»Hier in der Gegend? Dann sagen Sie doch bitte den neuen Besitzern, sie sollten die Untersuchungen nutzen. Meine Erstuntersuchung ist immer kostenlos.«

»Äh, sie sind nicht hier in der Gegend vermittelt. Wir haben den Verkauf über eine Anzeige geregelt.«

Das konnte natürlich alles wahr sein. Aber die Frau verhielt sich merkwürdig. Und er hatte noch immer ein gutes Gespür für Menschen. Obwohl er bei Paulina etwas ratlos war. Doch er war sich sicher, dass sowohl Paulina und als auch diese Frau etwas vor ihm verbargen. »Züchten Sie?«

»Nein. Es war ein Versehen.« Die Frau errötete.

»Verstehe. Zum Glück ist ja alles gut gegangen.«, lenkte er ein.

Er war sich sicher, die Hundemutter von Daisy und Goofy vor sich zu haben. Aber was konnte er tun? Es war besser, keinen weiteren Staub aufzuwirbeln. Sie wollte die Welpen nicht und hatte sie herzlos ausgesetzt. Doch beweisen konnte er es nicht. Es war nur ein Gefühl. Nachdenklich rieb er sich den Nacken. Er zog die Spritze auf und trat neben die Hündin. »Na, du bist aber eine Feine«, sagte er und streichelte sie. Dann drückte er ein Stück Fell mitsamt der darunterliegenden Haut zwischen Daumen und Zeigefinger zusammen. »Sie wird gar nichts merken«, sagte er. »So, schon passiert. Darf die tapfere Dame ein Leckerli haben?«

»Sehr gerne.«

»Schau mal, Jenny, was ich für dich habe.«

Die Hündin tänzelte vor Freude auf der Stelle und schnappte sich den Bissen.

Er stutzte. Trat sie mit dem rechten Pfötchen vorsichtiger auf? »Ich schau mir noch ihre Krallen an.« Sanft hob er sie auf die Behandlungsfläche. Die Krallen waren in Ordnung. Er tastete zwischen den Ballen. »Halten Sie Jenny bitte gut fest!«, sagte er und holte eine Lupe. »Da steckt offenbar ein Splitter.« Er zog den Splitter mit der Pinzette heraus und betrachtete ihn. Es war ein Dorn. »Haben Sie zufällig Rosen im Garten?«

»Ja, wir haben das Haus neu gekauft. Das Grundstück war zugewachsen mit diesen fürchterlichen Parkplatzrosen. Wie bei Dornröschen sah es da aus.« Sie schnaufte. »Wir mussten die Hecken einkürzen. Da war kein Durchkommen mehr.«

Er war sich jetzt absolut sicher, die Mama von Daisy und Goofy vor sich zu haben. Aber noch immer könnte er nichts beweisen. »Dann hoffe ich, dass Jenny nicht noch einmal in einen Dornenzweig tritt«, sagte er und merkte, wie er sich nur mühsam beherrschen konnte. »Ich brauche dann den Ausweis von Jenny, um die Impfung einzutragen.«

Die Frau reichte ihm den Hundeausweis. »Oh, der ist neu ausgestellt.«

»Ja, Ihre Angestellte hat das gemacht. Ich habe den alten Ausweis leider beim Umzug verloren.«

»Nun, die vergangenen Impfungen kann ich nicht nachtragen. Es sei denn, Ihr bisheriger Tierarzt schickt mir die Daten.«

»Ach, das ist doch nicht wichtig. Wir haben gerade jede Menge mit dem alten Haus zu tun.«

»Okay«, sagte er langgezogen und dachte sich den Rest. »Aber ich mache dann wenigstens einen Vermerk über

Jennys Trächtigkeit und trage den Wurf nach. Wann kamen denn die Kleinen zur Welt?«

»Das, d-das weiß ich nicht mehr auf den Tag genau. Kann ich Ihnen das beim nächsten Besuch mitteilen?«

»Kein Problem. Und wann hatte die Hündin die letzte Entwurmung?«

»Am Monatsanfang.«

»Brauchen Sie noch ein Spot-on gegen Parasiten?«

»Nein, hab' ich vorrätig.«

»Dann sind Sie ja bestens versorgt. Ich rate Ihnen, zu beobachten, ob Jenny sich die Pfötchen leckt. Dann könnte es eine Dorne aus Ihrem Garten sein. Und kontrollieren Sie regelmäßig auch das Fell nach Grannen. Wir haben jetzt die Jahreszeit dafür. Die Getreidefasern sind trocken und wandern schnell unbeabsichtigt in die Haut.«

»Mach ich.«

»Gut. Dann bis zum nächsten Mal.«

Als die Frau weg war, musste er erst einmal tief durchatmen. So wütend war er. Aber es brachte nichts, Behauptungen aufzustellen, die er nicht beweisen konnte. Dann wäre er als Tierarzt bald von allen gehasst. Das konnte er sich nicht erlauben. Da war es ihm lieber, er behielt Jenny und ihr Frauchen im Auge.

Unwillkürlich musste er an seinen Vater denken, der Hausarzt und kein Tierarzt war. »Junge, die meisten Menschen diskutieren mit ihren Freunden und feiern mit ihren Feinden«, pflegte er zu sagen. »Dabei müsste es umgekehrt sein. Sag deinen Feinden die Meinung und saufe mit deinen Freunden!«

Er musste schmunzeln. Erst jetzt begriff er, was damit gemeint war. Aber Reden ging jetzt wirklich nicht. Doch wenigstens konnte er die Frau im Auge behalten.

Der Rest der Woche verlief für ihn fast ereignislos. Hier und da gab es Interessenten für die Welpen. Mal für Daisy, dann für Goofy. Aber am Ende kam nichts dabei heraus. Je länger er die Kleinen hatte, desto schwerer fiel es ihm, sich vorzustellen, sie wieder herzugeben. Besonders Daisy hatte er ins Herz geschlossen. Sie war unglaublich klug und kapierte schnell, was sie machen sollte. Außerdem verband er die Hunde innigst mit Paulina. Sie hatte Daisy gerettet. Mit Paulina und den Hunden war plötzlich etwas Neues in sein Leben getreten. Etwas, das er genossen hatte. Sie fehlte ihm. Die Hunde würden ihm auch fehlen. Aber er musste vernünftig bleiben. Es war Zeit, loszulassen und endlich sein Privatleben in die Hand zu nehmen.

Deshalb ging er am Donnerstag gleich nach der Arbeit zur Freiwilligen Feuerwehr. Dort waren überraschend viele Frauen zugegen. Alle knuddelten die Hunde, aber niemand wollte einen.

Wie sich herausstellte, waren sie mit den letzten Planungen für das Straßenfest am Wochenende beschäftigt. Für ein Aufnahmegespräch blieb den Feuerwehrmännern keine Zeit. Ehe Jens sich wehren konnte, hatte er die Aufgabe übernommen, einen Kuchen fürs Fest zu backen. Und am Samstag sollte er sich um sechzehn Uhr am Stand der Feuerwehr einfinden. Jetzt hatte er zusätzliche Aufgaben an der Backe. Eine Frau war ganz nett. Ihr Name war Hanna und sie erzählte ihm in Windeseile ihre halbe Lebensgeschichte. Aber sie war älter und ihre Gegenwart kribbelte nicht in seinem Bauch. Leider. Eine Frau wie Paulina war weit und breit nicht in Sicht. Er schüttelte über sich selbst den Kopf und fuhr zurück zum Landsitz.

Dort traf er im Hof auf Liam und auf den Typen von der Kinderstiftung. Wie hieß die Stiftung nochmal?, grübelte er. Weidenfels. Und der Heini vor ihm? Jetzt hatte er es. Er hieß Henry. Klang ja fast wie Heini.

Mit einem Lächeln stieg er aus dem Wagen. Er holte die Hunde aus der Transportbox und ließ sie an der langen Leine laufen. Liam winkte ihm. Okay, dann musste er wohl zu ihm hingehen.

»Jens, die Sache mit der Kinderstiftung nimmt Form an. Wir werden Henry jetzt öfter hier sehen. Er bringt schon bald die ersten Ponys auf den Hof.«

Henry schüttelte ihm die Hand. »Sie sind der Tierarzt? Das passt ja prima. Dann lege ich die medizinische Versorgung meiner Tiere am besten vertrauensvoll in Ihre Hände.«

»Können wir gerne so machen. Aber ich wohne nur vorübergehend hier auf dem Hof.«

»Liam hat es schon erzählt.« Henry sah ihn erwartungsvoll an. »Aber Sie können unsere Tiere doch trotzdem erstmal gründlich durchchecken?«

»Na klar, das kann ich machen. Danach komme ich gerne jederzeit auf den Hof, wenn etwas anliegt.«

Henry bückte sich zu Goofy hinunter, der schwanzwedelnd an seinem Bein hochsprang. Was fand der Hund nur an dem Mann? Jetzt ließ er sich auch noch auf den Arm nehmen und wedelte vergnügt mit dem Schwänzchen. Dabei war er sonst in der Praxis der größte Schisser. Sobald ein Fremder den Raum betrat, verzog er sich in den Pop-up-Laufstall. Was sicherlich ein Grund war, weshalb sich kaum jemand für den Kleinen interessierte.

»Nein, bist du süß«, schnurrte Henry und grinste verzückt. Auf Jens wirkte sein Verhalten albern und unmännlich. *Jawohl!* Wenn der Kerl nun öfter hier auftauchte, dann wäre Paulina doch nicht so dumm, sich in diesen halben Lappen zu verlieben, oder?

»Jens will die Hunde loswerden«, sagte Liam im lockeren Tonfall.

»Was? Diese süßen Hunde?«

»Du kannst ihn haben.«

Henry riss die Augen auf. »Wirklich? Also … ich überlege ja schon eine Weile, ob ich mir einen Hund zulegen sollte. Ist das nicht ein Beagle?«

»Ein Mischling«, korrigierte Jens ihn. »Vermutlich gemixt mit einem Cocker Spaniel.«

»Ja, aber das ist doch ganz egal. Sagt man nicht, die Mischlinge sind die gesündesten Hunde?«

»Meistens sind sie recht gesund. Aber krank werden kann jeder Hund.«

»Und Sie wollen den wirklich verkaufen?«

Jens schluckte. Am liebsten hätte er ihm den Welpen entrissen. *Nein, Blödmann, ich will ihn nicht verkaufen. Aber ich kann keine zwei Hunde haben,* knurrte er wortlos.

Henry sah ihn irritiert an. »Sollte das ein Ja oder ein Nein sein?«

»Ja, er ist zu verkaufen. Aber nur gegen eine Schutzgebühr von tausend Euro.«

Aus dem Augenwinkel sah er, wie Liam die Kinnlade herunterfiel.

»Ja, das muss so viel Geld sein. Fünfhundert Euro sind die übliche Schutzgebühr, um sicherzustellen, dass der neue Besitzer es sich wirklich gründlich überlegt hat. Das Geld fließt in die Behandlungen von streunenden Hunden, angefahrenen Tieren und wilden Katzen etc. Die restlichen fünfhundert Euro sind für den hiesigen Tierschutzverein.«

»Dann sind das doch alles wirklich gute Gründe.« Henry strahlte unbeirrt. »Dafür bezahle ich gerne. Kann ich den Hund erstmal kennenlernen, um zu schauen, wie man mit ihm umgeht, und ob wir uns verstehen?«

Liam lachte. »Ich glaube, ihr versteht euch bestens. Er hat sich in deinem Arm eingerollt und will anscheinend schlafen.«

Jens musste zugeben, dass sich ihm ein wirklich friedliches Bild bot. »Ich bin kein Hundetrainer«, sagte er trocken. »Aber zum Kennenlernen können Sie gerne … äh … demnächst vorbeikommen.«

Dieses Wochenende passte ihm gar nicht. Wegen des Straßenfestes. Und weil Paulina wegen der Kleideranprobe kommen wollte. *Er* würde sie wiedersehen. Und dann wollte er ihr sagen, dass er warten konnte, bis sie bereit für eine Beziehung sei. Und, dass es ihm leidtat, wenn er sie bedrängt hatte. Das sei nicht seine Absicht gewesen. Außerdem wollte er mit ihr aufs Fest gehen. Und vor allem wollte er nicht, dass Henry ihm die Frau vor der Nase wegschnappte. *Diesmal nicht!,* sagte er sich im Stillen. *Nur über meine Leiche.*

Er spürte, wie Liam ihn an der Schulter berührte. »Hey, ich kann ja verstehen, dass es dir nahe geht, den Kleinen herzugeben. Aber wolltest du das nicht so?«

Beklommen nickte Jens. »Ja, natürlich.«

»Fein«, sagte Henry. »Dann schaue ich am besten morgen bei Ihnen vorbei. Ich bin ja sowieso hier.«

»Morgen?« Jens sah ihn ungläubig an.

»Ja, Jens!«, mischte sich Liam energisch ins Gespräch. »Je schneller sich Goofy an seinen neuen Besitzer gewöhnt, desto besser. Außerdem legen wir morgen fest, welche Weiden Henry braucht und übernimmt. Und wir haben noch ein paar andere Sachen zu klären. Dafür brauche ich auch Kimberlys Meinung.«

»Was für Sachen?«

»Na, dir kann ich es ja schon erzählen. Du weißt doch, die Kinderstiftung kümmert sich auch um sehr kranke Kinder. Ich überlege, ob ich im Haupthaus die Gästezimmer für ein paar Wochen im Jahr zur Verfügung stelle. Und im Ballsaal könnte später die Jahreshauptversammlung stattfinden.«

»Was soll ich dazu sagen? Liam, du bist der Besitzer.«

Henry blickte irritiert von Liam zu Jens. Offenbar hatte er gemerkt, dass Jens nicht so schnell mit den neuen Gegebenheiten klarkam. »Das klären wir sowieso alles später«, murmelte der um Freundlichkeit bemühte Mann nachsichtig.

Jens streckte die Hände aus. »Dann müsste ich Goofy jetzt zurückhaben.«

Nun guckte Henry doch ein wenig betroffen. »Kann ich ihn nicht testweise schon mal eine Nacht mitnehmen?«

Jens frohlockte insgeheim, weil er den Schönling aus der Reserve gelockt hatte. Gegen die innere Stimme, die ihn anschrie, *gib ihn nicht her!*, beschloss er jedoch, auf die Vernunft zu hören. »Wenn Sie sich das zutrauen.«

»Pferde lieben mich. Und mit Kindern kann ich auch gut umgehen. Zählt das?«

Du kriegst ein paar Gummipunkte von mir gutgeschrieben, dachte Jens und schluckte. Zum Glück stand Paulina nicht neben ihm. Die würde diesem aalglatten Schleimer jetzt wohl aus der Hand fressen. »Goofy braucht Futter, einen angemessenen Schlafplatz, am besten noch einen Laufstall für zwischendurch, und Näpfe, die sich gut reinigen lassen. Ja, also gut, dann kommen Sie mit! Ich stelle alles zusammen. Falls Sie *meinen* Welpen behalten, kosten die Leine und das Geschirr sowie die übrigen Sachen extra, egal ob Sie die Gegenstände brauchen oder neu anschaffen wollen. Ich habe sie ja schon bezahlt.«

»Ich übernehme gerne alles, denn ich bin mir sicher, Sie haben nur das Beste angeschafft.«

Aus dem Augenwinkel sah Jens gerade noch, wie Liam den Kopf schüttelte und die Augen verdrehte.

13
PAULINA

Paulina hatte die erste Woche hinter sich. Die Arbeit in der Versicherung war nicht sonderlich kompliziert, obwohl sie sich in die speziellen Gesetze einarbeiten musste. Aber man gab ihr ausreichend Zeit. Die Kollegen waren freundlich. Von daher passte alles. Sie war froh, dass sie aus dem stressigen Alltag der Großkanzlei entflohen war. Das hatte sie sich gewünscht. Den Preis, den sie dafür zahlte, hatte sie allerdings unterschätzt: Sie langweilte sich.

Also gut, Paulina, du musst lernen, alles ruhiger anzugehen. In den nächsten Wochen wirst du bestimmt mehr Arbeit bekommen. Und wenn sie erstmal merken, was in dir steckt, kannst du wieder richtig aufdrehen. Genau das war es, was sie brauchte, um sich abzulenken. Sie wollte wieder achtzig Stunden die Woche arbeiten, damit sie nicht über ihr Privatleben nachdenken musste. Sie hatte nämlich keines.

Aber du hast doch jetzt Kimberly und ... Jens. Allein bei dem Gedanken an seine zärtlichen und fordernden Küsse bekam sie weiche Knie. Sie schlug die Beine übereinander, um das pulsierende Verlangen, das in Wellen durch ihren

Unterleib zog, zu unterdrücken. Doch ihre Gedanken wollten einfach nicht zur Arbeit zurückkehren.

Also gut. Ergeben schlug sie die Mappe mit dem Fall zu, nahm zwei weitere Mappen vom Schreibtisch und stopfte alles in ihre Aktentasche. Ohnehin war sie die Letzte, abgesehen von ihrem Abteilungsleiter.

Höflich verabschiedete sie sich von ihm, woraufhin er sich eilig erhob und gemeinsam mit ihr sein Büro verließ.

»Nun, Frau Doktor Rosenbaum, wie hat Ihnen die erste Woche bei uns gefallen?«, fragte er und drückte den Fahrstuhlknopf.

»Sehr gut, Herr Doktor Schnabel.«

»Das freut mich. Ich sehe, Sie nehmen Akten mit nach Hause? Das soll aber nicht zur Gewohnheit werden. Wenn Sie zu viel Arbeit haben, geben Sie ruhig ein paar Fälle an die Kollegen ab.«

»Das werde ich tun.«

Paulina ließ die Aktentasche auf den Beifahrersitz fallen. Ihr Gepäck lag bereits im Kofferraum. Nun musste sie erst durch den Wochenendfeierabendverkehr aus Hamburg raus.

Jens, ich komme, frohlockte eine Stimme in ihrem Kopf. *Willst du mich überhaupt wiedersehen? Ich muss dir endlich sagen, dass ... ich dich mag. Jens, ich glaube, ich habe mich in dich verguckt.* Allein bei dem Gedanken klopfte ihr Herz bis zum Hals. Diese Worte könnte sie niemals zu ihm sagen. Es war ihr peinlich. Und außerdem wollte er ja gar nichts von ihr. *Und die Küsse? Ja, aber als du Stopp gesagt hast, war er sofort beleidigt. Der Kerl wollte nur Sex von dir. Gut, dass du auf deine Schwester gehört hast. Hör auf dein Gefühl! Das hat sie dir doch geraten.*

Paulina trat auf die Bremse. Vor ihr staute sich der Verkehr. Vielleicht gab es ja Religionsgemeinschaften, bei denen die Frauen noch als Jungfrau in die Ehe gingen. Das wäre vielleicht der richtige Weg, grübelte sie.

»Auf gar keinen Fall!«, brüllte sie gegen die Stau-Ansage im Radio an. Hören konnte sie ja doch keiner. »Jens, ich liebe dich«, sagte sie viel leiser. Sie wollte einfach testen, wie die Worte klangen. Würde sie für ihn ihren Namen ändern? »Paulina Hasselbach«, murmelte sie. Klang das besser als Paulina Rosenbaum?

»Ja, ja, ich will … Hallo, guten Tag, mein Name ist Doktor Paulina Hasselbach. Was kann ich für sie tun?«

Das wird lustig, dachte sie. Denn sie hatte auch einen Doktortitel. Allerdings nicht in Medizin. *Alle werden denken, ich bin Frau Doktor Tierärztin.*

Jetzt musste sie doch lachen. Aber das kribbelnde Gefühl im Magen blieb. Sie freute sich aufs Wochenende, auf das Straßenfest, auf die Hunde und auf Jens.

Paulina parkte neben dem roten Wagen ihrer Schwester. Dem Fuhrpark nach zu urteilen, hatten die beiden Besuch. Jens war noch nicht da. Schade. Vielleicht hätte sie sich bei ihm melden sollen. Aber er hatte sich ja auch nicht bei ihr mit Nachrichten überschlagen.

Das Gepäck ließ sie im Kofferraum und ging zum weißen Landhaus in der Mitte des Anwesens. Sie nutzte den Türklopfer. Doch die Hunde bellten trotzdem. Kimberly öffnete ihr.

»Hey, du bist schon da?«

Floppys riesiger Kopf schoss am Bein ihrer Schwester vorbei. Paulina machte automatisch einen Schritt rückwärts. Kimberly hielt den Hund fest und schickte ihn auf seinen Platz. Paulina hörte, wie sie ihm befahl, sitzenzubleiben.

Ihre Schwester kehrte zurück. »So jetzt kannst du reinkommen.«

»Lieber nicht.«

»Wir haben extra geübt, dass er sitzenbleibt.«

Sie wischte sich den Schweiß von der Stirn. »Er ist kein Stuhl mit vier Beinen, sondern ein Lebewesen. Um genau zu sein: Er ist ein Beutegreifer. Das bedeutet, er ist ein Stück weit immer unberechenbar.«

Kimberly nickte. »Also, wenn du … dich nicht deinen Ängsten stellst, dann werden sie für immer bleiben. Ich verspreche dir, ich halte ihn zurück, wenn er nur den leisesten Versuch startet, aufzustehen. Komm! Wir setzen uns in die Küche!«

Paulina zögerte. »Ich will nicht stören. Ihr habt Besuch.«

»Liam hat Besuch. Jemand, der von ihm Land und Stallungen pachten möchte. Sie sitzen im Büro. Soll ich ihn rufen, damit er die Hunde zu sich holt?«

»Nein, mach bitte keine Aufregung … meinetwegen.« Paulina überlegte. Ihre Angst verschwand nicht wie ein geplatzter Luftballon. Andererseits hatte sie eine weitere Hypnosestunde in der vergangenen Woche gehabt. Ihre Therapeutin war über ihre Fortschritte hellauf begeistert gewesen. Aber Paulina wusste nicht, ob es daran lag, dass sie einfach keine Angst vor Welpen hatte. Und außerdem hatte sie Jens voll vertraut, als sie im Garten das Näherkommen geübt hatte. Ihrer Schwester traute sie noch nicht. Und Floppy traute sie am allerwenigsten. Nur eines glaubte sie. Nämlich, dass er nicht biss. *Was kann dir also passieren?*

»Du hältst ihn fest?«

»Versprochen!« Kimberly ging zur Matte und erwartete offenbar nun, dass Paulina jetzt Mut bewies. Mit weichen Knien trat sie ein und ließ die Tür hinter ihrem Rücken zuschnappen. Eilig lief sie an Kimberly vorbei in die Küche. Ihre Schwester folgt. »Siehst du? Das hat doch super geklappt. Jetzt hole ich die Hunde rein und schicke sie auf ihre Plätze am Fenster.«

Kimberly wartete gar nicht erst ab, ob Paulina damit einverstanden war. Kurz darauf saßen die Hunde auf ihren Kissen in der anderen Ecke des Raumes. Weit weg und doch zu nah. Paulina zog die Beine an und kreuzte sie auf dem Stuhl. Schon einmal hatte sie an dieser Stelle in der Küche gesessen und war vor Furcht fast bewegungslos gewesen. Zugegeben, diesmal war ihre Angst kleiner.

»Magst du einen Kaffee?«

»Ja gern. Und kann ich auch ein Glas Wasser haben?«

»Natürlich.«

»Meinst du, ich kann wieder bei Jens schlafen?«

Kimberly hob eine Augenbraue. »Was war denn eigentlich mit euch los? Ich hatte den Eindruck, dass …«

Paulina hob den Zeigefinger. »Bitte, lass uns nicht über meine Gefühle reden. Die sind gerade etwas durcheinander. Sag mal, arbeitet Jens noch? Es ist doch Freitag und ich dachte, da schließt die Praxis früher.«

Kimberly lachte. »Stell dir vor, er hat sich bei der *Freiwilligen Feuerwehr* angemeldet. Nun muss er heute beim Standaufbau helfen. Dann noch einen Kuchen backen. Er hat meine Rezeptbücher geplündert. Aber die Aufgabe nehme ich ihm nicht ab. Hihi, wer sich meldet, muss auch die Arbeit machen.«

»Du bist ganz schön gemein«, erwiderte sie, musste aber ebenfalls schmunzeln. »Wieso ist er denn jetzt bei der Feuerwehr?«

Kimberly senkte den Blick und schwieg.

»Hey?«, hakte Paulina nach.

»Er sagt, er hätte vielleicht bessere Chancen bei den Frauen – im heißen Outfit als Feuerwehrmann. Aber ich glaub ihm kein Wort. Das war bestimmt ein Scherz.«

Paulina schluckte. *Und wenn es kein Scherz war?*

Ihre Hände zitterten, als sie nach der Kaffeetasse griff. Nicht wegen der Hunde, sondern wegen Jens. Ihre Schwester stutzte. »Ich glaube, das war genug. Ich bringe die Hunde wieder in den Flur. Floppy! Tim! Hoch mit euch!«

Sie ließ ihre Schwester im falschen Glauben. Gleich darauf war Kimberly wieder zurück in der Küche. »Besser so?«

»Danke.«

»Also … morgen ist die Kleideranprobe um elf Uhr. Passt dir das?«

»Ja, kein Problem.«

»Super. Willst du danach sofort wieder zurück nach Hamburg? Oder bleibst du bis Sonntag?«

Sie zuckte mit den Schultern. »Jens hatte gefragt, ob wir … zusammen auf das Straßenfest gehen.« Ihre Stimme stockte.

»Ja, dann macht das doch! Das ist bestimmt nett. Liam und ich wollen da auch vorbeischauen.« Sie rührte in ihrer Tasse. Paulina war klar, dass ihre Schwester sich noch immer fragte, was nun mit Jens los war. Aber sie wusste es ja selbst nicht.

»Wie war denn deine erste Arbeitswoche in der neuen Firma?«

»Ganz nett.«

»Das klingt nicht begeistert.«

Kurz vor der Hochzeit durfte sie ihre Schwester nicht mit ihrem Kram belasten. Deshalb bemühte Paulina sich, positiver zu klingen. »Doch, alle sind freundlich. Sogar mein Chef.«

»Hast du denn jetzt weniger Arbeit?«

»Ja. Stell dir vor, mein Chef hat mich sogar gebremst, weil ich mir übers Wochenende ein paar Fälle mitgenommen habe. Er meinte, ich könnte doch Arbeit an andere abgeben, wenn es mir zu viel würde.«

»Nicht doch.« Kimberly schmunzelte. »Du kannst wohl nicht anders.«

»Große Schwester, wir sind doch beide so. Ich möchte dich nur an deine Arbeit in der Tapetenfabrik erinnern.«

»Ja, weil ich kein Privatleben hatte. Wie das geht, lerne ich gerade von Liam. Und du hast auch kein Privatleben. Sonst wüsstest du etwas Besseres mit deinem freien Wochenende anzufangen, als zu arbeiten.«

Paulina erstarrte und horchte nach draußen. Hatte sie eben ein Klopfen an der Haustür vernommen? Gleich darauf hörte sie Jens' sanfte, tiefe Stimme. »Na Jungs, seid ihr brav?«

Er blieb eine Weile in der Halle. Offenbar knuddelte er die Hunde. In der Zwischenzeit pochte ihr Herz schneller und schneller. Endlich klopfte er kurz gegen die Küchentür und trat ein.

»Moin, die Damen«, sagte er neutral, ohne Paulina anzusehen.

»Moin Jens. Magst du einen Kaffee?«

»Danke, ich hatte schon welchen am Stand.« Er setzte sich. Endlich schaute er in ihre Richtung.

»Hey, du«, sagte er und sah ihr nur kurz in die Augen. »Wie mutig, du hast dich wieder hier ins Haus getraut?«

»Ja, mit etwas gutem Zureden hat es geklappt.« Sie wischte sich die schweißnassen Hände an der Anzughose ab.

»Ja, dann ... fein. Siehst du ... das wird.«

Sein Gestammel war ihr zu blöd. Genervt erhob sie sich von ihrem Platz. Sie nahm allen Mut zusammen und beschloss, gleich mit zusammengekniffenen Augen durch die Halle zu flitzen. »Kimberly, ich hol dann mal schnell meinen Koffer rein.«

Jens riss die Augen auf und sprang von seinem Stuhl auf. »Ich d-dachte, du schläfst wieder bei mir?«

Sie zuckte mit den Schultern und senkte den Blick. »Wenn es dir keine Umstände macht«, murmelte sie und war kurz davor, in Tränen auszubrechen. Er hatte sie nur kurz angesehen. Das Wiedersehen hatte sie sich anders vorgestellt.

»Natürlich macht es mir nichts aus. Ich dachte, das war so abgemacht.« Hilflos streckte er den Arm nach ihr aus. »Hey, ich freue mich, dass du zum Straßenfest kommen konntest.«

Sie blieb unbewegt stehen. Er sollte nicht denken, dass sie ihm nachlief. »Wegen der Kleideranprobe musste ich doch kommen.«

Jens griff sich durchs Haar. »Ja, natürlich. Wenn du mir den Wagenschlüssel geben könntest, dann bringe ich deinen Koffer schon mal ins Haus. Du kannst gerne hier bei deiner Schwester bleiben.«

Im selben Moment wurde die Küchentür aufgerissen. Liam stand im Rahmen, die Hunde direkt hinter ihm. »Oh«, rief er und drehte sich um. »Floppy, Tim! Zurück auf eure Plätze!«

Liam trat ohne die Hunde ein. »Moin Paulina. Wie war deine erste Woche?«

»Gut«, sagte sie im zuversichtlichen Tonfall.

»Schade.« Er lachte.

Sie hob beide Augenbrauen. »Wieso schade?«

»Ach, nur so. Wir suchen für die Rechtsabteilung einen Nachfolger. Mit Schwerpunkt Außenhandel.«

»Davon hast du mir gar nichts erzählt«, wunderte sich Kimberly.

»Es ist so frisch wie die gedruckte Zeitung von übermorgen. Ich hatte gestern ein langeres Gespräch mit dem Abteilungsleiter. Es hat sich im Zuge der Umstrukturierungen und Erweiterung der Handelsbeziehungen herauskristallisiert, dass sie Unterstützung benötigen. Dazu erzähl ich dir später mehr. Was ich fragen wollte, gibt es noch Kaffee? Wir könnten einen gebrauchen.«

»Wie läuft es denn mit euren Plänen?«, fragte Kimberly. »Kommt ihr überein?«

»Ja, alles super. Ich frag Henry nachher, ob er mit uns noch ein Glas Wein trinken möchte. Er ist wirklich nett.«

»Ich finde ihn auch sympathisch«, pflichtete Kimberly ihm bei.

Liams Blick wanderte von Paulina zu Jens. »Habt ihr Lust, dazuzukommen? Dann wird es eine lockere Runde.«

Jens hob abwehrend die Hand. »Keine Chance, ich muss gleich einen Kuchen backen und dann noch mal zum Straßenfest.«

»Ich überleg es mir«, wich Paulina aus. Noch immer war sie traurig, weil Jens sich nicht freute, sie wiederzusehen. Ja, vielleicht wäre es tatsächlich besser, den Abend bei ihrer Schwester zu verbringen.

»Kimberly, ich gehe jetzt erstmal mit Jens mit. Auspacken und …« Sie sah ihn fragend an.

»Du könntest mir beim Kuchenbacken helfen«, sagte er leise.

»Oder das«, wich sie aus. Sie beschloss, jetzt besonders tapfer und mutig zu sein, und holte einmal tief Luft, als wollte sie vom Zehnmeterbrett ins Wasser springen. Dann lief sie aus der Küche durch den Flur. Jens folgte ihr.

»Wow, das klappt ja schon prima«, lobte er sie.

»Ich weiß nicht, was ich getan hätte, wenn Floppy auf mich zugestürmt wäre.«

Er lachte. »Ich stand ja hinter dir. Du hättest auf meinen Arm springen können.«

Schmunzelnd blieb sie stehen. Ihr Frust war verraucht. Wenn sie seine tiefe sanfte Stimme hörte, konnte sie nicht lange traurig oder wütend sein. Sie waren gute *Freunde* und das war besser als gar nichts.

»Ich hab' ein Ziel. Bis zu Kimberlys Hochzeit habe ich keine Angst mehr vor Floppy. Ich hänge ihm Blumenketten um den Hals, lackiere ihm die Nägel rosa und knuddle ihn … und wir sind die dicksten Freunde.«

»Guter Plan … vor allem die rosa Krallen.« Er grinste.

»Kann ich mir denken.« Sie grinste zurück.

»Ich bin dir gern behilflich.«

»Danke. Dann helf' ich dir beim Kuchenbacken.«

»Das hatte ich gehofft.«

Sie waren an ihrem Wagen angelangt. Paulina öffnete den Kofferraum per Fernbedienung. Jens zog ihr Gepäck heraus und ging damit zum historischen Gästehaus.

»Was macht deine Baustelle?«

»Ich hätte es nicht gedacht. Aber es gibt Fortschritte mit meinem Haus.«

Paulina riss die Tür auf. »Daisy! Goofy! Wo seid ihr, meine Süßen.«

Daisy kam ihr entgegengelaufen. Sie nahm den Hund auf den Arm, der sich wie verrückt freute und vor Vergnügen quietschte. »Na, meine Kleine. Sag mal, bist du schon wieder ein Stück gewachsen?« Sie setzte die zappelnde Daisy zurück auf den Boden und sah sich suchend um. »Wo hast du denn dein Brüderchen gelassen? Goofy? Goofy, wo steckst du?«

Jens hielt sie am Arm fest, als sie weitergehen wollte.

»Goofy ist nicht mehr bei uns.«

»Waaas?« Sie fühlte plötzlich einen Stein im Magen. »Wieso das?«

»Jemand wollte ihn haben.«

Tränen traten ihr in die Augen. »Jemand wollte ihn haben? Und dann hast du ihn einfach so hergegeben? Du hast die Geschwister auseinandergerissen?«

»Das ist etwas völlig Normales. Jeder Welpe muss für sich die Welt entdecken. Aneinander haben sie so viel Interesse wie an jedem anderen Hund. Vor allem werden sie größer. Nicht viel, aber sie werden es. Auf Dauer kann ich keine zwei Hunde in der Praxis halten. Das musst du doch verstehen.«

Nein, das verstehe ich nicht, dachte sie traurig. Aber es war nur ihr Bauchgefühl. Die Logik sagte ihr, dass es stimmte, was Jens sagte. Er hatte tagsüber keine Zeit, sich um zwei Hunde zu kümmern. Sie hätte die Fellnasen auch nicht nehmen können. Dann durfte sie jetzt nicht mit zweierlei Maß messen.

»Natürlich verstehe ich das«, sagte sie mit gedämpfter Stimme und brach dann doch in Tränen aus. Sie hatte sich nicht einmal von Goofy verabschieden können.

»Ach, komm her!«, sagte Jens und zog sie in seine Arme. Sie ließ sich hineinsinken in seine festen Muskeln, saugte den beruhigenden Duft seines Hemdes in sich auf und spürte, wie er sie innig an sich drückte. Eine warme Welle flutete ihr Innerstes. Sie empfand noch immer dasselbe für ihn wie vor einer Woche. Jetzt erst merkte sie, dass sie ihn schrecklich vermisst hatte.

»Es tut mir leid«, sagte er leise.

»Mir auch«, schluchzte sie, denn die Gefühle tobten in ihr. »Ich hoffe, er hat ein schönes Zuhause bekommen.«

Jens seufzte. »Da bin ich mir sicher. Ab und zu wirst du ihn sicherlich zu Gesicht bekommen … vorausgesetzt, du … besuchst deine Schwester öfter.«

Sie löste sich aus seiner Umarmung, denn seine Worte machten sie stutzig. Wie er darauf bedacht war, zu betonen, dass ihre Schwester der einzige Grund für einen Besuch war, machte sie unendlich traurig. *Hast du unsere Küsse denn schon längst vergessen? Nur, weil ich … ach.*

Sie schniefte. »Habt ihr abgemacht, euch mit den Hunden zu treffen?«

»Nein.«

Sie sah ihm fragend ins Gesicht. Er schien nicht glücklich zu sein. *Hat Goofy dir doch mehr bedeutet?*

Er zögerte, bevor er weitersprach. »Sein neuer Besitzer hat vor, etwas Land und ein paar Ställe von Liam zu pachten.«

»Ach, ist das dieser Typ von der Kinderstiftung? Hey, cool. Dann sehe ich ihn ja ganz bestimmt öfter.«

14

JENS

Jens knirschte mit den Zähnen. Er wandte sich ab und trug den Koffer ins Gästezimmer. *Wen meinst du? Goofy oder Henry? Offenbar findest du den Mann interessanter als mich. Aber was war das dann mit uns auf dem Boot? Hast du dich mit mir nur aus Mangel an einer besseren Gelegenheit abgegeben?*

Es gab nur eine Antwort darauf. Sie hatte ihn abgewiesen, weil er für sie nicht der Richtige war. *Also dann ... nur Freundschaft.*

Er stellte den Koffer ab. »So, komm erstmal an! Ich bin mit Daisy im Garten. Eine Runde toben.«

Paulina nickte und bückte sich zu ihrem Gepäck. Er zuckte hinter ihrem Rücken mit den Schultern, wandte sich ab und ging. Daisy spielte im Flur mit einem seiner Schuhe. Kompromisslos nahm er ihr den Schuh weg, denn sie hatte bereits ihre Zähnchen ins Leder gebohrt.

»Du hast dein eigenes Spielzeug, Madam!«

Im Garten tollte er auf der Wiese mit ihr, was sie super fand. Sie hechelte bereits ordentlich. Er hob sie ins Gehege und hüpfte mit einem sportlichen Sprung hinterher. Nun spielte er noch ein Zerrspiel mit einem ausgefransten Sisalseil. »So, das muss jetzt genügen, dein Herrchen hat heute noch was anderes vor«, sagte er zu ihr. Wobei er schmunzeln musste. Sie würde nicht verstehen, was er meinte. Aber als er sah, dass sie ein Spielzeug aufnahm und schüttelte, als hätte sie Beute gemacht, eilte er die Stufen nach oben zur Veranda. Er sah sich nach ihr um. Sie hatte sofort das Spiel beendet und folgte ihm.

Jens lief zurück, hob sie hoch und nahm sie mit in die Küche. Anhänglich war sie geworden. Das musste er zugeben. Er zeigte ihr das Körbchen. »Platz!«, gab er ihr einen kurzen Befehl. Daisy hüpfte hinein und sah ihn mit großen Augen an.

Als er sich umdrehte, kletterte sie sofort wieder heraus. Also noch einmal. »Platz!«

Zur Verdeutlichung tippte er auf ihre Kuscheldecke. Sie folgte und er belohnte sie mit einem Leckerli.

Paulina kam in die Küche. Sie hatte sich umgezogen. Jetzt trug sie ein weißes T-Shirt und eine Jeans, die modisch locker an ihr saß.

»Hey, ich glaube, ich hab dich noch nie in einer Jeans gesehen.«

Sie fasste sich an die Wangen und gluckste. »Ich habe auch bis vor zwei Tagen keine besessen, sondern nur Businesskleidung … und ein paar Kleider, die ich letztes Wochenende bei euch im Ort gekauft habe.«

Darauf konnte er nicht antworten, denn Daisy war erneut aus ihrem Bettchen gehüpft und versuchte nun, an Paulinas Hosenbein hochzuklettern.

»Ignoriere sie bitte! Sie soll lernen, zu gehorchen.« Seufzend bückte er sich und hob die Kleine zurück ins Körbchen.

Paulina hockte sich zu Daisy hin und achtete darauf, dass sie sich wieder hinlegte, sobald sie aufstehen wollte.

Jens nahm das geliehene Buch in die Hand und öffnete die Seite mit dem Backrezept. Er ging die Liste durch und legte alles bereit. Jetzt brauchte er noch eine Schüssel und einen Mixer. Gab es so etwas in dieser Küche? Skeptisch öffnete er die Schranktüren. Ah, tatsächlich. In einer Schublade fand er das Gerät.

Paulina trat neben ihn. »Daisy hat sich beruhigt. Warum sperrst du sie nicht in einen Laufstall?«

»Sie muss lernen, sich auch ohne Hilfsmittel abzulegen und zu beruhigen. Je früher, desto einfacher wird unser Zusammenleben.«

»Ah.« Ein Leuchten zog durch ihr Gesicht. »Du willst sie also doch behalten?«

»Vielleicht«, wich er aus.

Sie ging an die Spüle und wusch sich die Hände. »Was kann ich tun?«

»Vielleicht die Äpfel schälen?«

Während er den Rührteig herstellte, bereitete sie das Obst vor. Er schüttete den Teig aufs Backpapier, gemeinsam verteilten sie die Apfelspalten. Dazwischen legte er Blaubeeren für die Optik.

»Jetzt kommt das Beste. Die Streusel. Als Kind habe ich es geliebt, den Teig zu zerkrümeln, wenn meine Mutter gebacken hat.«

»Ich auch. Mama hat immer mehr gemacht, weil wir die Hälfte vorher roh gegessen haben. Selbst Kimberly, die immer einen auf cool gemacht hat, war plötzlich wieder Kind und hat mitgenascht.« Paulina lächelte versonnen. »Das sind die wenigen schönen Momente, an die ich mich erinnere. Sie ist ja die Ältere von uns beiden. Und ich war für sie das Baby.«

»Bist du aber heute nicht mehr.« Er stupste mit dem Mehlfinger gegen ihre Nase. Jetzt sah sie lustig aus.

»Na warte!« Paulina steckte beide Hände in die Mehltüte. Er wich lachend zurück. Doch sie verfolgte ihn, streckte die Arme und klatschte vor seiner Nase in die Hände.

Er wusste auch nicht, wie es geschah, plötzlich hatte jeder sich mit Mehl bewaffnet und kichernd lieferten sie sich eine kleine Schlacht. Am Ende sahen beide lustig aus. Die Haare und das Gesicht voll Mehl. Die Hosen waren gepudert und die Küche sah wüst aus. Sein Bauch tat weh vor Lachen. Die blöde Spannung zwischen ihnen war verpufft.

»Hey, du hast Mehl im Haar.« Er trat näher und schüttelte es heraus. Jetzt wäre der Moment, sie an sich zu ziehen und zu küssen. Aber noch eine Abfuhr wollte er nicht kassieren. Sie musste den ersten Schritt machen.

»Du hast auch Mehl im Haar«, wisperte sie und sah ihn mit großen Augen an. »Bück dich mal!« Sie wuschelte durch sein Haar und ein Prickeln zog über seine Kopfhaut. *Bitte, gib mir ein Zeichen!,* flehte er im Stillen. *Du musst den ersten Schritt tun.*

Paulina wippte auf den Zehenspitzen und kam ihm näher. »Hat Spaß gemacht«, hauchte sie. Endlich kam sie ihm so nahe, dass ihr Atem an seiner Wange kitzelte. Er verharrte in der Bewegung und spannte die Finger an. Noch eine Sekunde und sie würde sich endlich in seine Arme werfen. Dann könnte er ihr zeigen, wie sehr er sie mochte und wollte.

Paulinas Mund kam seinem näher. Doch dann küsste sie ihn irgendwo zwischen seiner Wange und seinem Mundwinkel. Hastig machte sie ein paar Schritte zurück. »Es … hat … Spaß gemacht«, sagte sie atemlos. »Ich kann mich nicht entsinnen, jemals mit einem Mann so einen Unsinn gemacht zu haben. Für mich zählten ja immer nur die Bücher. Und … außerdem war ich umgeben von Männern, die zum Lachen in den Keller gingen.«

Was wollte sie ihm damit gerade sagen? Sie brauchte

einen Freund zum Rumalbern? *Hä?* Er war aber kein Notnagel. Er war ein Mann. Und er wollte, dass sie sich in ihn verliebte.

»Vielleicht hatten sie keine Lust zum Aufräumen«, sagte er trocken und holte aus der Tür unter der Spüle ein Kehrblech hervor.

Aus dem Augenwinkel sah er, dass sie wie angewurzelt dastand. Dann räumte sie die Backutensilien zusammen und wischte den Tisch ab. Sie legte den Lappen ab und streckte den Arm aus. »Hey, wenn ich eben zu weit gegangen bin, entschuldige ich mich dafür.«

Er schüttelte den Kopf. Denn sie war ihm *nicht weit genug* gegangen. »Wir waren schon mal weiter«, sagte er leise. Endlich hatte er das Problem angesprochen, das lauernd wie eine Raubkatze zwischen ihnen lag.

Sie schluckte. »Ich weiß. Es war meine Schuld. Ich wollte nur kuscheln. Bitte verstehe das.«

Natürlich verstand er es nicht. Aber er hatte keine Wahl. »Okay, du überlegst noch, ob ich der …« Er brach den Satz ab. »Aber lass mich eines bitte klarstellen: Ich bin kein Spielzeug.«

»Das verstehe ich doch.« Sie hatte Tränen in den Augen. »Aber bitte, bitte …« Sie schluckte. »Ich kann dir im Moment nicht mehr geben.« Kaum hörbar murmelte sie. »Vielleicht, wenn wir richtig gute Freunde sind.«

Er griff sich ratlos durchs Haar und fühlte Mehl zwischen den Fingern. Mit *richtig guten Freunden* ging man ein Bier trinken und nicht ins Bett. Was meinte sie? Er war verliebt und er wollte sie. Wieder kam er zu dem einen Schluss. Sie war *nicht verliebt,* mochte ihn aber und hoffte, sie könne sich verlieben, wenn sie erst einmal beste Freunde wären. Es war ein Trugschluss. Das wusste er aus leidvoller eigener Erfahrung.

Gegen seinen Willen sagte er trotzdem noch etwas Verständnisvolles und im Stillen ohrfeigte er sich dafür.

»Paulina, du musst dich nicht rechtfertigen. Wenn du ab und zu eine Schulter zum Anlehnen oder … jemanden zum Kuscheln brauchst, bin ich für dich da. Okay?«

»Danke, dass du mich verstehst.«

Sie warf sich in seine Arme und schmiegte sich an ihn. Er streichelte ihr durchs Haar. Ihm war bewusst, dass er für sie nicht mehr als ein riesiger Teddybär war. Ein bester Freund. Jemand, mit dem sie vielleicht auch mal schmusen wollte, vor allem nach einem Glas Wein, wenn sie sich die Welt schönredete. Aber verliebt war sie nicht in ihn. Die Erkenntnis tat weh. Aber er konnte auch nicht anders, als darauf zu hoffen, dass der Funke doch noch überspringen würde.

Du hoffst vergeblich, nölte eine Stimme in seinem Kopf.

Er zog sich um. Paulina klopfte sich das Mehl von der Jeans. Sie besaß nur die eine legere Hose. »Morgen schaue ich mal durch die Läden. Vielleicht finde ich eine zweite Jeans«, sagte sie, während sie im Flur hastig die Mehlreste aus dem Haar bürstete.

»Am Ende der Hauptstraße gibt es einen Laden für Outdoor-Mode. Da gibt es auch schöne Cargohosen. Die sind bequem und lässig. Ich glaube, das würde dir auch sehr gut stehen.«

»Danke für den Tipp. Da schaue ich morgen Vormittag vorbei. Aber ich muss mich beeilen. Mittags kommt schon die Schneiderin mit den Probekleidern. Was machst du eigentlich nachher mit Daisy? Sperrst du sie hier ein.«

»Nein. Ich bringe sie zu den großen Hunden.« Während er das sagte, schmunzelte er. Floppy liebte Daisy wie eine Mutter. Sie durfte alles bei ihm.

»Ach, dann komme ich gleich mit und sag meiner Schwester, dass ich mit dir aufs Fest gehe.«

Sie brachten zuerst das Kuchenblech zum Auto. Dann gingen sie zum Haupthaus. Kimberly öffnete. »Hey, kommt rein!«

Jens schüttelte den Kopf. »Ich muss zum Fest.«

»Schade. Wir haben gerade einen Wein aufgemacht.« Sie reckte den Hals zu ihrer Schwester. »Henry hat natürlich Goofy dabei. Falls du ihn sehen möchtest, Paulina. Sorry, ich fand es vorhin nicht angebracht, es dir zu sagen.«

Über Paulinas Gesicht huschte ein Lächeln, das gleich darauf wieder erlosch. »Wo ist Goofy denn?«

»Wir sitzen hinten im Garten, mit allen Hunden. Daisy will bestimmt mitspielen.«

Jens war klar, dass er jetzt nicht sofort verschwinden konnte. Er sah auf die Uhr. »Okay, zehn Minuten haben wir noch.«

»Hältst du Floppy bitte fest, wenn ich in den Garten gehe?«

Kimberly zog sie an der Hand mit. »Na klar. Ich pass auf dich auf!«

Er kam langsam mit Daisy hinterher, die erstmal im Flur ausgiebig schnüffeln musste. Die Frauen waren schon durch den Gang, der das weiße Haupthaus mit dem Backsteinhaus auf der linken Seite verband, nach hinten gelaufen. Er beobachtete, wie Kimberly ihre Schwester fragend ansah, und fing ein paar Wortfetzen auf. »Hast du ihm gesagt, dass du …«

Ja, hat sie, antwortete er stumm. Sie hat mir gesagt, dass sie nur Freundschaft will. Es genügt, wenn wir das untereinander klären. Es muss sich nicht alle Welt einmischen.

Endlich war Daisy gewillt, ebenfalls den Gang nach hinten zu nehmen. Im Garten bot sich ihm ein idyllisches Bild. Liam und Henry saßen zwischen Terrakottakübeln mit riesigen Hortensien auf der großen Terrasse mit den italienischen Natursteinplatten. Zwischen den umgebenden Apfelbäumen waren Seile gespannt, an denen weiße Lampions hingen. Ein kleiner Zierbrunnen plätscherte im Garten. Tim lag zufrieden unter einem Apfelbaum. Floppy tollte sanft mit Goofy. Daisy stürmte sofort zu ihnen hin.

Auf dem Tisch stand Rotwein in einer Karaffe. Henry saß im Korbsessel, die Beine ausgestreckt, als wäre er hier zu Hause. Paulina setzte sich prompt neben ihn und fing ein Gespräch an. Sie fragte ihn über Goofy aus.

Jens ging am Tisch vorbei in den Garten. Wollte Kimberly nicht den Hund festhalten? Doch die hatte sich zu Liam an den Tisch gesetzt. Er setzte sich auf den Rasen und knuddelte Floppy.

Endlich reckte Paulina den Hals. Ah, sie hatte doch noch bemerkt, dass er am Tisch fehlte. »Kannst du ihn festhalten?«, rief sie ihm zu.

»Na klar.« *Wenn ich für sonst nichts gut bin.*

Sie stieg vorsichtig die wenigen Steinstufen hinab in den Garten. Langsam näherte sie sich den Hunden und hockte sich zu seiner Überraschung neben ihn. Sie ließ sich auf die Knie fallen. »Siehst du … es klappt … immer besser«, sagte sie atemlos.

Floppy hatte offenbar längst kapiert, dass er nicht auf sie zustürmen durfte. Also behandelte er sie wie die Welpen. Er robbte langsam näher. Jens fasste sofort nach seinem Halsband.

»Nein, lass nur!«, sagte Paulina. »Ich probiere jetzt den nächsten Schritt.« Sie streckte eine Hand weit aus und streichelte vorsichtig Floppys Pfote. Daisy robbte sich von der Seite an den sanften Riesen, der daraufhin das Interesse an Paulina verlor und weiter mit dem Welpen spielte. Sanft stupste er sie mit der Nase an und ließ sich alles von dem Frechdachs gefallen. Sogar am Ohr durfte Daisy ihn zupfen. Paulina knuddelte derweil Goofy.

»Ich muss jetzt gehen«, sagte Jens.

»Oh, dann komme ich natürlich mit.« Als sie am Tisch vorbeikamen, wandte Paulina sich extra noch einmal an Henry. »Toll, dass du heute mit Goofy hier bist. Ich hoffe, ich kann ihn ab und zu noch einmal sehen.«

Jens kam die Galle hoch. Verdammt, noch nie in seinem Leben war er so eifersüchtig gewesen.

15
PAULINA

Jens brachte den Kuchen zum Stand der Freiwilligen Feuerwehr. »Hey, Jens. Schön, dass du da bist«, begrüßte ihn eine Frau mit langen braunen Haaren. Sie nahm ihm den Kuchen ab und stellte ihn auf einen Tisch hinter dem Stand. Dort schnitt sie ihn in Stücke. Er blieb bei ihr stehen und sie wechselten ein paar Worte. Die Frau lachte.

Paulina war vor dem Stand stehengeblieben. Schließlich gehörte sie nicht dazu. Wegen des Lärms verstand sie nicht, was Jens mit der Frau beredete. Aber selbst ein Blinder sah, dass die Frau sich an ihn ranschmiss. Sie war bestimmt keine *Jungfrau* mehr. An Paulina nagte die Eifersucht.

Endlich drehte Jens sich wieder zu ihr um und ging zum Verkaufstresen.

»Jens, komm bitte noch mal«, rief die Brünette ihm hinterher und er verschwand erneut nach hinten.

In diesem Moment kamen zwei fesche Feuerwehrmänner, in schwarzen Hosen mit leuchtend gelben Streifen an den Beinen, zum Stand. Wegen der sommerlichen Wärme trugen sie oben weiße ärmellose Shirts, die einen guten Blick auf kräftige Muskelpakete freigaben. Paulina fragte sich, ob sie vielleicht auch zur Freiwilligen Feuerwehr gehen sollte. *Aber erst musst du ein gewisses Problem lösen,* schalt sie sich.

»Hey, junge Dame«, sprach einer der Männer sie an. »Frauen können bei uns auch gerne mitmachen.«

»Das würde ich vielleicht. Leider wohne ich in Hamburg.«

»Ach, nur zu Besuch hier?«

»Ja, meine Schwester heiratet.«

»Ein schöner Grund.« Der Mann streckte ihr die Hand entgegen. »Ich bin übrigens Matte. Und mein Kumpel heißt Lasse.«

Der Feuerwehrmann hatte riesige Hände. »Matte von Matthias?«

Er lachte und zeigte blendend weiße Zähne. »Nein, von Matteo. Aber ich hatte mal die Haare lang und da haben alle Matte aus meinem Namen gemacht. Jetzt werde ich den nie wieder los.«

Sie kicherte. »Nun, wenn du dich überall selbst so vorstellst, musst du dich nicht wundern.«

»Stimmt schon. Aber solltest du mal über mich reden wollen…« Er zwinkerte. »Zum Beispiel, hey, der Matteo hat aber einen tollen Kuchen gebacken. Dann weiß keiner, wen du meinst.«

Paulina war sich nun sicher, dass er mit ihr flirtete. Die Gelegenheit musste sie nutzen. Sie wollte sich doch endlich wie alle anderen Menschen um sie herum verhalten und das nachholen, was sie im Leben verpasst hatte. Dann gehörte auch ein kleiner Flirt dazu. Zumal Jens offenbar mit der Brünetten turtelte.

»Wie war dein Name noch einmal?«, hakte er freundlich nach.

Sie hatte sich noch gar nicht vorgestellt. »Paulina.«

»Schade, dass du hier nicht mitmachen willst«, sagte er. »Aber vielleicht magst du ein Stück Kuchen vom Stand.«

»Sehr gerne. Was hast du denn gebacken?«

»Och, ich kann besser Feuer löschen.« Er lachte verschmitzt. »Und noch ein paar andere Sachen.«

Jens kam an den Stand zurück. Er schob das Kuchenblech mit dem Apfelkuchen, den sie gebacken hatten, zwischen zwei andere Kuchen. Die Brünette lief nun ebenfalls zum Stand. »Hallo Matte. Du bist jetzt dran mit dem Verkaufen. Lasse gesellte sich ebenfalls hinter den Tresen.«

Paulina kaufte Matteo zwei Stückchen Apfelkuchen ab. Jens warf ihr einen fragenden Blick zu. Sie grinste ihn an. »Ich muss doch die Feuerwehr unterstützen.«

»Ich glaube, zwei Leute genügen im Verkauf«, sagte Jens an Matteo gewandt. »Oder? Paulina und ich haben schon den Kuchen gebacken. Wir überlassen euch dann mal den Stand.«

Mit diesen Worten umrundete er den Verkaufstresen. Die Brünette stellte sich neben Matteo an den Tresen. Paulina hatte den Eindruck, dass alle sie anstarrten. Die Feuerwehrmänner. Aber auch die Brünette musterte sie. Ihr Blick wanderte zu Jens. Der legte Paulina in einer vertrauten Geste einen Arm um die Schultern. »Ich glaube, wir blockieren hier gerade den Verkaufsstand. Lass uns zu den Tischen gehen.«

Sie ließ sich wegführen. Wobei sie sich fragte, ob er gerade sein Revier markiert hatte. Aus dem Augenwinkel sah sie noch, wie die Brünette und auch Matteo mit offenem Mund dastanden. *Hey, wenn ihr zwei so dringend auf der Suche seid, warum probiert ihr es dann nicht mal miteinander?*

»Puh«, sagte sie. »Ich wusste gar nicht, dass bei der Feuerwehr so viele heiße Männer arbeiten.«

Jens kniff die Augen zusammen. »Du meinst wohl, testosterongesteuerte Alphas.«

»Na ja, die hormongesteuerten Weibchen sind auch nicht zu verachten. Nicht wahr?«

Er hielt sich die Hand vor den Mund, um sein Lachen zu verbergen. »Du meinst Hanna. Sie ist geschieden, hat zwei erwachsene Kinder und ist in der Tat schwer auf der Suche.«

»Wie alt ist sie denn? Ich habe sie höchstens auf dreißig geschätzt.«

»Vierzig.«

»Wow. Sie hat sich aber gut gehalten.«

Er nickte und zeigte zum Kuchen. »Erst backst du ihn, dann kaufst du ihn. Willst du ihn auch noch essen?«

»Ich dachte, wir teilen uns die Stücke.«

Sie hatte nur eine Gabel mitgenommen und am Verkaufstresen stand jetzt eine Menschentraube. »Teilen wir uns die Gabel?«, bot sie an und hielt ihm ein Stück Kuchen hin.

»Hm, ist der köstlich«, nuschelte Jens mit vollem Mund. »Wer hat den nur gebacken? Ich glaube, die Frau muss ich kennenlernen.«

Paulina stopfte sich ebenfalls ein Stück Apfelkuchen in den Mund. »Wow, wie lecker. Ich glaube, ich muss den Mann suchen gehen, der den gebacken hat. Ach, der steht ja vor mir.«

Als sie nach dem Kuchenessen durch die Straßen schlenderten, griff Jens nach ihrer Hand und verschränkte ihre Hände mit seinen. »Ist das okay für dich? Oder möchtest du noch ein bisschen flirten?« Er sah sie spitzbübisch an. Sie wusste nicht, ob es nun ernst oder humorvoll gemeint war.

Sanft drückte sie seine warme Hand. »Heute flirte ich nur noch mit dir«, sagte sie.

»Das wollte ich hören.«

An einem Getränkestand holten sie sich zwei Erfrischungsgetränke. Mit den Bechern in der Hand zogen sie weiter zu den Flohmarktständen. Auch die Läden hatten Sonderangebote vor den Eingängen platziert.

Paulina blieb an einem Rondell mit Hüten stehen. »Meinst du, ich brauche einen Sonnenhut?«

»Wofür? Damit er dir vom Kopf weht? Eine Schirmmütze ist praktischer.«

»Aber nicht so schick.« Sie hörte dann doch auf ihn und nahm eine weiße Schirmmütze mit, die sie gleich aufsetzte, um sie nicht tragen zu müssen.

An einem Stand mit Silberschmuck blieb sie stehen und probierte ein paar Ringe an. »Haben Sie den noch eine Nummer kleiner?«

»Ich schau mal nach.« Sie ließ sich den Ring geben. Die Frau schob einen Schmuckkasten von unten nach oben. »Ah, da habe ich ihn noch einmal. Allerdings mit einem roten Stein.«

»Der passt perfekt zu meinem Nagellack. Den nehme ich. Was sagst du, Jens?«

Er griff nach ihrer Hand und küsste ihre Fingerspitzen. »Sehr hübsch, die Hand. Den Nagellack und den Ring kann ich nicht beurteilen.«

Sie lachte. Er war manchmal so herrlich witzig. Paulina zahlte und steckte sich den Ring sofort an. Es war nur preiswerter Modeschmuck, aber er gefiel ihr. Sie schlenderten weiter.

»Was hältst du von einem Stück Pizza? Nach dem süßen Kuchen könnte ich jetzt etwas Herzhaftes gebrauchen. Ich weiß, wo es hier die beste Pizza gibt.« Er zwinkerte.

Sie gingen zu dem Italiener, bei dem sie schon einmal gegessen hatten. Heute hatte auch das Restaurant einen Straßenverkauf. Sie nahmen sich zwei Stücke und dazu ein Glas Rotwein. Damit setzten sie sich zu den anderen Gästen auf eine Bank.

Jens hatte noch immer Hunger. Er holte erneut Pizzastückchen und zwei weitere Gläser Wein. »Huch, dann kannst du aber nachher nicht mehr fahren.«

»Will ich auch nicht. Wir genießen den Abend und rufen uns ein Taxi.«

»Oder wir gehen zu Fuß. Ich habe Turnschuhe an. Es ist doch gar nicht so weit, oder?«

Er lachte. »Du kommst auf Ideen. Natürlich können wir heute Nacht noch ein paar Kilometer laufen.«

»Darauf ein Prost.« Paulina hielt ihr Glas hoch. Der süßliche Wein schmeckte ihr. Sie erinnerte sich daran, wie alles auf dem Boot plötzlich ganz einfach gewesen war, weil sie einen Schwips hatte. In der Nacht war sie fast so weit gewesen, mit Jens zu schlafen. Jedenfalls lag sie nackt neben ihm – okay, in ein Handtuch gewickelt.

Und dann, Paulina? Du bist eingeschlafen. Toll gelaufen.

Jens tastete nach ihrer Hand. Seine Fingerkuppen berührten ihren Handrücken. »Du bist eine bezaubernde Frau und ich bin froh, dass du heute Abend hier bist, Paulina.«

»Ich auch …«, sagte sie verlegen. Wollte er ihr mit dem Kompliment sagen, dass er heute Nacht mit ihr schlafen wollte? Hastig trank sie ihr zweites Glas leer. »Ich kann jedes Wort unterstreichen … äh, ich meine es natürlich umgekehrt. Ich finde dich ebenfalls …« Sie verschluckte sich gerade noch rechtzeitig an ihren Worten, bevor sie »bezaubernd« sagen konnte. Das war nun wirklich die falsche Bezeichnung für einen Mann. »Nett!«, sagte sie schließlich.

Er rieb sich über die Stirn. »Na, was für ein Kompliment«, sagte er und grinste schief.

»Äh, ich meine, wirklich nett … okay attraktiv. So mit inneren Werten und so, meine ich das. Und mit den heißen Feuerwehrmännern kannst du auch locker mithalten.«

Oh, oh, das war vielleicht ein Kompliment zu viel. Sie fasste sich an die heißen Wangen.

Er lachte und kippte sein Weinglas ebenfalls in einem Zug hinunter. Dann zog er sie an der Hand vom Stuhl. »Komm, lass uns ein paar nichtsnutzige Sachen an den Ständen kaufen, eine Runde auf dem Festplatz tanzen gehen, damit andere Leute den gekauften Krempel wieder klauen können … dann trinken wir noch ein Glas Wein … und nehmen uns ein Taxi.«

Paulina hatte schon einen Schwips. Etwas mehr von diesem Gefühl würde sicherlich nicht schaden. Mit einer Extraportion Mut würde sie nachher hoffentlich alle Hürden im Bett locker nehmen. »Das klingt nach einem super Plan, Jens. Wenigstens einer von uns beiden hat ein Konzept. Das weiß ich sehr zu schätzen.«

Als sie in der Nacht aus dem Taxi stieg, hielt sie einen riesigen rosafarbenen Teddy im Arm, Jens war geschmückt mit bunten Papierblumenketten. Sie hakte sich bei ihm unter und gemeinsam sangen sie: »Ich heff mol en Hamborger Veermaster sehn …«

Als sie das Haus betraten, stoppten sie beide wie auf Kommando. Der Boden schwankte leicht unter Paulinas Füßen und sie musste sich konzentrieren, um deutlich zu sprechen. »Holen wir Daisy noch zu uns?«

»Nein, die schläft bei Floppy.«

»Dann ins Bett?«

Er zog sie an sich und küsste sie. »Ich bin auch dafür.«

So meinte sie das gar nicht. Plötzlich war sie wieder so weit nüchtern, dass sie mitbekam, was jetzt folgen sollte. »Ich muss erst duschen gehen«, sagte sie hastig. »Dann komme ich zu dir.«

»Dann hole ich doch schnell Daisy rüber.« Auch er schien noch genau zu wissen, was er tat.

Sie duschte. Dann schlich sie in ihr Zimmer und legte sich mit dem neuen Teddybären ins Bett.

»Paulina?«, rief Jens leise, als sie fast schon eingeschlafen war. Er trat an ihr Bett. Sie stellte sich schlafend. Er deckte sie zu und strich ihr übers Haar. »Schlaf gut!«

Am Morgen erwachte sie mit Kopfschmerzen. Sie lag allein im Bett. Den Teddy hatte sie hinausgeworfen. *Oh nein, Paulina, du hast schon wieder gekniffen und deine größte Chance auf deinen ersten Sex vertan.*

Sie drehte sich um und schlief bis zum Mittag, als ein heftiges Pochen an der Tür sie weckte.

»Paulina. Ich glaub es ja nicht. Willst du meine Hochzeit boykottieren?«

Das war Kimberly. Sie klang wütend. Schlagartig war Paulina hellwach. Leider hatte sie noch immer Kopfschmerzen. Sie hüpfte aus dem Bett, eilte an ihrer Schwester vorbei ins Bad, putzte sich die Zähne, wusch sich hastig das Gesicht und friemelte die Haare zu einem Knoten auf dem Kopf zusammen.

Als sie aus dem Bad kam, saß Kimberly auf dem breiten Chippendalestuhl mit dem blauen Samtbezug und sah sie scharf an. »Die Schneiderin wartet. Wie konntest du nur den Termin verschlafen.«

»Es tut mir leid. Gestern wurde es später.«

»Das ist kein Grund, wichtige Termine platzen zu lassen. Ehrlich, ich hatte dich für verlässlicher gehalten.«

»Das bin ich auch normalerweise … immer. Aber Jens und ich …« Sie stoppte, als ihre Schwester eine Augenbraue hochzog. Hastig wandte sie sich weg und öffnete den Kleiderschrank. Sie zog ein einfaches weißes Shirt über, das sie im Dreierpack gekauft hatte, schlüpfte erneut in ihre Jeans und in ein paar flache Ledersandalen. »Bin fertig«, sagte sie und gähnte.

»Das seh' ich.« Kimberly fasste nach ihrem Arm. »Was ist nun mit dir und Jens?«

»Was willst du hören?«, wich sie aus. Aber da hatte sie nicht mit ihrer Schwester gerechnet.

»Wenn du mich so fragst, natürlich will ich wissen, ob ihr miteinander geschlafen habt.«

Paulina stöhnte. »Wir waren so weit … äh … fast.«

Kimberly rollte mit den Augen. »Fast bedeutet es hat nicht geklappt? Weil …?«

Mit einem Ruck riss Paulina sich los. »Ich dachte, die Schneiderin wartet und wir haben keine Zeit für ausgiebige Gespräche.« Sie eilte in den Flur. Aus der Küche zog verführerischer Kaffeeduft in ihre Nase. Aus einem starken Impuls heraus bog sie ab und eilte dem Duft hinterher. Am Herd stand Jens und rührte in der Pfanne. »Moin, Süße. Hast du gut geschlafen?«

Er lächelte sie genauso lieb an wie gestern. Sein Blick ging ihr durch und durch. Das Herz wurde ihr weit. Am liebsten wäre sie in seine Arme geflüchtet. Ja, warum tat sie das eigentlich nicht?

Sie ging zwei Schritte auf ihn zu, hob die Arme und sah ihn fragend an. Er verstand ihren Blick, ließ den Pfannenschaber fallen und zog sie in seine Arme. Sie legte den Kopf in den Nacken und schloss die Augen. Schon spürte sie, wie sich seine Lippen auf ihre legten. Sie schmiegte sich fester in seine Arme. Er sollte wissen, dass sie ihn wirklich mochte.

»Paulina, fürs Frühstücken ist nun wirklich keine Zeit mehr«, rief Kimberly erbost und riss die Tür auf.

»Oh!«, hörte sie ihre Schwester hinter ihrem Rücken.

Paulina löste sich aus Jens' Armen. So, jetzt hatte sie es ihrer Schwester aber mal gezeigt. Hoffentlich waren damit alle weiteren Fragestunden beendet. »Ich muss jetzt zur Anprobe. Kann ich einen Becher Kaffee mitnehmen?«

»Na klar.« Er griff nach oben, holte einen weißen Pott aus dem Schrank und schenkte ihr das belebende Getränk ein.

»Am besten Schwarz. Danke, Jens.«

Ihre Schwester ignorierend, die mit offenem Mund in der Küche stand, eilte sie an ihr vorbei zurück in den Flur. Daisy lief ihr hinterher. »Oh, du kannst jetzt leider nicht mit.«

»Doch, doch, das geht.« Kimberly nahm die Kleine auf den Arm. »Jens, wir nehmen Daisy mit«, rief sie ihm zu und flitzte sofort hinter Paulina her.

Jens stürmte aus der Küche. »Daisy hat noch nicht gefrühstückt. Paulina übrigens auch noch nicht.«

Ihre Schwester ging zurück zur Haustür und drückte ihm den Hund in den Arm. »Hach, und ich hatte gehofft, ich könnte dir die süße Kleine entführen.«

Paulina eilte weiter über den Weg. Denn sie wollte vermeiden, dass Kimberly in Gegenwart von Jens komische Bemerkungen machte. Peinlich war das, wenn die ältere Schwester einfach nicht den Mund halten konnte. Kimberly folgte ihr auf dem Fuße. »Hab' ich das eben richtig gesehen?«, fragte sie. »Ihr habt euch …?«

»Was? Ja, wir haben uns geküsst.«

»Das ist ja der Wahnsinn. Ihr zwei. Also doch. Sag mal … äh … wie kannst du mit einem vollen Becher so schnell laufen?«

»Ein Jahr Training in einer Großkanzlei.«

»Jetzt bleib doch mal stehen! Habt ihr nun … äh, habt ihr nun doch miteinander geschlafen?«

16

JENS

Jens hatte die schlimmsten Befürchtungen gehabt. Paulina war in ihrem Bett eingeschlafen, obwohl sie doch gestern Nacht, nach dem Duschen, zu ihm kommen wollte. Er hatte sie zugedeckt und war zurück in sein Bett gegangen. Die halbe Nacht hatte er wachgelegen und sich gefragt, ob er sich schon wieder in etwas verrannte. Ja, sie hatte mit ihm geflirtet, sie hatte seine Hand gehalten und ihn geküsst. Aber es konnte alles oder auch nichts bedeuten. Schon einmal hatte sie ihn abgewiesen. Diesmal hatte sie ihn geschickter auf Abstand gehalten, indem sie eingeschlafen war. Er spürte instinktiv, dass etwas zwischen ihnen im Argen lag. Auch wenn er es nicht wahrhaben wollte.

Deshalb hatte er befürchtet, dass heute wieder alles vorbei war. Aber nein, sie hatte ihn eben geküsst. Sogar vor ihrer Schwester. Das bedeutete, sie waren einen riesigen Schritt weiter. Sie waren jetzt mehr als nur gute *Freunde.* Er musste nur herausfinden, was er für sie sein sollte. Eine Gelegenheitsbettgeschichte wollte er nicht daraus machen. Er war auf der Suche nach der Einen.

Nach der richtigen Frau fürs Leben. Ja, er wollte auch, was sein Freund Liam und Kimberly hatten.

Er wollte mit seiner Frau morgens die Brötchen und den Kaffeebecher teilen. Und er wollte mit Paulina wunderschöne Abende auf dem Boot verbringen, romantische Nächte in seinem eigenen Garten. Er wollte mit ihr das renovierte Haus neu einrichten und gestalten, beim Italiener Pizza essen und Wein trinken. Später ihre Hände halten, ihre Füße massieren, seine Nase in ihr seidiges Haar vergraben, ihren Duft aufsaugen, sie küssen und endlich mehr von ihr kosten. Er wollte ihr ganz nah sein, sein Körper und ihrer sollten zu einer Einheit verschmelzen, bis sie keuchten und sich all ihre Liebe gestanden. Das wollte er jeden Tag. Okay, wenn er das nicht haben konnte, dann wenigstens am Wochenende. Er wollte mit ihr im Herbst durch meterhohes buntes Laub spazieren und im Winter im Garten Schneemänner und Schneehunde bauen. Ja, und er wollte mit ihr gemütliche Fernsehabende haben, wie es alle Paare machten. Und manchmal wollte er mit ihr einfach nur dasitzen. Bei Kerzenschein, eingekuschelt in warme Decken. Er stellte sich vor, wie er ihr ein spannendes Buch vorlas, während draußen der Wind ums Haus pfiff.

Daisy zupfte an seinem Fuß und riss ihn aus den Gedanken. »Komm, meine Kleine, wir setzen uns auf die Veranda.«

Er packte Kaffee, Brötchen, Butter und Rühreier auf ein Tablett und trug es nach draußen. Der Hund folgte ihm auf Schritt und Tritt. Ich glaube, das muss ich dir als Nächstes abgewöhnen, dachte er schmunzelnd. Er ging an den Vorratsschrank, öffnete eine Dose und füllte das Futter in einen Napf. Schwanzwedelnd lief sie ihm hinterher. Das Futter stellte er in eine Ecke der Veranda. Weit weg vom Menschentisch, denn die Fellnase sollte nicht anfangen, nach seinem Essen zu betteln.

Entspannt streckte er die Beine aus und schaute in den Garten, der kein richtiger Garten war. Zumindest war es kein Bauerngarten mit Blumen, so wie er sich das vorstellte. Er trank den heißen Kaffee in kleinen Schlucken und sehnte sich Paulina herbei. *Nein, so geht das nicht,* dachte er. *Ich will nicht länger alleine frühstücken.* Wenigstens nicht am Wochenende. *Tja mein Lieber, dann hättest du sie rechtzeitig wecken müssen. Du wusstest doch, dass sie heute die Anprobe hat,* schalt er sich. *Ja klar,* aber als er in ihr Zimmer geschaut hatte, lag sie so süß wie malerisch hingegossen vor ihm und befand sich noch im Tiefschlaf. Den Teddy hatte sie auf den Boden verbannt. Eine Hand hing herab und griff nach der Pfote des Kuschelbären. Dachte sie im Schlaf, es sei seine Hand?

Allein schmeckte ihm das Brötchen nicht. Er dachte an Paulina, die mit hungrigem Magen jetzt Anprobe hatte. Kurzerhand stellte er das Frühstück zurück in die Küche.

Daisy hatte ihren Napf bereits geleert. Kurzentschlossen schnappte er sich die Kleine und verließ das Haus mit ihr. »Lass uns bei Liam und den Hunden vorbeischauen. Hundekontakte sind gut für dich. Du befindest dich in der wichtigen sozialen Entwicklungsphase.«

Der Hund verstand mal wieder kein Wort. Jens fragte sich, ob er nun auch zu den verrückten Besitzern gehörte, die ihre Hunde zutexteten. »Na, dann ist das eben so. Du verstehst mich nicht, aber egal. Ich kann ja ab und zu mal ein Wort extra betonen und mir einbilden, du bist der einzige Hund auf der ganzen Welt, der so klug ist, ganze Sätze zu verstehen. Nicht wahr, Daisy? Daaaaisy!«

Sie stoppte mit dem Schnüffeln, machte freudig wuff und wedelte mit dem Schwanz. »Floppy und Tim besuchen? Dann lauf! Hopp, hopp.«

Das waren noch immer zu viele Worte. Sie kamen an die Haustür. Er klopfte und öffnete die Tür. Floppy eilte ihnen entgegen. Endlich hatte der sanfte Riese jemanden zum Spielen. Daisy war keck genug, um sich von seiner Größe nicht einschüchtern zu lassen.

Liam kam um die Ecke. »Moin Jens. Die Frauen sind im Ballsaal. Ich empfehle dir, nicht in die Anprobe zu platzen.« Er zwinkerte. »Das ist mir mit Kimberly passiert, als sie hier das Brautjungfernkleid für Marinas Hochzeit anprobiert hat. Ihr Blick hätte mich fast umgebracht und dafür gesorgt, dass aus uns nichts mehr wird.« Er lachte. »Komm in die Küche. Ich habe noch frischen Kaffee. Wie war eigentlich euer Abend gestern?«

Jens ließ die Tür zum Flur offen, damit er mitbekam, ob Daisy Dummheiten machte. »Hast du zufällig Schuhe im Flur stehen?«

»Nein, brauchst du welche?«

»Unser Frechdachs glaubt, welche zu brauchen. Daisy hat spitze Milchzähne und bohrt sie in alles rein.«

»Verstehe.« Liam stellte ihm einen großen Pott hin, goss die Tasse voll und zeigte zum gedeckten Tisch. »Greif zu!«

»Danke. Vielleicht später.«

Sein Kumpel beugte sich vor und senkte die Stimme. »Sag mal, du und Paulina? Bahnt sich da was zwischen euch an?«

»Könnte sein«, hielt er sich bedeckt.

Liam machte ein ernstes Gesicht. Jens erinnerte sich daran, dass er schon einmal so komisch geguckt hatte, als würde er sich deshalb Sorgen um ihn machen. Jetzt fiel ihm wieder ein, dass er einmal unfreiwillig ein Gespräch zwischen Paulina und ihrer Schwester belauscht hatte. Dabei ging es darum, dass Paulina ihm unbedingt etwas sagen sollte. Er hatte es fast vergessen.

»Liam, spuck es aus!«, forderte er ihn auf. »Was willst du mir sagen? Hast du etwas dagegen, wenn ich mit der Schwester deiner Frau etwas anfange?«

»Nein, natürlich nicht.«

Noch immer war Liams Gesichtsausdruck seltsam und irgendwie nicht lesbar. Jens rieb sich ratlos das Kinn. »Ich verspreche dir, dass unsere Freundschaft nicht darunter leiden wird. Egal, ob es mit Paulina und mir was wird oder nicht.«

»Das glaube ich dir.« Liam stierte in seine Kaffeetasse.

»Ist es wegen Kimberly? Will sie das nicht? Sag ihr, sie soll sich bitte nicht einmischen und mir einfach vertrauen. Ich weiß, was ich tue und ich werde Paulina nicht enttäuschen … wenn sie mich lässt.«

»Das ist das Stichwort«, sagte Liam bedächtig und sah ihm endlich in die Augen.

»Ich verstehe kein Wort«, murmelte Jens.

Liam räusperte sich. »Du solltest wissen, was du tust. Besser gesagt, worauf du dich einlässt.«

Jens spürte einen Kloß im Hals. Was verschwieg Paulina ihm?

»Hä, ist sie eine international bekannte Pornodarstellerin, oder was willst du mir damit sagen?«

»Nein, nein, natürlich nicht. Das Gegenteil ist der Fall.« Jetzt sah Liam ihn eindringlich an und riss dabei die Augen kurz auf, als wollte er sagen: Hey, ist der Groschen endlich gefallen?

»Liam, ich kann nicht hellsehen.«

Sein Gegenüber räusperte sich. Dann beugte er sich vor. »Sie ist noch Jungfrau«, flüsterte er.

»Das kann nicht sein«, rief Jens überrascht und wusste im selben Moment, dass es die Antwort auf all seine Fragen war.

Jens brauchte Zeit zum Nachdenken. »Liam, ich muss noch einen Kuchen backen und dann zurück zum Straßenfest. Kann Daisy bei Floppy bleiben?«

»Kein Problem. Guck mal, wie süß sie an ihn gekuschelt schläft.«

»Danke. Sehe ich euch nachher noch auf dem Fest?«

»Wir kommen rüber.«

»Gut, dann mache ich mich jetzt an die Arbeit.«

Mit langen Schritten und einem dicken Kloß im Hals eilte er über den Hof. Er hatte keine Ahnung, wie es jetzt mit Paulina und ihm weitergehen sollte. Sollte er sie auf ihre Jungfräulichkeit ansprechen?

Vielleicht stimmt das alles auch nicht, grübelte er. *Wer weiß, ob Kimberly etwas falsch verstanden hat.*

Ihm war schon aufgefallen, dass sie ihrer Schwester deutlich zeigte, wer die Jüngere war. Aber Paulina war doch keine siebzehn mehr. Gewiss hatte sie irgendwann sexuelle Erfahrungen gesammelt. *Ach, ihr beide täuscht euch.* Und wieso wusste eigentlich Liam über Paulinas *Sexualleben* Bescheid. Nicht Liam sollte etwas darüber wissen, sondern er – Jens!

Er schluckte, denn ein dumpfes Gefühl sagte ihm, dass alles stimmte. Enttäuschung fraß sich durch seinen Magen wie bittere Galle. Sie hatte ihm nicht vertraut. Warum, um Himmels willen, hatte sie ihm kein Sterbenswort gesagt? Es war doch eine viel zu wichtige Angelegenheit, um darüber hinwegzugehen. Stattdessen hatte sie so getan, als sei sie eine erfahrene Frau, die aufgrund schlechter Erfahrungen diesmal genauer hinschauen wollte. Er schlug sich im Stillen vor den Kopf. Gar keine Erfahrungen hatte sie. Nichts. Wuste.

Wie sollte er ihr nun näherkommen? Wollte er das unter diesen Umständen überhaupt noch? Mühsam entsann er sich an sein erstes Mal. Es war verdammt lange her. Damals hatte er geglaubt, sie sei seine große Liebe. Aber sie war nur die erste Liebe in einer Reihe von Enttäuschungen. Sie war sechzehn und er siebzehn. Alle in seiner Klasse sprachen nur über die eine Sache, abgesehen, von den Abiturfächern. Endlich sollte es auch bei ihm passieren.

Sofia hieß sie. Sie war auch blond, wie Paulina. Obwohl sie Halbitalienerin war. Sofia stand auf schicke Kleider und auf coole, teure Taschen von Designermarken. Ihre Mutter hatte eine eigene Boutique. Schon früh bekam er mit, dass die Mädchen sie bewunderten. Sie wollten so sein wie Sofia. Und die Jungs himmelten sie an. Sie brauchten eine hübsche Freundin zum Angeben. Alle flogen auf sie. Das Mädchen war klug und ein wenig hochnäsig. Eigentlich wollte er sich damals nicht in sie verlieben. Aber eines Tages rief sie ihn an, ihr Freund hätte sie versetzt, ob er nicht einspringen wolle. Er nahm im Kino ihre Hand und ließ sie nicht mehr los. Dann folgte im Dunkeln der erste Kuss. Sie hatte nach Kirschkaugummi geschmeckt. Nach zwei Wochen wollte Sofia mehr von ihm. »Weißt du, wie das geht?«, hatte er sie gefragt.

»Nur in der Theorie«, hatte sie mit geröteten Wangen gestanden und den Blick gesenkt. Schon am kommenden Wochenende bot sich ihm die Gelegenheit. Denn seine Eltern waren auf einem Ärztekongress.

Sein Zimmer hatte er mit Kerzen ausstaffiert. Aus dem Keller der Eltern hatte er eine Flasche Wein genommen. Nachdem sie eine halbe Stunde geknutscht hatten, zog Sofia sich plötzlich ganz aus und legte sich unter seine Bettdecke. »Jetzt, Jens, ich will es«, hatte sie gesagt.

Er hatte die Billy Boys ausgepackt und sich weggedreht, als er sich einen davon überzog. Dann hatte er sich zu Sofia umgedreht. Ihre Küsse schmeckten nun nach Rotwein. Sie führte seine Hand zwischen ihre Beine. Erschrocken registrierte er, dass sie feucht war. Damals wusste er nicht, dass das ein gutes Zeichen war. Sie hatte sich plötzlich steif gemacht, als seine Penisspitze zu ihr vordrang. Aber dann hatte sie gezischt: »Weiter, mach nun!«

Jens schüttelte über sich den Kopf. Er kam viel zu schnell und er war sich sicher, dass sie vom ersten Mal nicht viel hatte. Im Nachhinein tat ihm das leid. Nur eine Woche später ging Sofia mit Julius, dem Schulschwarm, aus.

Später fand er heraus, dass sie es wohl von Anfang an auf Julius abgesehen hatte, aber als Jungfrau nicht bei ihm landen konnte. »Was für ein Mist!«, fluchte er leise.

Wiederholt sich die Geschichte? Vielleicht sollte er mit Hanna ausgehen. Sie war ein paar Jahre älter, erfahren und wusste, was sie wollte. Nämlich ihn. Das hatte sie ihm gestern am Stand doch deutlich gezeigt. *Aber das ist unfair,* gestand er sich ein. *Du willst nämlich Paulina.*

Um sich abzulenken, packte er Eier, Mehl und Butter auf den Tisch, holte die Schüssel aus der Spülmaschine und rührte einen Teig zusammen. Schnell pflückte er ein paar Äpfel vom Baum im Garten, schälte sie und verteilte sie auf dem Kuchen. Er schob das Blech in den Ofen. Schon bald verteilte sich ein köstlicher Duft im Raum. Als er mit dem Aufräumen fertig war, öffnete sich die Tür und Paulina kam herein.

Ihre Wangen glühten. »Du ahnst ja nicht, wie anstrengend solche Anproben sind. Die Schneiderin hatte drei verschiedene Grundmodelle dabei. Ich konnte mich nicht entscheiden, was am besten zu einer ländlichen Hochzeit passt. Stell dir vor, drei Frauen und jede hat eine andere Vorstellung von einem perfekten Kleid.« Sie rollte mit den Augen und setzte sich erschöpft an den Küchentisch. »Es ist fast drei Uhr und ich habe noch nichts gegessen«, stöhnte sie. Sie blickte zum Ofen.

»Hm, duftet es hier köstlich. Sag bloß, du hast noch einen Kuchen gebacken.«

»Ja, und ich bin spät dran. Ich muss ihn gleich zum Fest bringen.« Er wandte sich ab, öffnete die Ofenklappe und stellte das Blech zum Abkühlen nach oben. »Aber vorher muss ich duschen«, sagte er, ohne ihr in die Augen zu schauen. »Du weißt ja, wo du Brötchen und Belag findest. Nimm dir, was du brauchst.«

Mit diesen Worten stürmte er aus der Küche. Er konnte sie jetzt nicht in den Arm nehmen und küssen und so tun, als wüsste er von nichts. Sie hatte ihm nichts gesagt. Er hatte es von Liam erfahren. Allein das empfand er als Demütigung. Denn *er* hätte es wissen müssen. Das war eine Angelegenheit, die nur die zwei Personen etwas anging, die es betraf. *Wer weiß, wer es noch weiß,* grummelte er. Vielleicht lachte schon das halbe Dorf über den Tierarzt und die Jungfrau.

Er zog sich ein Shirt und eine Jeans an, kämmte sich die nassen Haare mit Schwung zurück und griff nach der alten Lederjacke. Damit würde er cool aussehen. Hanna stand bestimmt auf den lässigen Typ Mann.

Als er in die Küche kam, saß Paulina am Tisch und schlang ein Brötchen herunter. Er legte ein frisches Geschirrtuch über den Kuchen. Diesmal hatte er im tiefen Blech gebacken, weil das andere noch irgendwo am Stand verschollen war.

»Ich muss jetzt los«, sagte er knapp angebunden. »Wir sehen uns … da oder … später hier.« Und weg war er, bevor er irgendetwas sagen konnte, was er vielleicht später bereuen würde.

17
PAULINA

Paulina starrte Jens mit offenem Mund hinterher. Was war mit dem denn auf einmal los? War er so unter Zeitdruck, dass er ihr nicht einmal einen Kuss geben konnte? Machten Verliebte das denn nicht so? Kimberly und Liam küssten sich doch andauernd.

Sie hatte gedacht, dass er sich mehr für das Kleid interessieren würde, das sie auf der Hochzeit ihrer Schwester und seines besten Freundes tragen würde. *Okay, dann eben nicht.* Sie räumte das Essen in den Kühlschrank und fragte sich, was sie nun mit dem restlichen Samstag anfangen sollte. Sie war schließlich auch hier, um mit Jens etwas zu unternehmen. Aber der hatte auf einmal ein neues Hobby. Die Feuerwehr und das Straßenfest. Und die Brünette! *Vergiss nicht, wie sie ihn angehimmelt hat.* Er kannte sogar schon ihre halbe Lebensgeschichte. Ja, vielleicht stand er auf ältere, erfahrene Frauen.

Paulina stieg in ihr Auto, fuhr zum Fest und parkte an der Landstraße vor dem Ort, weil alle anderen Plätze längst weg waren. Sie musste ein Stück laufen, was normalerweise nichts machte. Aber die Sonne brannte wie Feuer von oben. Wo hatte sie nur gestern ihre Schirmmütze gelassen?

Als sie am Fest ankam, lief ihr der Schweiß über die Stirn. Sie mied den Feuerwehrstand und holte sich erst einmal eine Cola. Dann ging sie in den Outdoor-Laden, den Jens ihr empfohlen hatte. Dort gab es eine breite Auswahl an Freizeitkleidung. Es war genau das, was sie jetzt zur Ablenkung brauchte. Und außerdem wollte sie doch endlich *leben* und am Wochenende all die unglaublichen Dinge tun, die sie bisher verpasst hatte.

Als sie aus dem Laden herauskam, hatte sie eine Jeans, eine beigefarbene Cargohose, eine schwarze Sommerhose mit vielen Taschen, die sie zur Shorts hochkrempeln konnte, ein paar Shirts, eine Schlabbershorts und eine neue Schirmmütze gekauft. Zwischendurch fragte sie sich, ob Jens wohl noch am Stand steckte und Kuchen verkaufte. Sollte sie hingehen und nachschauen? Sie rang mit sich. Er war vorhin echt komisch drauf gewesen. Je länger sie darüber nachdachte, desto sicherer war sie sich, dass etwas nicht stimmte.

Okay sagte sie sich schließlich. Du musst herausfinden, ob es mit der Brünetten zu tun hat. Als sie am Stand ankam, waren weder die Frau noch Jens dort. Also ging sie weiter.

»Hey, Paulina!«, rief jemand fröhlich und winkte ihr zu. Das war doch Matteo. Sie ging zu ihm hin. »Na, keinen Standdienst?«

»Nö, ich hatte schon. Was möchtest du trinken? Ein Bier?«

»Kannst du mir welches empfehlen? Ich kenne mich damit nicht aus.«

»Setz dich! Ich hol dir eines.« Er stand von seinem Platz am Biertisch auf und klopfte auf die Fläche. Paulina setzte sich und stellte die Tasche auf den Boden zwischen die Füße. Der Sitz war noch warm von seinem Popo. *Heiße*

Feuerwehrmänner haben offenbar auch heiße Ärsche, dachte sie und musste grinsen.

Matteo kam schnell zurück und stellte zwei Biere auf den Tisch. Sein restliches Getränk kippte er im Stehen mit zwei Schlucken weg. »Puh, was für eine Hitze heute. Rück mal ein Stück.«

Paulina rutschte an den Nachbarn heran, der ihr freundlich zunickte. Nun saß sie zwischen zwei Männern eingekeilt. »Na dann Prost!«

Er hob sein Glas, sie hob ihres. Er stieß dagegen. Vorsichtig trank Paulina einen kleinen Schluck. Aber, als sie sah, dass auch die Gäste ihr gegenüber das halbe Glas in einem Zug leerten, machte sie es ihnen nach. Ein schummriges Gefühl zog in ihre Beine.

Der Mann neben ihr stellte sich nun vor. Er hieß Bo von Boris, war auch Feuerwehrmann und kannte Matteo, denn er beugte sich vor und fragte ihn, ob sie seine neue Freundin sei.

Matteo grinste. »Ich sag's mal so, wenn du sie anbaggerst, gibt es was auf die Flossen.«

Die beiden Leute ihnen gegenüber kippten das restliche Bier herunter, küssten sich, standen vom Platz auf und nahmen ihre Gläser mit. Sofort setzten sich zwei neue Leute auf den freigewordenen Platz. Paulina holte tief Luft, denn es waren Kimberly und Liam.

»Was macht ihr denn hier?«, fragte sie und fühlte sich ertappt, obwohl sie doch gar nichts Schlimmes getan hatte.

Ihre Schwester warf ihr einen intensiven Blick zu. »Wir haben doch gesagt, dass wir auch noch aufs Fest wollen.«

Paulina fragte sich, ob sie hier unter Beobachtung stand. Andererseits hatte sie nun eine Chance, um aus dem eingekeilten Platz herauszukommen, auf dem sie sich unbehaglich fühlte. »Ich war eben im Outdoorladen und habe neue Klamotten eingekauft. Willst du mal sehen?«

»Ja, zeig her!« Die riesige Tasche hatte natürlich keinen

Platz auf dem Tisch, denn dort standen die Gläser. »Matte kannst du bitte kurz aufstehen?«, bat sie.

Er ahnte nicht, dass sie sich eng an eng zwischen den Feuerwehrmännern unwohl fühlte. »Na klar, meine Hübsche«, sagte er freundlich.

Liam erhob sich ebenfalls. »Ich hole uns was zu trinken.«

Paulina setzte sich neben ihre Schwester. *Uff, das wäre geschafft.* Sie kramte ein Kleidungsstück nach dem anderen hervor. Ihre Schwester gluckste erfreut. »Wie cool. Darin will ich dich sehen. Oh, die Hose muss ich unbedingt anprobieren. Aber ich fürchte, die Beine sind mir viel zu lang.«

Liam kam zurück und rutschte neben Matte. Paulina atmete tief durch. Jetzt konnte der gemütliche Abend beginnen. Die nächste Runde wollte sie ausgeben. »Ich lass dich nicht allein die Biere schleppen«, sagte Matteo freundlich. »Ich komme mit.« Liam musste wieder aufstehen.

»Aber ich bezahle.«

Matteo schüttelte den Kopf. »Ich bin ein Kavalier der alten Schule. Das kann ich nicht zulassen.«

»Und ich bin eine gut verdienende Frau der neuen Generation und kann das sehr wohl bezahlen«, konterte sie.

Er stutze und zog beide Augenbrauen hoch. Aber er schwieg.

»Okay«, lenkte sie ein. »Dann spende die Summe doch an eure Feuerwehr. Damit haben wir beide gewonnen.«

»Ich wusste gar nicht, dass das ein Wettbewerb ist. Aber okay, die Dame hat immer recht.«

Der war ja wirklich niedlich. Leider war sie bereits in Jens verliebt. Ihr Herz hatte da ganz klare Vorstellungen. Jens, wo steckte der eigentlich?

»Wo hast du eigentlich Doktor Dolittle gelassen?«, fragte er nebenbei.

»Ich glaube, der ist am Kuchenstand«, flunkerte sie.

Matteo nuschelte irgendwas vom *Naschen.* Oder meinte er *Vernaschen?* Seine Worte gingen im Lärm unter und sie beschloss, jetzt besser zu schweigen.

Jeder trug zwei gezapfte Biere zurück an den Tisch. Paulina setzte sich neben ihre Schwester und Matteo musste neben Liam rücken.

Nach den Bieren erhoben Liam und Kimberly sich, sie wollten durch die Straßen schlendern und sich den Flohmarkt anschauen. Kimberly sah ihre Schwester erneut mit diesem intensiven Blick an. »Du wolltest mir doch zeigen, wo du die Klamotten gekauft hast.«

Wollte ich das? Ah, sie verstand. »Natürlich, ich komme mit.« Sie beugte sich über den Tisch. »Tschüss, Matte. Vielleicht sehen wir uns nachher noch.«

»Bist du später auch bei der Konzertbühne?«

»Ganz bestimmt«, vertröstete sie ihn.

Ihre Schwester hakte sich bei ihr unter. »Wo hast du Jens gelassen? Ich dachte …«

»Denk nicht so viel über mich nach«, fuhr sie ihrer Schwester über den Mund. »Jens ist vorhin mit dem heißen Kuchenblech aus dem Haus gerannt. Offenbar hatte er es sehr eilig. Und er hat mir auch nicht gesagt, was er vorhat.«

»Huch, ich dachte …«

»Gar nichts sollst du denken. Misch dich am besten nicht ein! Jens muss sich nicht bei mir abmelden.«

Liam, der ein Stück vorgegangen war, blieb stehen und drehte sich zu ihnen um. »Ist Jens verschwunden?«

»Wird schon wieder auftauchen.« Paulina überspielte ihre Enttäuschung mit einem Lachen. Liam machte daraufhin ein komisches Gesicht, irgendwie viel zu ernst für ein fröhliches Sommerfest. Als sie weitergingen, flüsterte er hastig Kimberly etwas ins Ohr.

»Was?« Sie riss die Augen auf und verlangsamte den Schritt. »Oh, nein, jetzt wundert mich gar nichts mehr«, flüsterte sie zurück.

»Tut mir leid, ich dachte ... es hat sich so ergeben.«

Paulina wich den entgegenkommenden Besuchern aus. »Ich guck mal nach dem Schmuck.« Da war sie gestern schon gewesen. Aber sie wollte nicht Zeuge sein, wenn die beiden wegen irgendeiner Sache ihren ersten Streit hatten. Es schien eine ernste Angelegenheit zu sein.

Doch Kimberly ließ Liam stehen und gesellte sich zu ihr. »Schau mal, die Ohrringe!«, sagte sie freundlich und hielt silberne Kreolen in die Höhe.

»Alles gut zwischen euch?«

»Ja, ja. Nur ein Missverständnis. Wie findest du die Kreolen?«

»Hat Mama nicht so welche gehabt?«

»Ja, aber die sind wieder schwer angesagt. Komm, lass uns jeder ein Paar kaufen, sozusagen als Schwesternband. Ich schenke sie dir. Bitte, darf ich? Dann haben wir etwas, das uns verbindet. Jetzt, wo wir wieder mehr zusammen machen.«

Da Kimberly das so wichtig war, ließ Paulina sich überreden. Sie steckte das Schmucktütchen in die kleine Handtasche, die sie schräg über der Schulter trug. Nach einer weiteren Stunde hatten Kimberly und Liam genug vom Bummeln. Sie hatten ein paar Vasen gekauft und wollten etwas essen. Liam bestand darauf, die Frauen einzuladen. »Aber nicht am Straßenverkauf. Wenn wir schon mal hier sind, dann lass uns zum Italiener gehen.«

»Den kenn ich. Da war ich schon mit Jens.« Sie war einverstanden. Verstohlen sah Paulina sich um. Auf dem Weg spähte sie über alle Tische und Stände. Nirgends sah sie Jens. Auch nicht im Restaurant.

Liam sorgte dafür, dass sie es sich richtig gut gehen ließen, und bestellte einen Aperitif zur Vorspeise und einen Wein zum Hauptgang. »Wir nehmen uns nachher ein Taxi«, sagte er. »Morgen früh, wenn ich Brötchen hole, jogge ich zum Wagen und hole ihn. Das ist kein Problem. So machen Jens und ich das schon immer, wenn wir spontan etwas trinken.«

»Ah, verstehe. Mein Wagen steht auch am Straßenrand.«

Er schmunzelte. »Wir parken direkt dahinter. Keine Sorge, den hole ich morgen auch rechtzeitig, wenn du mir den Schlüssel gibst.«

»Danke. Ich frage mich, ob Jens womöglich einen Notfall in der Praxis hat.«

»Ach nee«, beschwichtigte Liam. »Du hast doch die Feuerwehrmänner kennengelernt. Die wollen ihren Neuzugang erstmal feiern. Bestimmt ist er mit denen irgendwo versackt.«

Leider machten Liams beschwichtigenden Worte es nicht besser. Was, wenn Jens gemeinsam mit der Brünetten in einer lauschigen Ecke *verschollen* war?

Nach dem Essen gab es noch einen Kräuterschnaps und dann noch einen aufs Haus. Paulina fühlte sich gut gesättigt und zugleich betrunken. Aber das musste wohl so sein, dass der zukünftige Schwager ihre Trinkfestigkeit auf die Probe stellte. Von solchen Ritualen hatte sie schon gehört. Dass sie so gut wie keinen Alkohol gewöhnt war, wusste ja niemand. Und sie wollte natürlich kein Spaßverderber sein. Als sie in der Nacht das Lokal verließen, musste sie sich bei ihrer Schwester unterhaken. Das Taxi stand direkt vor dem Restaurant, sodass Paulina nur noch einmal den Blick über die

Stände schweifen lassen konnte. Nirgends war Jens zu sehen.

»Soll ich Daisy zu mir holen?«, fragte sie, als sie im Haus Floppy erwartungsvoll bellen hörte.

»Nein, sie kann bei uns bleiben.«

»Okay. Dann gute Nacht ihr zwei und danke für den netten Abend.«

Sie drückte ihre Schwester und diese drückte sie ungewohnt liebevoll zurück. »Hey, Kleine, isch bin so froh, dasch wir nun mehr Zeit füreinander haben.« Ihre Sprache klang leicht verwaschen. Offenbar hatte sie auch zu viel Alkohol getrunken. Noch einmal drückte sie Paulina. »Und dasch mit Jens renkt sich schon wieder ein«, sagte sie mit einem mitleidigen Blick.

Was meinte sie? Paulina hatte doch gar nicht mit ihm gestritten. Sie hatte keine Ahnung, warum er plötzlich verschwunden war.

»Tut mir leid«, nuschelte Liam.

Paulina zuckte mit den Schultern und betrat das Haus. Jens war natürlich nicht da. Das hatte sie auch nicht erwartet. Aber sie fand es merkwürdig, dass er den Abend lieber mit anderen Freunden verbracht hatte, statt die kostbare Zeit mit ihr zu nutzen. Irgendwas war merkwürdig – ihr fielen die Blicke von Kimberly und Liam wieder ein. Und wie sie heimlich getuschelt hatten. Aber dann war der Abend schön geworden. Die beiden hatten sich unglaubliche Mühe gegeben, sie zu unterhalten und dafür zu sorgen, dass sie nicht zum Nachdenken kam. Aber jetzt, als sie allein in ihrem Bett lag und das Gefühl hatte, ihr Kopf fuhr Karussell, da merkte sie doch, dass etwas in der Luft lag. Aber sie fand nicht heraus, was es war. Jens, wo bist du? Mit dem Gedanken schlief sie ein.

Ein lauter Knall weckte sie. Im Flur rumpelte es. Ein Einbrecher? Paulina saß aufrecht im Bett und horchte nach draußen. War das etwa Jens? Noch einmal rumpelte es im

Haus, dann hörte sie eine Tür klappern und es war wieder still. Sie sah auf die Uhr. Es war halb fünf. Okay, das war er eben gewesen. Den Geräuschen nach zu urteilen, war er betrunken nach Hause gekommen. Sie korrigierte sich. Volltrunken!

Die Logik sagte ihr, dass er mit den Feuerwehrleuten versackt war. Und vermutlich nicht mit der Frau geflirtet hatte. Niemand ließ sich volllaufen, wenn er mit einer Frau anbandeln wollte. Oder?

Beruhigt schlief sie wieder ein. Gegen acht Uhr war sie ausgeschlafen. Sie duschte und kochte sich einen Kaffee. Mit dem Becher in der Hand verließ sie das Haus und ging zur Koppel. Liam und Kimberly schliefen bestimmt auch noch.

Paulina setzte sich auf einen abgesägten Baumstumpf und beobachtete die Alpakas, die friedlich auf der Wiese links von der Pferdekoppel grasten. Ein Esel war auch dabei. Sie musste schmunzeln. Dachte er, er sei ein Alpaka und hatte sich in eines der herzigen Tiere verliebt?

Sie erinnerte sich, dass sie als Kind oft morgens vor Schulbeginn im Vorgarten des Mehrfamilienhauses gesessen hatte. In dieser stillen Stunde hatte sie die Vögel, die Katzen und die vorbeilaufenden Hunde beobachtet. Mit einem Bleistift hatte sie Skizzen in einem dicken Buch angefertigt. Sie hatte davon geträumt, es bis zur letzten Seite vollzumalen. Doch dann kam die Oberstufe. Das Pensum in der Schule zog an. Und die Kunst landete in der Ecke. Seit vielen Jahren hatte sie das Buch nicht mehr gesehen. Einfach so just for fun hatte sie nie wieder einen Stift in die Hand genommen. Jetzt sehnte sie sich danach, nicht nur zu beobachten, sondern das niedliche Dreiergespann auf dem Papier festzuhalten.

Aber sie hatte nichts dabei. Weder einen Stift noch ein Notizbuch. Sie nahm sich vor, diese Dinge einzukaufen.

Wenn es schon auf der Arbeit langweilig war, durfte ihre Freizeit nun endlich interessanter werden.

»Moin!« Liam riss sie aus den Gedanken. Er trug Turnschuhe, ein weißes Shirt und eine knielange, schlabberige Hose.

»Moin, Schwager. Holst du schon die Brötchen?«

»Ja.«

»Hey, hast du Lust, zwei Minuten zu warten?« Sie zeigte zu ihren nackten Füßen. »Dann komme ich mit und bringe auch meinen Wagen zurück.«

Liam trippelte mit angewinkelten Armen auf der Stelle. »Okay. Ich warte hier.«

Sie rannte zurück, stieg in ihre Turnschuhe und war sofort bei ihm. »Zum Glück bin ich schon passend gekleidet.«

Er nickte. »Bei uns ist auch sonntags der Schlabberlook angesagt.«

Sie lachte. »Bei mir gab es jahrelang keinen Sonntag. Ich hatte fast vergessen, wie ein T-Shirt aussieht und was eine Sporthose ist.«

Schon nach kurzer Zeit japste sie, blieb stehen und stützte sich auf den Knien ab. »Tut mir leid. Ich bin keinen Sport mehr gewohnt. Nur in hohen Pumps kann ich schnell laufen.«

»Ich habe Zeit.« Liam trippelte erneut auf der Stelle. »Du musst wohl einiges nachholen, Paulina. Aber vertrau darauf, dass deine Entscheidung richtig war, die Kanzlei zu verlassen. Fang an, zu leben! Und hör auf deine innere Stimme! Das wünscht sich auch deine Schwester für dich.«

Huch, der war ja am frühen Morgen richtig redselig. Ja, fast schon philosophisch. Die innere Stimme sagte ihr gerade, dass er ihr noch mehr zu erzählen hatte. Aber dann schwieg er. Sie gingen ein Stück, bis Paulina wieder joggen konnte.

Diesmal startete Liam sehr langsam. Nach einer Weile

merkte sie, wie sie von ganz allein ins Laufen kam. Sie stoppten an ihrem Wagen. Liam gab ihr ihren Schlüssel zurück. »Bis zum Bäcker ist es nur noch ein Stück. Ich hole dich wieder ein«, sagte er mit einem Augenzwinkern. »Wir frühstücken am besten bei uns auf der Terrasse. Floppy schicke ich in den Garten.«

»Dann bis gleich.«

Paulina stieg ins Auto und fuhr zurück. Ihr fiel die Kaffeetasse ein, die sie neben dem Baumstumpf vergessen hatte. Sie holte den Becher und brachte ihn zurück ins Haus. Jens schlief noch. Sie rechnete nicht damit, ihn vor drei Uhr zu Gesicht zu bekommen. Dann wollte sie allerdings zurück nach Hamburg fahren und die Akten durcharbeiten, die sie sich fürs Wochenende mitgenommen hatte.

Schade, dachte sie. *Schade, Jens. Wir liegen wohl doch nicht auf einer Wellenlänge.*

18
JENS

Jens rieb sich die schmerzenden Schläfen. Über Nacht hatte er eine Erkenntnis gewonnen: Weglaufen war keine Option. Er musste mit Paulina reden. Denn er wollte wissen, warum sie geschwiegen hatte. Sie hätte doch über alles mit ihm reden können? *Hätte sie das wirklich?*, fragte er sich mit ehrlicher Selbstkritik. *Ja, schon gut. Am Anfang sicherlich nicht.* Aber jetzt, jetzt hätte sie es ihm sagen müssen. Dann hätte er die Chance gehabt, sich in sie hineinzuversetzen. Er wäre ganz anders vorgegangen. *Wärst du das? Oder hättest du sie dann abgewiesen?*

Er wusste es nicht. Sie war noch eine Jungfrau und das musste Gründe haben. Da sie eine attraktive Frau war, lag etwas anderes im Argen. Wollte er das ergründen? Nein, er war kein Therapeut. Und er wollte nicht noch einmal den Weg für den nächsten Mann freimachen. Er musste über die Doppeldeutigkeit schmunzeln – allerdings mit einem Beigeschmack von Bitternis.

Wer blieb schon beim ersten Mann? Sie hätte ja gar keinen Vergleich. Nein, sie würde sich nach kurzer Zeit einen anderen Partner suchen. Und er hatte schon wieder kostbare Lebenszeit verschwendet.

Mit einem Ruck stand er von der Bettkante auf. Er duschte, schlüpfte in eine Jeans und in ein weißes Hemd. Doch das änderte nichts daran, dass er im Spiegel ein Gespenst sah. Mit roten Augen und grauen Schatten auf der Haut. Er hätte wirklich nicht so viel trinken sollen.

Anfangs lief der Abend noch gut an. Eine Weile hatte er mit Hanna gesprochen. Sie war nett und vielleicht auch an ihm interessiert – trotz ihres Altersunterschieds. Aber als sie sagte, dass sie keine weiteren Kinder bekommen wollte, war bei ihm das Interesse erloschen. Abgesehen davon wäre sie ohnehin nur ein Trostpflaster geworden. Er wollte Paulina. Sein Herz wollte Paulina.

Als sich dann weitere Feuerwehrmänner zu ihnen setzten, wollte er ihnen beweisen, dass er mithalten konnte beim Saufen.

Doch hatte er dabei nur einen Gedanken im Hinterkopf. Paulina! Sie war die Frau, die das Zeug dazu hatte, sein Leben zu verändern. Sie war die Eine.

So ein Blödsinn!, schalt er sich. *Du kennst sie doch gar nicht, wie du erst gestern festgestellt hast. Wahre Liebe hat nichts mit einem hübschen Gesicht zu tun. Du musst der Person ins Herz sehen und dann entscheiden, ob du darin ein Leuchten siehst, das du lieben kannst. Alles andere ist ein Tappen im Nebel und reine Zeitverschwendung.*

Wer weiß, vielleicht findest du bei Hanna das, was du suchst, flüsterte eine leise Stimme in seinem Kopf.

Er stöhnte. *Nein, das kann nicht sein. Ich will doch nur Paulina.*

Vorsichtig klopfte er an ihre Tür. Aber er erwartete keine Reaktion. Warum sollte sie den halben Tag verschlafen? Sie hatte ja letzte Nacht nicht gesoffen.

Keine Reaktion. Sie war bestimmt bei ihrer Schwester oder noch einmal auf dem Straßenfest. Langsam drückte er die Klinke, öffnete und steckte den Kopf zum Zimmer hinein. Auf dem Boden stand eine riesige Papiertasche mit dem Aufdruck des Outdoorladens, den er ihr empfohlen hatte. Die neue Kleidung hatte sie auf dem Sessel gestapelt. Das Bett war zerwühlt.

Seufzend schloss er die Tür und ging in die Küche. Zögernd griff er nach der Kaffeekanne, stellte sie dann aber zurück unter den Auslass der Maschine. Daisy war noch immer nebenan. Er musste sie zu sich holen. Sicherlich vermisste die Kleine ihn schon. Ohne einen Kaffee ging er zurück in den Flur. Er suchte seine Sonnenbrille, fand sie in einer Jackentasche und setzte sie auf. Als er ins Freie trat, brannte die Sonne trotzdem in seinen Augen. Aber wenigstens sah nicht jeder sofort, was mit ihm los war. Am Haupthaus angekommen schlug er den Metallring gegen die Tür. Kein Hundegebell. Nichts.

Er öffnete. Im Flur war niemand. Also ging er zur Küche und schaute dort hinein. Von irgendwoher drang Paulinas Lachen an sein Ohr. Ja, das war sie. Ihm wurde warm ums Herz. Er mochte ihre Stimme und ihr Lachen.

Sie saßen im Garten. Also lief er den Gang entlang durchs Haus nach hinten. Einmal kurz durchatmen, dann öffnete er die Tür. Langsam trat er näher. »Moin«, sagte er leise.

»Na, auch schon wach«, neckte Kimberly ihn.

»War wohl etwas viel gestern Abend«, murmelte Liam und sah ihn scharf an.

Er spähte zum Garten, denn Paulina saß nicht mit am Tisch. Sein Herz stockte ihm und gleichzeitig war er unglaublich stolz auf sie. Sie saß im Schneidersitz auf der Wiese. Floppy tollte mit Daisy. Tim lag hechelnd neben ihr. Sie kraulte sein Fell. Floppy lief zu ihr, stupste mit einem Stoffhasen in der Schnauze gegen ihre Hand, um sie zum Spiel aufzufordern. Er ließ seinen Hasen fallen. Sie nahm ihn, reckte den Oberkörper und warf ihn weit von sich. Floppy und Daisy stürmten los. Da Daisy dichter am Objekt ihrer Begierde war, hatte sie sogar eine kleine Chance. Doch Floppy hüpfte über Daisy hinweg, schnappte sich das Spielzeug und ließ es vor dem Welpen fallen. Beide rangelten darum, bis Floppy gewann und den Hasen zurück zu Paulina brachte. Das Spiel begann von neuem.

Er beobachtete Paulina und die Hunde eine Weile. Entweder sah sie ihn wirklich nicht oder sie wollte nicht grüßen. Enttäuscht ging er zurück an den Tisch.

»Darf ich mir einen Kaffee nehmen?«

Liam nickte. »In der Küche liegen auch Brötchen für dich. Hol dir, was du möchtest.«

»Im Korb sind Eier, und Marmelade steht auch noch da. Der Rest ist im Kühlschrank«, sagte Kimberly.

Er nickte, ging in die Küche und holte sich, was er fürs Frühstück brauchte. »Danke«, sagte er, nahm ein Brötchen aus der Tüte und schnitt es auf. Er schenkte sich Kaffee ein und trank einen großen Schluck, weil er Durst hatte. Dabei verbrannte er sich die Lippen. Hastig stellte er die Tasse ab und goss kalte Milch hinzu. Erneut kippte er den Wachmacher herunter und schenkte nach. Die Kanne war leer.

»Ich mach noch welchen«, sagte er.

»Nein, lass nur! Ich mach das.« Kimberly erhob sich von ihrem Platz und nahm ihm die Kanne ab. Offenbar erwartete sie, dass er mit Liam ein paar klärende Worte wechselte. Aber da gab es nichts, was er sagen wollte.

Liam streckte die Beine. »Musstet ihr letzte Nacht noch einen Brand löschen?«, feixte er.

Jens schob mit einer Hand die Brille etwas hoch und rieb sich über die müden Augen. »Natürlich nicht. Ich bin bei den Männern versackt.«

Sein Gegenüber hob eine Augenbraue. »Vielleicht sollte

der Doc doch lieber Tiere pflegen, statt einen auf harten Kerl zu machen?«

Die verbale Backpfeife saß. Früher war es umgekehrt gewesen. Da hatte Liam seinen Kummer ertränkt. Und Jens musste ihm ins Gewissen reden.

Plötzlich stand Paulina auf der Terrasse. »Moin, Jens«, sagte sie und setzte sich auf Kimberlys Platz. Ihm fiel auf, dass der Stuhl am weitesten von seinem entfernt war. Floppy kam auf die Terrasse und stupste Paulinas Hand. Sie zog die Hand zurück. »Pause«, sagte sie.

Jens stand der Mund offen.

Der Hund schmiss sich seufzend neben sie auf den Boden und sah sie erwartungsvoll an.

Erst jetzt dämmerte ihm, dass Daisy nicht auf der Terrasse war. Er sollte vielleicht ganz schnell nach seinem Hund schauen. Hastig sprang er auf.

»Daisy?«

Er eilte an Paulina vorbei. Der Welpe saß mitten auf der Wiese und rupfte genüsslich den Hasen auseinander. »Oh, nein. Was machst du?« Schnell entriss er ihm das Stofftier. Weiße Füllung hatte sich auf dem Rasen verteilt. Er schnappte sich den Hund und den zerfetzten Hasen und ging zurück zur Terrasse.

Kimberly war zurück und hatte sich auf den freien Stuhl zwischen Paulina und Liam gesetzt.

»Tut mir leid. Ich kaufe neues Spielzeug«, sagte er.

»Ach, der war uralt«, sagte sie.

»Ganz alt.«, sagte Liam. »Ich habe als Kind schon damit gespielt.«

»Oh, nein. Dann lass ich ihn reparieren.«

Sein Freund lachte. »Kleiner Scherz. Wenn Kimberly sagt, er ist uralt, meint sie damit, er hat die magische Zeit von drei Wochen überlebt.«

Paulina erhob sich von ihrem Platz. »Kimberly, ich sollte jetzt fahren. Es wartet noch Arbeit auf mich.«

Oh, so ein Mist. Dann hatte er gar keine Zeit mehr, mit Paulina in Ruhe zu reden.

»Schade, aber ich kann dich verstehen. Der neue Job geht vor.«

Paulina seufzte. »Glaub mir, ich würde liebend gerne noch bei euch im schönen Garten sitzen, statt mich mit langweiligen Versicherungsfällen abzugeben. Aber da gibt es auch diesen neuen Malkurs. Den will ich mir heute Abend mal angucken.« Sie zwinkerte. »Ich habe mir fest vorgenommen, endlich in meiner Freizeit mehr für mich zu tun.«

»Das nächste Mal reiten wir mit dir aus, wenn du Lust hast«, sagte Liam und umarmte seine Schwägerin zum Abschied.

»Ich bringe dich ein Stück.« Kimberly sprang von ihrem Platz auf.

»Wir sehen uns ja bald wieder«, tröstete Paulina.

Jens fragte sich, ob er das richtig verstanden hatte. Paulina wollte bald wiederkommen. Na klar, es gab sicherlich eine weitere Anprobe fürs Kleid.

Kimberly legte einen Arm um ihre Schwester und so verließen die Frauen die Terrasse. Er war anscheinend Luft für die beiden.

»Liam, danke fürs Frühstück. Ich muss noch mein Auto abholen und die Kuchenbleche einsammeln. Wenn ich zurück bin, können wir drei die Pferde ausreiten.«

»Machen wir«, sagte Liam versöhnlich.

Jens schnappte sich Daisy und eilte mit einem schlechten Gewissen den Frauen hinterher. Wenigstens verabschieden musste er sich.

Je näher das Wochenende kam, desto nervöser wurde er. Endlich würde er Paulina wiedersehen. Er musste unbedingt mit ihr reden. Am vergangenen Sonntag hatte er ihr abends noch eine Nachricht geschickt und sie gefragt, ob sie gut in Hamburg angekommen sei. Aber sie hatte erst zwei Tage später geantwortet. Und das sehr knapp.

»Ja klar. Dir noch eine schöne Restwoche.«

Was sollte er darauf antworten? Natürlich hatte er sofort etwas Belangloses geantwortet. Mehr stand ihm nicht zu.

»Ja, die wünsche ich dir auch. Und vor allem ganz viel Erfolg und Freude auf deiner neuen Arbeit. Liebe Grüße, Jens.«

Nach langem Überlegen hatte er sich getraut und ein rotes Herzchen dazu gesetzt.

Doch eine Antwort blieb wieder aus. Bis eben.

»Packe gerade für morgen. Freue mich auf Daisy.«

Kein Wort darüber, ob sie sich auf ihn freute. *Natürlich nicht,* schalt er sich. *Bei eurem letzten Treffen hast du dich wie ein Esel verhalten. Und die Woche davor hast du es auch schon getan.* Er biss sich auf die Lippe. Diesmal müsste er geschickter vorgehen. Er würde sie erneut auf sein Boot einladen. Dort musste alles perfekt laufen. Sie sollte sich bei ihm geborgen und geliebt fühlen. Dann könnte sie ihm ihr Herz ausschütten. Aber vorher musste er dafür sorgen, dass sie sich auch bei ihm wohlfühlte. Er musste die Wohnung aufräumen, die Betten beziehen, frische Blumen und Lebensmittel einkaufen.

Voller Tatendrang sprang er vom Stuhl auf. Die Steuer konnte bis nächste Woche warten. Er schaltete den Computer ab, legte Daisy an die Leine und schloss die Praxis ab. Eilig überquerte er die Straße und schaute zu seinem eigenen Haus. Das machte er jetzt jeden Tag. Denn er musste wissen, wie weit die Arbeiter gekommen waren.

»Feierabend, Chef«, rief ein Mann, der auf der untersten Treppenstufe stand und nach oben schaute.

»Bis morgen«, brüllte Hugo Wächter von oben runter.

Noch ein Mann stürmte die neue Holztreppe nach unten und an ihm vorbei. »Moin … und tschüss«, rief er ihm zu.

Jens stieg nach oben und schaute zum ersten Badezimmer. Oh, sie waren tatsächlich fertig mit der Natursteinwand, den verputzten Wänden und dem Steinboden. Er war beeindruckt. Hugo hatte nicht zu viel versprochen. Die Firmen, mit denen er zusammenarbeitete, verstanden ihr Handwerk. Es hatte zwar alles Ewigkeiten gedauert. Aber nun ging es zügig voran. Jens ging weiter zur anderen Seite des Obergeschosses. Auch hier gab es ein Bad. Hugo stand pfeifend im Raum und hielt zwei Farbschablonen ins Licht. »Moin, Chef, du kommst genau richtig. Die Natursteinwand ist fertig. Wir überlegen, auf die übrigen Wände einen helleren Beigefarbton zu legen. Aber du bist der Chef.«

»Was habe ich denn ausgesucht?«

»Etwas dunkler. Aber Natursteine sind nicht alle gleich. Zu diesen passt auch dieser Farbton.«

»Dann machen wir das so. Das andere Bad ist ja schon fertig. Ich habe eben reingeschaut.«

»Bist du zufrieden?«

»Alles perfekt. Wann geht es mit den Wänden weiter?«

»Montag.«

»Und wie lange wird das dauern?«

»Nur ein paar Tage. Die Fußleisten und das Parkett machen wir danach. Und in spätestens drei Wochen kannst du wieder hier einziehen.«

Erleichtert atmete Jens auf. »Danke, Hugo. Und … nehmt das hellere Beige.«

Daisy zog an der Leine. Sie langweilte sich und wollte spielen. Glücklich, weil endlich einmal etwas klappte, lief er mit ihr die Treppenstufen hinab. Unten lobte er sie und gab ihr ein Leckerli. Er fuhr zu seinem Ersatzzuhause und begann damit, die Wohnung zu putzen. Daisy lag im Flur und beäugte jede seiner Bewegungen. Als er den Staubsauger anschaltete, bellte sie ihn an. Aber nicht ängstlich, sondern als wollte sie mit dem komischen Ding spielen.

Zuletzt fütterte er Daisy. Hungrig blickte er in den Kühlschrank. Doch der war leer. Er schickte Daisy in ihr Körbchen und fuhr zum Einkaufen.

Als er zwei riesige Kisten mit Lebensmitteln und fünf dicke Blumensträuße ins Haus trug, fragte er sich, ob er es nicht ein wenig übertrieben hatte. Ein Strauß kam auf den Küchentisch, einer auf die Veranda und einer in Paulinas Gästezimmer. Er hatte extra Duftrosen in verschiedenen Pastelltönen ausgewählt.

Den vierten Strauß und einen Korb mit Lebensmitteln brachte er bei Liam und Kimberly vorbei. Die beiden waren gerade von der Arbeit zurück.

»Oh, das ist aber lieb.«

»Wenn ihr mich schon ständig zum Essen einladet und ich mich bei euch durchfuttere, muss ich mich irgendwie erkenntlich zeigen«, wehrte er ab.

»Wir wollten gerade auf der Terrasse zu Abend essen«, sagte Liam freundlich und winkte ihn mit einer Handgeste herein.

»Danke. Aber ich muss noch zum Boot und dort putzen … fürs Wochenende.«

»Ah«, sagte Kimberly nur und riss die Augen auf.

»Kann ich Daisy so lange bei euch lassen? Dann geht es schneller.«

»Na klar. Nachher setzt du dich aber zu uns auf die Terrasse.«

Jens sah auf die Uhr. »Dann muss ich mich jetzt wirklich sputen.«

Er putzte das gesamte Schiff, schob die Betten in der Kajüte zusammen und bezog sie mit neu gekaufter Bettwäsche. Weiß mit rosafarbenen Rosen im Aquarellstil. Den mitgebrachten Blumenstrauß stellte er auf den Tisch. Der Sekt und weitere Lebensmittel kamen in den Kühlschrank. Nun war alles perfekt.

Paulina konnte kommen.

19
PAULINA

Paulina fuhr mit gemischten Gefühlen zu ihrer Schwester. Sie freute sich aufs Wochenende, auf ihre Schwester und das schöne Landleben, auf Daisy und den ruhigen Tim und natürlich aufs Meer und den Strand. Abgesehen davon, freute sie sich auch, Jens wiederzusehen. Aber war es wirklich Freude? Ihre Gefühle fuhren Achterbahn mit ihr. Ein Teil von ihr jubelte und der andere Teil war einfach nur verunsichert, traurig und wütend.

Mit wie viel Hoffnung war sie doch am vergangenen Wochenende zum *Nordwindhof* gefahren. Und wie ernüchtert war sie wieder abgereist. Jens hatte sich plötzlich rar gemacht, kam betrunken nach Hause, schlief den halben Sonntag und konnte ihr dann kaum in die Augen sehen. Zeitweilig verhielt sich auch Liam komisch. Es kam ihr so vor, als wüsste er etwas über Jens, das er ihr nicht sagen wollte. Irgendwie schwebte dicke Luft zwischen den beiden Männern. Oder zwischen allen drei Bewohnern des Hofes? Auch Kimberly hatte etwas zu verbergen gehabt. Was war da nur los?

Ein Missverständnis? Jedenfalls hatte sie Worte, die

darauf hindeuteten, aufgeschnappt. Hoffentlich hatte sich die Situation längst geklärt. Sonst würde sie diesmal gleich nach der Kleideranprobe abreisen. Sie hatte zwar für Sonntag keine Arbeit mitgenommen. Aber sie hatte es geschafft, sich in Hamburg in der neuen Malgruppe anzumelden. Mit ihr zusammen waren es vier Frauen und drei Männer, wobei einer an ihr interessiert zu sein schien.

Doch sie war noch nicht bereit, die Sache mit Jens aufzugeben. Eine letzte Chance hatte er noch. Aber sollte er ihr erneut komisch kommen, würde sie ihn als negative Erfahrung abhaken. Und, wer weiß, vielleicht war der Mann in ihrer Malgruppe ja netter und verlässlicher. Immerhin wohnte er in Hamburg, was wirklich praktischer war.

Ebenfalls mit gemischten Gefühlen dachte sie daran, dass auf dem Hof noch ein ungewöhnlich großer Hund lebte. Floppy, der sanfte Riese! In der Theorie hatte sie das akzeptiert. Vor allem, weil sie schon viel weiter war als am Anfang. Immerhin hatte sie den Hund beim letzten Zusammentreffen im Garten mit einem Trick von sich abgelenkt. Wenn er zu ihr wollte, hatte sie einfach den Stoffhasen genommen und weit von sich geworfen. Dummerweise hatte er das Spielzeug regelmäßig zu ihr zurückgebracht.

Konnte sie da weitermachen, wo sie aufgehört hatte? Ihr Ziel war es, wirklich jegliche Angst zu verlieren und mit Floppy ganz unbefangen umzugehen. Auf der Hochzeit ihrer Schwester wollte sie so weit sein. Sie wollte diejenige sein, die den Hund beschäftigte. Damit das Brautpaar sich auf die Feier konzentrieren konnte. Plötzlich musste sie lächeln. In ihrem Tagtraum war sie mutig und stellte sich Floppy vor, wie er neben dem Brautpaar stand, vielleicht mit einer weißen Schleife um den Hals, die sie ihm umgebunden hatte. Das musste doch ein wunderbares Bild geben.

Konzentriert reihte sie sich in die Autoschlange ein. *Puh,* die Straßen waren dicht. Alle wollten offenbar zum Timmendorfer Strand ans Meer. *Stau!* Aus der theoretischen Fahrzeit von einer Stunde wurden zwei Stunden. Abgesehen davon war sie bereits eine Stunde durch Hamburgs Stadtverkehr gegurkt.

Als sie endlich auf den Hof bog, war sie nassgeschwitzt und durstig. Ihr Herz klopfte. Jens war da! Sein Wagen parkte vor dem Anwesen.

Aber ihm musste sie erstmal aus dem Weg gehen. Es gab keinen plausiblen Grund, noch einmal bei ihm zu schlafen. Kimberly hatte das beim letzten Telefonat bereits angedeutet. »Jetzt, da du so super mit Floppy klarkommst, kannst du endlich bei uns im Haus übernachten. Ich mach dir das schönste und größte Zimmer fertig. Ach, ich freue mich ja so, dass du kommst. Dein Kleid ist übrigens wunderschön geworden. Unsere Schneiderin hat sich schwer ins Zeug gelegt und es an den Ärmeln mit winzigen Röschen und Margeriten aus Stoff verziert. Das sind doch deine Lieblingsblumen, nicht wahr?«

Paulina stieg aus dem Wagen, nahm ihren kleinen Reisekoffer, die Handtasche und die Papiertüte mit den beiden Weinflaschen, die sie für ihre Schwester und Liam gekauft hatte. Sie hatte sich ausgiebig beraten lassen – und kein Wort von dem Fachchinesisch verstanden. Der Händler hatte ihr verschiedene Proben gereicht und sie hatte ihre Wahl einfach nach dem Gaumen getroffen. Am Ende waren es ein paar edle Tröpfchen, zumindest dem Preis nach zu urteilen.

Okay, Jens, dich sehe ich hoffentlich später. Jetzt sind erstmal die anderen dran. Außerdem will ich mich nicht schon wieder bei dir aufdrängen. Sie benutzte den Türklopfer am Haupthaus.

Keiner der Hunde bellte. Vielleicht waren sie hinten im Garten, denn die Autos standen alle auf dem Hof.

Vorsichtig öffnete sie die Tür, die nicht verschlossen war, da die Bewohner im Haus waren.

Floppy bellte diesmal nicht. Er hatte sie offenbar schon hinter der Tür erkannt. Schwanzwedelnd kam er ihr entgegen, blieb dann aber abwartend stehen, weil sie auch nichts machte. Sie erinnerte sich an Jens' Worte. »Na, mein Guter. Sind wir Freunde?«, sagte sie mit verhaltener Stimmlage und ignorierte das Unbehagen in ihrem Bauch.

Kimberly kam aus der Küche auf sie zugelaufen und umarmte sie. »Moin Schwesterherz. Bist du gut durchgekommen?«

»Nö, ich stand im Stau. Du wirst es nicht glauben, ich habe extra um zwei Uhr auf der Arbeit Schluss gemacht. Und jetzt guck, wie spät es ist. Alle anderen waren schon vor mir auf der Piste. Wir haben uns geknäuelt. Ich stand mehr, als ich gefahren bin. Drei Stunden habe ich gebraucht.«

»Oh, je. Das tut mir leid. Lass uns schnell dein Gepäck aufs Zimmer bringen und dann genießen wir das Wochenende.« Ihre Schwester nahm ihr den Koffer ab und ging die Treppe hoch. »Wie war denn deine zweite Arbeitswoche?«

Paulina folgte ihr. »Willst du eine ehrliche Antwort?«

»Aber natürlich.«

»Ich hoffe, da passiert bald mehr. Die behandeln mich wie eine Anfängerin nach dem ersten Staatsexamen. Die Fälle sind Standard und ich arbeite weit unter meinem Niveau. Es sieht auch nicht so aus, als käme ich so schnell an anspruchsvollere Aufgaben.«

»Oh je, das klingt ja gar nicht gut.«

»Ich hatte gehofft, bald aufsteigen zu können und dann auch mit dem Gehalt nachzuziehen. In der Großkanzlei habe ich das Doppelte verdient. Aber wie es aussieht, habe ich ein paar Männer vor der Nase. Einen Gruppenleiter, einen Abteilungsleiter und einen Sektionsleiter. Ach, den Teamchef habe ich noch vergessen. Natürlich auch ein

Mann. Weit und breit keine Frau in Sicht.« Paulina rollte mit den Augen. »Wozu stellen sie eine Frau wie mich ein, wenn ich deren Büroburschе sein soll?«

Kimberly stellte den Koffer im Zimmer ab. Sie drückte Paulina noch einmal. »Das tut mir leid.«

»Na ja, eine Weile halte ich noch durch«, versuchte sie zuversichtlich zu sein. »Schließlich wollte ich ja endlich Müßiggang lernen. Stell dir vor, ich war schon bei diesem neuen Malkurs, von dem ich dir erzählt habe.«

»Und, wie war es da? Erzähl!« Kimberly setzte sich aufs Bett.

»Lass mich schnell duschen. Dann erzähle ich dir mehr.« Paulina öffnete den Koffer, schnappte sich ein langes Sommerkleid, das sie erst letzte Woche gekauft hatte, und verschwand unter der Dusche.

Als sie wieder herauskam, saß ihre Schwester noch immer auf der Bettkante.

Hastig rubbelte Paulina sich die Haare trocken und schlüpfte in das neue Kleid. »Schau mal, ich hatte sogar Zeit, mir was Hübsches für die Freizeit zu kaufen. Wie findest du es?«

»Total süß. Das ist auch abends angenehm, wenn der Wind die Luft abgekühlt hat.«

»Das habe ich mir auch gedacht.« Sie strich über das Blumenmuster. »Ich glaube, ich habe das letzte Mal als Kind ein Kleid mit Blümchen getragen. Aber im Malkurs haben wir mit Blumen angefangen und auf einmal finde ich die toll.«

Kimberly schmunzelte. »Nur die Blumen?«

»Nicht, was du denkst. Wir haben eine Kursleiterin. Aber es gibt da einen, der sich für mich interessiert … glaube ich.«

Ihre Schwester machte runde Augen. »Ich dachte, du und Jens …«

»Das dachte ich auch. Aber dann war er plötzlich

verschwunden. Ihr habt es doch auch mitbekommen. Was soll ich davon halten, wenn er im Morgengrauen sturzbetrunken nach Hause kommt und bis mittags pennt. Und dann die dicke Sonnenbrille, hinter der er sich versteckt hat. Nee, wenn ich ehrlich bin, auf so einen Mann habe ich keinen Bock.«

Sie tat so, als würde sie meinen, was sie sagte. Aber in Wirklichkeit schmerzte ihr Herz. Sie hatte keine Ahnung, was mit Jens nicht stimmte.

Ihre Schwester machte ein betroffenes Gesicht und klopfte neben sich aufs Bett. »Setz dich mal! Ich glaube, ich muss dir etwas beichten.«

Paulina nagte am Fingernagel. Sie hatte diese blöde Angewohnheit vor den großen Prüfungen kaum unterdrücken können. Aber seither kaute sie nicht mehr – bis heute.

»Sag etwas!« Die Stimme ihrer Schwester klang brüchig. »Wirklich, Liam hat es längst … tausendmal bereut. Es ist ihm einfach so rausgerutscht.«

»Das ist es ganz bestimmt nicht«, schlussfolgerte Paulina messerscharf. Als Rechtsanwältin mit Doktortitel war sie geübt darin, fromme Lügen zu entlarven. Die Logik sagte ihr etwas anderes. Aber änderte das etwas?

Kimberly klang verzweifelt. »Ich wünschte, er hätte sich vorher kräftig auf die Zunge gebissen.«

Paulina nahm den Finger aus dem Mund. Der Nagel war abgebissen. Das ließ sich nicht mehr schönreden. Sie ging ins Bad, kramte eine Nagelfeile aus ihrer Kulturtasche und setzte sich wieder neben ihre Schwester.

Brüllendes Schweigen lag zwischen ihnen in der Luft. Sie musste die Situation durchdenken und neu analysieren. Das lag ihr doch am meisten. *Nimm die Emotionen raus und denk nach!,* kreischte eine Stimme in ihrem Kopf. Aber so einfach war es nicht. Am liebsten hätte sie jetzt so laut geschrien, bis ihr die Ohren wehtaten. Ihr Körper stemmte sich zitternd gegen den Schmerz an. Nervös feilte sie am Nagel herum, bis er noch kürzer war. Die raue Stelle blieb und ließ sich nicht wegschmirgeln.

»Fakt ist«, sagte sie nach einer Weile langsam und konnte noch immer keinen klaren Gedanken fassen. »Es lässt sich nicht mehr rückgängig machen.«

Liam war schuldig, im Sinne der Anklage. Er hatte wissentlich und im vollen Bewusstsein seiner geistigen Kräfte ein ihm anvertrautes Geheimnis weitergegeben. Aber auch ihre Schwester war schuldig, denn sie hatte das Geheimnis ausgeplaudert. Aber … was noch viel schlimmer war, Jens war schuldig. Denn er hatte ihr mit seinem Verhalten deutlich gezeigt, dass er mit einer Jungfrau nichts zu tun haben wollte.

Endlich verstand sie, warum er plötzlich wie umgewandelt gewesen war. Warum er mit dem Apfelkuchen aus dem Haus geflüchtet war und sich in der Nacht betrunken hatte. Warum er am nächsten Tag eine dicke Sonnenbrille getragen hatte und ihr nicht mehr in die Augen schauen konnte.

Nun gut, er wollte eine unkomplizierte Affäre? Dafür war sie nicht zu haben. Das waren die Fakten. Endlich hatte sie alles im Kopf sortiert. Zwar hatte er sich mit einer kurzen Nachricht letzte Woche bei ihr gemeldet, aber offensichtlich nur, um sein schlechtes Gewissen zu beruhigen. Vielleicht auch, um ihr zu zeigen, dass sie *Freunde* bleiben konnten. Mehr nicht.

Die Erkenntnis tat weh – die Wahrheit musste sie erstmal verdauen. Aber nicht heute, nicht jetzt. Irgendwie musste Gras über alles wachsen. Ihr Herz musste heilen. Und dann würde sie sich in Hamburg einen verständnisvollen Partner suchen. Irgendwo auf dieser weiten Welt musste es doch einen Mann geben, der zu ihr und ihrem Problem passte.

Es fiel ihr schwer, jetzt ein paar versöhnliche Worte zu sagen, aber es musste sein. Sie wollte ihre Schwester nicht wegen eines Mannes verlieren, der sie auf ganzer Linie enttäuscht hatte. Dazu war Kimberly ihr viel zu wichtig. Endlich hatte sie wieder Kontakt zu ihr. Es bedeutete ihr alles, hier auf dem Hof willkommen zu sein. Bei ihrer Schwester und Liam fühlte sie sich geborgen und angenommen. Das galt es zu bewahren. Außerdem stand die Hochzeit kurz bevor. Ein Streit in der Familie wäre eine Katastrophe.

»Liam hat bestimmt geglaubt, er würde Jens ... oder uns helfen«, sagte sie leise und schluckte. »Ich gehe davon aus, dass er in guter Absicht gehandelt hat.«

Ihre Schwester nickte eifrig und wischte sich verstohlen die Tränen fort.

»Weißt du ... vielleicht ist es auch besser so. Jens weiß jetzt, woran er ist. Und ... er hat sich gegen mich entschieden.«

Ihre Schwester stöhnte und griff nach ihrer Hand. »Sag das nicht. Bestimmt brauchte er Zeit, um das zu verdauen.«

Paulina schüttelte den Kopf. »Wenn ich ihm keine Mühe wert bin. Dann ist er nicht der richtige Mann. Ich bin froh, dass ich das vorher herausgefunden habe. Aus diesem Blickwinkel betrachtet hat Liam mir sogar einen Gefallen getan.«

»Du bist verletzt. Das kann ich verstehen. Aber warte doch erstmal ab. Vielleicht renkt sich alles zwischen euch wieder ein.«

Sie riss ihre Hand los und feilte erneut am Nagel. »Besser ist es ... nichts zu erhoffen«, sagte sie leise und merkte, wie sie mit den Tränen kämpfte.

Mit einem Ruck stand sie auf. Genug geflennt. Sie war

doch eine Kämpferin. Sie schmiss die Nagelfeile auf den Tisch. »Ich bin hier, um *mit dir* ein schönes Wochenende zu verbringen. Vielleicht darf ich noch einmal auf eurer Stute reiten. Das hat mir super gefallen. Ich würde das auch gerne lernen. Und mit Floppy will ich auch weiter üben. Jens brauche ich nicht dafür. Und an den Strand möchte ich auch, die Sonne genießen, den Wind und ... und ein Eis essen. Kimberly – ich will endlich leben!«

Ihre Schwester erhob sich vom Bett und drückte sie. »Du bist so eine Kämpferin. Ich bin stolz auf dich. So, und jetzt setzen wir uns auf die Terrasse und trinken ein Glas Wein zusammen.«

»Apropos. Ich habe euch welchen mitgebracht. Schau mal in die Tüte!«

»Ach, liebste Schwester, das wäre doch gar nicht nötig gewesen. Komm, wir machen eine Flasche sofort auf!«

Als Paulina die Terrasse betrat, wartete allerdings eine unangenehme Überraschung auf sie. Jens saß im Korbstuhl am Tisch und lächelte sie freundlich an, als sei nichts geschehen. Paulina hatte alle Mühe, sich ihre Enttäuschung nicht anmerken zu lassen.

»Hey Jens«, sagte sie lahm und sah schnell wieder weg. Am besten suchte sie sich eine gute Ablenkung. Die fand sie unter dem Tisch in Form von einer nassen Hundeschnauze und vier tapsigen Pfoten. Sie bückte sich und streckte die Arme aus. »Daisy! Hallo meine Süße. Bist du etwa schon wieder gewachsen? Bald kann ich dich nicht mehr tragen.«

Die Kleine stürmte schwanzwedelnd auf sie zu und leckte ihr die Hände ab. Nach einer langen Streichelaktion hatte Paulina sich beruhigt, und Daisy auch. Paulina erhob sich aus der Hocke und wandte sich ab. »Ich gehe schnell

Händewaschen.« Mit den Worten verließ sie die Terrasse. Eilig lief sie die Treppe nach oben in ihr Zimmer. Dort schniefte sie und kniff die Augen zusammen. *Du heulst jetzt nicht!,* ermahnte sie sich. Im Bad wusch sie sich die Hände und kühlte ihr erhitztes Gesicht. Sie trug etwas Make-up auf die Wangen, tuschte sich die Wimpern und versuchte vor allem schön auszusehen. Sollte der Esel ruhig sehen, was ihm entging. Sie übte vor dem Spiegel, das Kinn ein wenig höher zu heben, atmete tief durch und ging dann wieder nach unten.

»Endlich!«, sagte Kimberly und hielt ihr ein Glas Wein hin. »Ich dachte schon, wir müssten eine Vermisstenanzeige aufgeben.«

»Ich, ich … musste nach dem Duschen noch schnell die Haare in Form bringen«, redete Paulina sich heraus. Sie setzte sich, nahm das Glas und hielt es in die Höhe. »Na dann, auf ein wunderschönes Wochenende, auf die beste Schwester der Welt und darauf, dass ich euch, dem angehenden Brautpaar, schon wieder auf den Wecker gehen darf.«

Sie zwinkerte ihrer Schwester zu.

»Und darauf, dass du mittlerweile an Floppy vorbeigehen kannst, ohne jemandem auf den Arm springen zu müssen«, sagte Kimberly.

Jedem, auch Jens, dürfte damit wohl klar sein, warum Paulina nun ins Haupthaus gezogen war. Mit Genugtuung sah sie, dass sein Lächeln ein kleines bisschen geschrumpft war.

20
JENS

Jens spürte, dass etwas Eisiges zwischen ihm und Paulina lag. Konnte sie ihm nicht verzeihen, dass er am letzten Wochenende auf dem Straßenfest untergetaucht war? Natürlich nicht. Es war eine unentschuldbare Aktion gewesen. *Mehr als das – eine riesengroße Torheit. Was soll sie von dir halten?*, schalt er sich. *Erst flirtest du mit ihr und am nächsten Tag tust du so, als sei alles eine spontane Sommerlaune gewesen, die dem Alkohol und dem heißen Wetter geschuldet war. Das hast du dir selbst eingebrockt. Du musst mir ihr reden.*

Er bedachte sie mit einem tiefen Blick – zumindest versuchte er es. Aber sie schaute sofort woanders hin, ignorierte ihn und sprach mit ihrer Schwester. »Kimberly ich bin ja so gespannt auf das Kleid morgen.«

»Ich sage dir, es ist ein Traum.«

»Ich hoffe ja wohl, dass nicht *meins,* sondern *dein* Brautkleid der Traum aller Frauen ist«, widersprach sie.

»Pst. Wenn du willst, fahr ich am Sonntag mit dir in die Firma und zeig es dir. Es ist schon fertig.«

»Wirklich, ich darf es vorher schon sehen?«

»Natürlich. Du bist doch meine Schwester.«

»Was macht denn dein Haus?«, wickelte Liam ihn in ein Gespräch, sodass er bei Paulina und Kimberly nicht mehr mitbekam, worüber sie redeten. Aber zur Kleidermode der Frauen konnte er ohnehin wenig beitragen. Höchstens, dass die Röcke gerne kurz sein durften. Das wussten sie auch ohne ihn.

»Oh, es läuft gut. Die Arbeiter machen auf einmal riesige Fortschritte. Bis zu eurer Hochzeit bin ich bei euch wieder ausgezogen. Dann habt ihr den Platz für eure Gäste. Ich denke, in zwei Wochen kann ich bei mir wieder rein. Bis dahin sind mindestens zwei Zimmer fertig. Die Bäder trocknen gerade.«

Er erzählte noch ein wenig und Liam stellte ihm Fragen. Leider kam Jens nicht mehr ins Gespräch der Frauen rein. Die Zeit raste nur so dahin. Um elf Uhr beschloss er, mit Daisy nach drüben zu gehen. Alle hatten einen langen Arbeitstag hinter sich.

»Gute Nacht. Schlaf gut, Paulina«, sagte er noch einmal extra, als er an ihrem Platz vorbeikam. Er zögerte, blieb kurz bei ihr stehen.

Paulina sah zu ihm hoch. »Oh, du gehst schon. Dann schlaf du auch gut«, sagte sie freundlich.

»Ja, und falls du … äh … falls es dir mit Floppy doch zu viel wird, kommst du wieder zu mir rüber.«

Sie blinzelte, statt ihm in die Augen zu sehen. »Äh, ich glaube nicht, dass es nötig sein wird. Er liegt ja ruhig in der Ecke und ist … ganz lieb.«

»Das freut mich wirklich, dass du deine Angst überwunden hast.«

Sie fasste sich ans Herz. »Na ja, so ganz noch nicht. Aber ich muss niemandem mehr in die Arme springen.«

»Natürlich nicht«, murmelte er. War das eine indirekte Anspielung darauf, dass sie ihn nicht mehr brauchte? Dann war die Botschaft bei ihm angekommen. Trotzdem wagte er einen letzten Versuch, die Schieflage zwischen ihnen zu beseitigen. Wobei er das Gefühl hatte, hinter einem hohen Zaun zu stehen, der keine Tür hatte.

»Äh, falls du noch einmal Lust auf eine Bootstour hast. Morgen soll es tolles Wetter geben.«

»Ich weiß, ja.« Sie legte den Kopf schräg, fasste sich ins goldblonde Haar und spielte mit einer gewellten Haarsträhne. »Aber mittags kommt die Schneiderin zur Anprobe und am Nachmittag … äh, ja, da wollte ich mit Kimberly und Liam ausreiten.« Sie strich die sanft geschwungene Locke glatt, griff nach einer zweiten Strähne und drehte sie über den Finger. »Na ja, Reiten ist zu viel gesagt. Ich muss das auch noch lernen.«

»Du schaffst das!«, sagten Kimberly und Liam wie aus einem Munde und schmunzelten über ihre gleichen Worte.

»Dann vielleicht abends?«, fasste Jens nach und merkte selbst, wie verzweifelt er klang. »Wir könnten uns im Hafen eine Pizza holen.«

»Morgen ist doch das Hafenfest«, mischte Liam sich ins Gespräch, bevor Paulina antworten konnte. »Mit Tanz im Festzelt. Da gehen wir auf jeden Fall hin.« Er sah Kimberly fragend an.

»Ja natürlich«, sagte sie hastig. »Das hatte ich ganz vergessen.«

»Dann schließe ich mich euch an«, ergriff Jens seine Chance. »Ich fahre. Ihr könnt trinken.«

»Bist du sicher?«, fragte Liam und hob eine Augenbraue.

»Natürlich. Die Feuerwehr hat mich letztes Wochenende gründlich abgefüllt. Ich bin quasi noch immer am Ausnüchtern.« Wen wollte er damit überzeugen? Paulina? Sie blickte zu seinem leeren Wasserglas und zuckte mit den Schultern.

Kimberly lachte, aber ihr Lachen klang gespielt locker. »Ach deshalb hast du den leckeren Wein verschmäht. Ich habe mich schon gewundert.«

Am liebsten hätte er Paulina gesagt, wie leid ihm alles tat. Und dass er jede Sekunde an sie gedacht hatte. Dass er alles in seiner Macht Stehende tun würde, um ihr zu einem wundervollen ersten Mal zu helfen. Und vor allem, dass er sie liebte. Egal, ob sie noch Jungfrau war. Wie blöd war er nur gewesen. Er hatte kein Recht gehabt, beleidigt zu sein, weil sie ihm nichts gesagt hatte. Sie hatte es ihrer Schwester anvertraut. Schlimm genug, dass Kimberly es an Liam weitergeplaudert und er es an ihn weitergetratscht hatte. Paulina traf keine Schuld. Er war das Problem. Er hätte kein Drama aus der Sache machen sollen.

Mit gesenktem Kopf lief er über den Hof. Wieso hatte er eigentlich so viele Blumen gekauft, die Wohnung und das Boot geputzt und in der Kajüte Rosenbettwäsche aufgezogen?

Grübelnd legte er sich ins Bett.

Er beschloss, am nächsten Tag vormittags zeitig aufzustehen und sich in einem Möbelgeschäft nach neuen Möbeln umzusehen. Eine Beratung konnte nicht schaden und würde ihn ablenken. *Doch halt!*, korrigierte er sich. *Du musst klären, was du in der Zwischenzeit mit dem Hund machst.* Er stöhnte und wälzte sich auf die andere Seite. Daisy konnte er nicht den halben Tag allein lassen. Er musste Liam fragen.

Jens stand früh auf und half Liam im Stall. Er striegelte die drei Reitpferde. Liam wechselte die Streu und reinigte die Boxen. »Danke, dass du mir hilfst. Die Frauen haben letzte Nacht noch lange gequatscht und schlafen noch.«

»Ich vermute, Kimberly ist aufgeregt wegen der Hochzeit. Es sind ja nur noch wenige Wochen.«

Liam stellte die Forke in die Ecke. »Fertig für heute.«

Er rieb sich übers Kinn. »Sag mal, Jens, wenn Paulina jetzt öfter kommt …«

»Ja?«, sagte er mit angehaltenem Atem.

Das Herz sackte ihm ein Stück tiefer. Es würde keine Probleme mit ihm und Paulina geben. Wenn sie sauer auf ihn war, weil er sich unmöglich verhalten hatte, würde er es ertragen wie ein Mann und schweigen. Stress am Hof brauchte wirklich niemand. Schon gar nicht so kurz vor der Hochzeit.

»Liam, ich verstehe deine Sorgen, ich …«

»Ach, du hast auch schon darüber nachgedacht?« Liam lächelte erfreut. »Ich wusste doch, dass du meine Gedanken lesen kannst. Wir brauchen unbedingt ein viertes Pferd und ich hätte da sogar vielleicht schon eines.«

Den restlichen Satz hörte Jens wie hinter einem Nebel. »Ja, natürlich … ein viertes Pferd. Äh, diesmal vielleicht mein Eigenes?«

»Mach dir wegen der Kosten mal keine Gedanken«, wehrte Liam ab. »Der Typ ist mir noch einen Gefallen schuldig. Er wird mir die Stute quasi schenken. Und so oft, wie du hier auf dem Hof einspringst, werde ich mich hüten, von meinem besten Freund Geld zu nehmen.«

»Ja, dann … was kann ich tun?«, sagte Jens verlegen und rieb sich den Schweiß von der Stirn.

»Nächste Woche fahren wir mal zusammen hin und gucken uns die Lady an.«

»Sag wann, ich kann mir immer die Zeit nehmen«, sagte Jens erleichtert.

»Ich melde mich bei dir, wenn es so weit ist.«

»Äh, Liam, noch was, könntest du …?«

»Ja?«

Jens schluckte. »Könntest du meine Daisy heute Vormittag nehmen?«

Liam atmete mit einem kräftigen Stoß aus. »Uff. Ich dachte schon, ich soll ein gutes Wort für dich bei Paulina und bei meiner Frau einlegen. Aber das mache ich nicht. Ich halte dich höchstens eine Weile aus der Schusslinie, bis du wieder normal mit Paulina reden kannst.«

»Ich kann normal mit ihr reden«, krächzte Jens.

»Das sehe ich. Mann, hätte ich dir bloß nicht gesagt, dass sie noch keine Erfahrung hat. Dann hättest du es selbst herausgefunden. Kimberly hätte fast die Hochzeit abgesagt.«

»Was? So schlimm?«

Liam zeigte lachend mit dem Zeigefinger auf ihn. »Kleiner Scherz. Aber du solltest mal dein Gesicht sehen. Nein, ehrlich, sag mal! Willst du nun was von Paulina oder nicht? Im Moment weiß ich nämlich nicht, ob ich dich von ihr fernhalten oder dich mit ihr in einem Raum einsperren soll, bis ihr es endlich hinter euch habt.«

Jens drehte sich weg, hielt sich an einem Querpfosten fest und keuchte. »Am besten haltet ihr euch da ganz raus.«

»Dachte ich mir.« Liam klopfte ihm aufmunternd auf die Schulter. »Du kriegst das schon hin.«

»Machst du dich gerade lustig über mich.«

»Nö. Ich doch nicht. Nicht mal im Traum denke ich daran.«

Jens hörte das Schmunzeln aus jedem Wort heraus. »Also, ich muss dann auch bald los«, lenkte er ein.

»Was hast du denn vor? Warte, ich komme gleich mit zu dir und nehme deine Kleine mit.«

»Ich brauche unbedingt neue Möbel. Was ich besitze, schleppe ich noch aus Studienzeiten mit. So kann es nicht weitergehen. Mein Zuhause muss wohnlicher werden.«

Liam lachte. »Nimm doch Paulina mit. Dann müsst ihr später nicht streiten, was drinbleibt.«

»Ist das so?« Er öffnete die Haustür und Daisy kam ihm sofort entgegengesprungen.

»Kimberly gefällt meine Couch nicht.«

»Was will sie?«

»Sie will eine helle Couch im Landhausstil. Weißt du, wie unpraktisch das mit Hunden ist? Aber das ist ihr egal.«

»Lass dir doch passende Bezüge von eurer Schneiderin nähen. Die kannst du waschen. Am besten gleich zwei Garnituren, so dass du alles schnell wechseln kannst.«

»Warum bin ich da nicht selbst draufgekommen? Das nehme ich gleich nächste Woche in Angriff. Danke.«

»Gern geschehen.«

Jens schloss die Tür ab und eilte zum Wagen. Vielleicht brauchte er auch waschbare Bezüge. Denn Daisy wollte er nicht mehr hergeben. Sein Haus sollte im Landhausstil eingerichtet werden. Ein neues Schlafzimmer brauchte er auch dringend, wenn er eine Frau – *natürlich Paulina, wen denn sonst?* – zu sich einladen wollte. Die Möbel wollte er aus Holz, vielleicht lackiert. Dunkelgrün würde ihm gefallen. Oder Mahagoni.

Er hatte Glück. Die Innenarchitektin des Möbelhauses, Angelina Kramer, die auch die Schauräume gestaltete, hatte Zeit für ihn. Er kam mit ihr ins Gespräch und sie erwies sich als überaus nett. Wenn er nicht schon in Paulina verliebt gewesen wäre, hätte er ihre Freundlichkeit fast als kleinen Flirt eingestuft. Sie war sogar so nett, dass sie sich sein Haus von innen anschauen wollte, um ihm maßgeschneiderte Tipps zu geben. Die Kombination aus Mahagoni und Dunkelgrün fand sie ganz wunderbar und präsentierte ihm sofort passende Möbel und Stile. Er zog sein Handy aus der Hosentasche und zeigte ihr das fertige neue Bad. »Hier könnte noch ein Holzregal hin.«

»Oh, der Raum ist in den Naturtönen und Materialien wirklich gelungen. Da fehlen nur noch hochwertige Handtücher fürs Regal. Sie können sich bei uns alle Farben ausleihen und schauen, was am besten wirkt.«

»Das zweite Bad wird doppelt so groß, mit einer Badewanne in der Mitte und die restlichen Wände werden etwas heller.«

»Das ist auch sehr schön. Da wird sich Ihre Frau bestimmt freuen.«

Ein kleines Lämpchen blinkte in seinem Kopf. Sollte er jetzt sagen, dass er nicht verheiratet war?

Er nickte nur und schwieg. *Meine Frau. Könnte Paulina eines Tages meine Frau werden? Oder steht meine Zukünftige vor mir und ich erkenne sie nicht?*

Frau Kramer begleitete ihn zum Ausgang. Sie gab ihm ihre Visitenkarte. »Rufen Sie mich nächste Woche an! Dann machen wir einen Termin aus.«

Im Auto herrschte brütende Hitze. Er ließ die Scheiben herunter und schaute auf die Visitenkarte, während er auf kühlere Luft in seinem Wagen wartete. Was für ein Trottel er doch war. *Innenarchitekturstudio Angelina & Kai Kramer* stand auf der Karte. Er müsste schon ganz naiv sein, wenn er glaubte, Kai wäre ihr Bruder. Irgendwie war er auch erleichtert.

21
PAULINA

Paulina hatte sich für das neue Kleid mit dem Blumenmuster entschieden. Dazu trug sie weiße Turnschuhe, die verhinderten, dass es wehtat, wenn ihr jemand im Gedränge auf den Fuß trat. Ihre Schwester wollte etwas Ähnliches tragen und hatte deshalb ebenfalls ein langes, sanft fließendes Kleid gewählt. Allerdings in sommerlichem Weiß mit einem hellblauen Muster am Ausschnitt und am Saum.

Sie schlenderten an den Ständen vorbei, tranken einen fruchtigen Sommercocktail und holten sich Zuckerwatte. An einem Stand gab es bunte Strandtücher, die sich zu Kleidern und Röcken binden ließen. Paulina und ihre Schwester konnten sich nicht für eines entschließen, weil alle Tücher wunderschön waren.

»Wenn ich mich da einmischen darf«, sagte Liam, nachdem die Frauen hin und her diskutiert hatten. »Bei uns in der Firma hält die Schneiderin die Farben an die Models, und zwar unterhalb des Kinns. Dann schaut sie, welche Farbe dem Teint im Gesicht am besten schmeichelt.«

»Das ist ja eine tolle Idee.« Kimberly küsste ihren Verlobten. »Komm, Paulina, das machen wir jetzt auch so.«

Sie schnappten sich den Spiegel, der an einer Seite des Standes hing, und wühlten sich erneut durch die Tücher. Paulina war überrascht, wie geduldig die Männer warteten. Aber die hatten sich am Stand gegenüber erstmal ein Getränk geholt und waren ins Gespräch vertieft.

»Ich glaube, dir stehen Pastelltöne sehr gut«, sagte sie zu ihrer Schwester.

Kimberly nickte. »Die stehen dir auch ganz wunderbar. Aber bei dir sehen auch warme Pastelltöne ganz apart aus, wie ich gerade merke.«

Am Ende hatte jede von ihnen zwei Tücher und es ging weiter durch die volle Hafenstraße.

»Schatz, sollen wir uns eine Pizza holen?«, fragte Liam. »Ich habe heute großen Appetit darauf, und es riecht auf dem Platz so köstlich nach überbackenem Käse.«

»Super Idee und … hey, Jens, du hast doch ein Boot. Was hältst du davon, wenn wir dort essen, statt hier im Gedränge.«

Jens griff sich durchs Haar. »Wenn ihr meint, aber ich … habe, glaube ich, nichts zu trinken an Bord.«

»Macht nichts«, sagte Liam. »Ich kaufe schnell eine Flasche Rotwein in dem Laden gegenüber. Der hat noch offen. Soll ich dir etwas Nichtalkoholisches mitbringen.«

»Ein Multivitaminsaft wäre gut.«

»Okay, und ihr bestellt schon mal die Pizza.«

Als sie auf dem Weg zum Boot waren, rempelte jemand Kimberly an. Der Kerl war betrunken. Er entschuldigte sich mit vernuschelter Sprache und trauerte seinen Pommes hinterher, die er dabei verschüttet hatte.

Kimberly schüttelte den Kopf. »So ein Mist. Hätte er nicht Pommes mit Mayo nehmen können? Guckt euch den riesigen Ketchupfleck auf meinem weißen Kleid an.« Sie nahm ein Papiertaschentuch aus der Handtasche und rubbelte über die verschmierte Soße. Aber damit wurde es nicht besser.

»Hey, auf dem Schiff kannst du dich in eines der neuen Tücher einwickeln«, tröstete Paulina sie.

»Zum Glück.«

Sie stellten die Pizzakartons auf den Tisch an Deck. Jens sprintete nach unten in den Salon und reichte ihnen Gläser nach oben.

»Wir brauchen kein Besteck«, rief Liam nach unten. »Wir essen mit den Fingern.«

Jens kam trotzdem mit Besteck nach oben. »Vielleicht für die Damen?«

»Ja, danke.« Paulina nahm ihm Messer und Gabel ab.

»Jens, kann ich mal schnell nach unten flitzen und mich umziehen?«, bat Kimberly.

»Ja klar.«

»Warte! Ich komme mit.« Paulina stürmte hinterher. Im Salon zog Kimberly das Kleid aus und Paulina half ihr, das neue Tuch zu wickeln und zu knoten.

»Das sieht wirklich süß an dir aus. Gib mir dein Kleid, ich versuche, den Ketchupfleck etwas auszuwaschen.« Paulina eilte ans Waschbecken und rubbelte mit Wasser über die rote Stelle. »Jetzt ist es schon viel besser. Ich weiche den Rest im Becken ein. Geh du schon mal nach oben, damit deine Pizza nicht kalt wird.«

»Den Fleck sollte ich auswaschen«, sagte ihre Schwester.

»Ach, husch, husch. Das ist doch schnell getan. Geh nach oben. Ich kenne mich hier aus.«

»Wenn du meinst.«

In diesem Moment sorgte eine Welle dafür, dass die kleine Jacht ins Schaukeln kam. Eine Tür zur Schlafkajüte sprang auf. Paulina sah hin und ein Stich ging ihr durchs Herz. In dem Zimmer hatte sie mit Jens in einem Bett gekuschelt. Damals hatte sie geglaubt, er könnte ihr erster richtiger Freund werden. Aber dann ging es ihr zu schnell und auch bei ihm war etwas passiert, das sie sich nicht erklären konnte. Seither mied er sie. Aber manchmal warf er ihr doch einen Blick zu, der ihr Herz zum Klopfen brachte. Und sie fragte sich, ob da wirklich nicht mehr von seiner Seite war. Ja, täuschte sie sich so sehr in ihm? Wie er sie manchmal ansah, das konnte sie doch nicht falsch verstehen, oder?

Sie umrundete den Tresen, um die klappernde Tür wieder zu schließen. Dabei schaute sie unweigerlich in den Raum und wunderte sich. Ganz anders sah es darin aus. Das Bett war zum Doppelbett hergerichtet. Es war mit Satinbettwäsche bezogen – mit Rosenmuster. Auf dem Boden in der Ecke stand die türkisfarbene Vase, die beim letzten Mal auf dem Tisch im Salon gestanden hatte. Darin befand sich ein dicker Strauß mit apricotfarbenen Rosen und mit anderen bunten Blumen dazwischen. Es duftete in dem kleinen Raum nach diesen Blumen. Sie schnupperte. Warum stand die Vase nicht auf dem Tisch?

Die Erkenntnis traf sie wie ein Blitzschlag. Jens wollte nicht, dass jemand die Rosen sah. Und vorhin schien er für einen Moment auch nicht glücklich zu sein, weil seine Freunde aufs Boot wollten. Er hatte gesagt, er hätte keine Vorräte. Paulina schloss die Tür zu und ging zurück in die Küchenecke im Salon. Sie zögerte. Dann öffnete sie die Kühlschranktür. Sekt und Wein standen darin, und allerlei Lebensmittel für ein gemütliches Frühstück.

Oh, er hatte etwas mit einer anderen Frau geplant. Er hatte längst eine andere Liebste und seine Freunde sollten davon nichts wissen. Warum? Das konnte sie sich denken. Ihretwegen.

Paulina bekam kaum noch Luft vor Enttäuschung und Schmerz. Hunger hatte sie auch nicht mehr. Mit zitternden Knien kletterte sie hoch ans Deck und setzte sich neben Jens an den Tisch.

»Ist der Fleck rausgegangen?«

»Nein, leider nicht. Aber du hast ja etwas Neues gefunden.«

»Iss die Pizza, bevor sie ganz kalt wird.«

»Ja.«

Paulina öffnete den Pappdeckel und griff mit zitternden Händen nach dem Besteck. Sie würgte ein Stück Pizza herunter und löschte das trockene Gefühl im Hals mit einem halben Glas Rotwein. Niemand merkte, wie schlecht sie sich fühlte. Ihre Schwester und ihr zukünftiger Schwager scherzten und genossen den Abend. Vom Hafen quoll Musik zu ihnen herüber und Liam nutzte die Gelegenheit für einen kleinen Tanz an Deck.

»Hast du keinen Hunger?«, fragte Jens neben ihr leise.

Sie schüttelte den Kopf. Der Kloß in ihrem Hals wollte einfach nicht verschwinden. Hastig griff sie zum Weinglas. Es war bereits leer. Jens griff nach der Flasche und schenkte ihr den Rest ein.

»Danke.« Sie kippte das Getränk herunter und starrte dann auf den geöffneten Pappkarton.

»Hast du … noch Hunger?«, stammelte sie.

»Jetzt nicht mehr«, sagte er und strich ihr sanft über den Handrücken. Das gab es ja wohl nicht. Der Kloß in ihrem Hals rutschte in ihren Magen und verknotete sich dort. Jetzt wollte er wieder mit ihr flirten? Dabei hatte er ja wohl jemand anderes auf seinem Boot erwartet. Für sie jedenfalls hatte er das Bett nicht so hübsch hergerichtet.

Sie zog ihre Hand weg. Irgendwie musste sie ihm begreiflich machen, dass sie ihn durchschaut hatte.

»In deinem Kühlschrank steht noch Sekt. Wie wäre es damit, wenn du den aufmachst?«

Er stutzte kurz. »Ach ja, den hatte ich ganz vergessen. Lass mich mal durch, dann hole ich ihn hoch.«

Sie erhob sich von ihrem Platz. *Lügner,* dachte sie traurig und wütend zugleich. Doch konnte sie nicht ihren Blick abwenden und starrte ihm hinterher, wie er geschmeidig im Treppenabgang verschwand. Wenn er doch bloß nicht so nett und attraktiv wäre …

Jens war schnell zurück. In einer Hand hielt er drei Sektgläser zwischen seinen Fingern, in der anderen die Flasche. Sie rutschte auf der Bank rein und er setzte sich neben sie. Der Sektkorken knallte und flog in die Luft. Liam und Kimberly beendeten kurz ihren Schmusetanz.

»Hey hast du doch noch eine Reserve im Kühlschrank gefunden«, rief Kimberly lachend.

»Hatte ich vergessen.«

»Was gibt es zu feiern?«

»Nichts. Einfach nur so.«

Paulina schnaubte und biss nun doch noch in ein kaltes Stück Pizza. *Einfach nur so – ich lach' gleich.*

Jens verteilte Sekt in die Gläser. Sie nahm ihr Glas und trank es in einem Zug leer. Jetzt musste er doch endlich kapiert haben, dass sie sauer auf ihn war.

Am Hafen wurde die Musik lauter gedreht und Kimberly schmiegte sich erneut in Liams Arme.

Jens erhob sich mit einem Ruck von seinem Platz. »Komm mit!« Er griff fest nach ihrer Hand und zog sie von ihrem Platz hoch. Huch, er wollte doch wohl nicht jetzt mit ihr tanzen?

Verunsichert rutschte sie von der Bank.

»Nach unten!«, sagte er mit fester Stimme, die keinen Widerspruch duldete.

Sie sah ihn überrascht an. Er zeigte mit dem Arm zum Abgang. »Ladys first.«

Sie war so überrascht, dass sie gehorchte. Ihr Herz klopfte schneller und in ihrem Magen breitete sich eine heiße Welle aus. Verdammt, er war so sexy, wenn er energisch war.

Mit einem geübten Satz sprang er hinterher. Er fasste sie an den Schultern und sah ihr fest in die Augen – vielleicht ein bisschen wütend? Aber das war sie doch auch – und sie hatte gute Gründe dafür.

»Was stimmt nicht mit dir? Sag es mir hier und jetzt, aber tu nicht mehr die ganze Zeit so, als seist du gut drauf … und als sei alles fein zwischen uns.«

Ihre Lippen bebten und Tränen schossen in ihre Augen. »Tut mir leid«, sagte sie. »Die Tür ist aufgesprungen.«

»Welche Tür?«

Sie blickte zu Boden und zeigte mit einer Hand hinter sich. »Ich habe dein … euer Liebesnest gesehen … und die Blumen, die du dort versteckt hast. Ich glaube … ich sollte nicht hier sein.«

Im nächsten Moment spürte sie, wie er sie an sich zog und ihren Mund mit seinen Lippen verschloss. Erst wollte sie sich wehren, aber dann war das Gefühl, in seinen starken Armen zu liegen und ihre geheimen Sehnsüchte gestillt zu bekommen, übermächtig.

»Paulina«, seufzte er, als ihre Körper sich geeinigt hatten, sich lieber aneinanderzuschmiegen, statt so zu tun, als gäbe es keine Anziehung zwischen ihnen. »Das war alles nur für dich gedacht.«

»Aber?«, schaltete sich Paulinas logisch denkender Verstand wieder ein. »Wieso dann die Geheimnistuerei?«

»Weil es mir auf einmal viel zu plump und übertrieben vorkam. Ich wollte dich nicht verschrecken. Außerdem lief das Wochenende nicht so an, wie ich mir das vorgestellt hatte. Nun sag du etwas dazu!«

Sie seufzte. »Bei mir auch nicht. Kimberly hat mir erzählt, dass du … na, sie hat eine gewisse Sache über mich weitergesagt und Liam hat es dir … ach, und da dachte ich, jetzt weiß ich, warum du plötzlich so komisch bist.«

Er nickte. »Ich gebe zu, es hat mich etwas überfordert. Ich hätte es gut gefunden, wenn du es mir gesagt hättest, statt mir etwas vorzuspielen. Aber dann war mir klar, dass ich zu viel erwartet habe … viel zu schnell. Du brauchst mehr Behutsamkeit und Achtsamkeit. Ich verspreche dir, ich werde so lange warten, bis du bereit bist.«

»Danke. Ich … ich hatte einfach in meinem Leben bisher keine Zeit für so was.«

»Das ist wirklich erstaunlich.« Er griff nach ihren Händen. »Aber nun nimmst du sie dir … für dich und für mich, ja?«

Erneut küsste er sie und zog sie in seine Arme. Ihre Beine fühlten sich wie Gummi an und die Knie zitterten, so aufgewühlt war sie. Jetzt wollte sie nichts anderes, als noch einmal mit Jens im Arm in der kleinen Kajüte liegen und sich an seine harte, muskulöse Brust schmiegen.

Liam erschien in der Luke, er spähte nach unten und grinste. »Ich störe nur ungern. Aber wir würden dann gerne jetzt nach Hause fahren.«

»Ich bringe euch«, rief Jens.

Liam reichte die Gläser nach unten. Jens nahm sie entgegen. Paulina nahm schnell das Kleid aus dem Waschbecken und wrang es aus.

»In der Flasche ist noch Sekt«, sagte Liam. Jens stellte die Flasche im Salon auf den Tisch.

Sie gingen zurück nach oben. »Gibt es hier noch etwas aufzuräumen?«, fragte Kimberly und nahm die leeren Pizzakartons.

»Nein«, sagte Jens. »Lass die Pizza von Paulina ruhig liegen. Wir kehren gleich noch einmal zurück.«

Paulina stand vor Überraschung der Mund offen. Sie würde heute Nacht in diesem romantischen Bett mit ihm liegen. Und vor allem, er wusste, dass sie Zeit brauchte, die Liebe zu erkunden. Und noch besser, er wollte sie trotzdem. Ein Lächeln stahl sich auf ihre Lippen. Ein Lächeln, dass ihre Schwester auffing.

Kimberly zwinkerte ihr wissend zu. »Holt euch

nachher noch eine frische Pizza. Der Laden hat wegen des Hafenfestes länger geöffnet.«

Liam sprang vom Boot und Kimberly hinterher. Jens griff nach Paulinas Hand und half ihr vom Schiff. »Es ist schon mal jemand ins Wasser gefallen«, sagte er und grinste sie an.

Sie lachte. »Wer könnte das gewesen sein?«

22
JENS

Sie stiegen aus dem Wagen. »Ich hole noch schnell Übernachtungszeug. Paulina, brauchst du auch noch etwas?«

Paulina umarmte ihre Schwester. »Ja, ich komme mit«, rief sie ihm zu. Die beiden tuschelten noch irgendwas.

Liam zog ihn zur Seite. »Daisy bleibt besser heute Nacht bei uns. Bei gewissen Aktivitäten stören Hunde nur.«

»Ach ja?« Jens knuffte ihn in die Seite. »Damit das klar ist, Daisy schläft nicht bei mir im Bett.«

»Du machst das schon«, sagte Liam mit einem aufmunternden Grinsen. *Hä? Was sollte das schon wieder bedeuten? Er hatte wohl zu viel getrunken.*

»Gute Nacht!«

Jens eilte mit Paulina ins Haus. Schnell warf er ein paar Kleidungsstücke und sein Rasierzeug in seine Tasche. Zuletzt stopfte er ein paar Kerzen hinein und holte eine Flasche Champagner aus dem Kühlschrank.

Er ging zu Paulinas Zimmer. »Klopf, klopf, rief er durch die Tür. Hast du alles zusammen?«

Sie riss die Tür auf und stand plötzlich ganz dicht vor

ihm. Ihr Gesicht wirkte nicht sonderlich entspannt. Im selben Moment ließ sie Tasche fallen und schlang ihre Arme um seinen Hals. »Ich bin furchtbar aufgeregt«, wisperte sie.

Er umarmte sie fest und schmiegte sich an ihren Körper. »Das musst du nicht. Ich bin bei dir. Und ich mache nur, was du dir wünschst.«

Sie legte den Kopf in den Nacken. »Ein Kuss wäre jetzt gut.«

»Kannst du haben.« Er küsste sie erst sanft und dann verlangender auf den Mund, bis er merkte, dass sie sich fallenließ und ihre Anspannung verschwand. Ihre Zungen und ihre Lippen fanden sich in einem verlangenden Rausch. Sie seufzte und schmiegte sich noch fester an ihn. Er musste das leider stoppen, bevor sie seine Erektion an ihrem Bauch spürte, und womöglich erschrak.

»Wir sollten jetzt losfahren«, sagte er leise. »Eine wunderbare Sternennacht auf dem Boot wartet auf uns.«

Sie saßen an Deck und hatten sich gemeinsam unter eine Wolldecke gekuschelt. Über ihren Köpfen funkelten die Sterne am mitternachtsblauen Himmel. Im Hafen war es jetzt ruhig. Hier und da drang ein leises Lachen zu ihnen herüber. Jens hatte Kerzen angezündet und hielt Paulina im Arm. Der Champagner glitzerte und perlte in den Gläsern. Die letzte Pizza für diesen Tag war gebacken, der Ofen abgeschaltet und die meisten Lichter an Land erloschen.

»So, jetzt isst du aber etwas«, sagte er mehr schmunzelnd als energisch.

Er nahm ein Stück aus der Packung und hielt es ihr hin. Sie biss ab.

»Oh, ist die köstlich.«

Na endlich. Wenn sie wieder essen konnte, bedeutete es, dass sie sich entspannte. Doch er hatte noch eine Sache auf dem Herzen und die musste er jetzt loswerden. Es sollte nichts zwischen ihnen stehen. Ein unehrlicher Anfang holte einen irgendwann wieder ein. Es reichte eine unüberlegte Bemerkung und dann hätte er den Ärger. Nein, er musste das jetzt bereinigen.

»Paulina, ich muss dir noch etwas erklären«, begann er das Gespräch.

»Was? Sag nicht, du hast jemanden für Daisy gefunden?«

»Nein, das nicht. Es geht um … mich und damit um uns.«

Sie richtete sich auf und legte die angebissene Pizza beiseite. »Dann raus damit«, sagte sie leise und erwartete offenbar Schlimmes.

»Ich … ich war vorhin nicht ganz ehrlich zu dir. Und ich finde, du hast es verdient, dass keine unausgesprochenen Sachen zwischen uns stehen.« Er räusperte sich leise. »Also, die Sache ist die … als ich erfahren habe, dass du noch unerfahren bist, bin ich kurzzeitig in Panik geraten. Nicht, weil ich mir nicht zutraue, dich glücklich zu machen. Es war eher eine unbestimmte Angst, dass ich nur der Wegbereiter für den nächsten Mann sein könnte. Denn mal ganz ehrlich, wer heiratet schon seine erste große Liebe?«

»Ich«, sagte sie leise. »Vielleicht … eines Tages … jedenfalls wüsste ich nicht, warum ich mich nach einem anderen Mann umschauen sollte. Außerdem, warum müssen wir das machen, was alle machen? Wir sind wir und wenn wir zusammenpassen, bleiben wir auch zusammen.« Sie seufzte. »Das ist jedenfalls meine Hoffnung.«

Er zog sie in seine Arme. »Meine auch«, sagte er entschlossen, während er sie küsste. »Du bist … für mich die Frau, nach der ich … schon mein ganzes Leben lang gesucht habe.«

»Das geht mir … doch genauso«, antwortete sie küssend. Als sie sich voneinander lösten, waren seine Lippen heiß von ihren Küssen und in seiner Nase lag ihr wunderbarer blumiger Duft. In seiner Hose fühlte es sich eng an. Eine Abkühlung könnte er jetzt gut gebrauchen. Oder eine Ablenkung. Sie war noch lange nicht bereit für ihn. Er wollte nichts überstürzen.

Deshalb hob er sein Glas. »Auf uns«, sagte er. »Und darauf, dass unsere tiefsten Wünsche in Erfüllung gehen.«

Zwei Wochen später konnte er endlich zurück in sein Haus ziehen. Die neuen Möbel fürs Wohnzimmer und fürs Schlafzimmer waren geliefert und aufgebaut worden. Paulina und er teilten denselben Geschmack. Sie mochte auch Mahagoni und Dunkelgrün.

Die letzte Baustelle im Haus war die Küche. Sie war uralt und hatte dem vorherigen Hausbesitzer gehört. Aber immerhin war sie noch funktionstüchtig. Die käme später dran, wenn er wieder Geld in der Tasche hatte. In sein Büro stellte er erstmal die alten Möbel und vertagte das Thema auch auf später.

Denn es stand das große Hochzeitswochenende bevor. Paulina würde nachher anreisen. Er sah auf die Uhr. Ein bisschen Zeit hatte er noch. Auf den alten Küchentisch legte er eine weiße Tischdecke mit handgestickten Röschen, die er mit dem Haus erworben hatte. Er stellte eine Blumenvase darauf. Jetzt sah es schon viel wohnlicher hier aus. Eilig ging er in den Garten und half dem Gärtner bei der Arbeit. Jens wollte heute noch fertigwerden. Zuletzt stellten sie Terrakottakübel mit Zitronen, Oliven und mediterranen Kräutern auf die neue Holzterrasse.

Er schüttelte dem Mann die Hand und eilte ins Haus. Im neuen Bad duschte er und zog sich ein weißes Hemd und eine Jeans an. Es klingelte an der Tür. Liam brachte ihm Floppy. »Danke, dass du ihn mir abnimmst.«

»Und Tim kommt wirklich allein klar? Ich hätte ihn sonst auch gerne genommen.«

»Er liegt am liebsten in unserer kühlen Küche oder in der Eingangshalle und schläft. Vor allem braucht er keine langen Spaziergänge mehr.«

»Morgen ist euer großer Tag. Steht eure Planung?«

»Ich hoffe. Die Zelte sind aufgebaut. Das Catering ist geplant. Zusätzliche Toilettenhäuschen stehen auf der Wiese.« Liam machte ein angespanntes Gesicht.

Jens ging mit ihm auf die Terrasse und brachte zwei alkoholfreie Biere mit. »Liam, ihr habt richtig entschieden, die Zelte auf dem alten Trainingsplatz aufzubauen. Etwas Neues weicht dem Alten und damit verblassen auch deine Erinnerungen an Vergangenes.«

»Ich werde Nordwind niemals vergessen«, sagte Liam leise.

»Das weiß ich doch. Aber du solltest aufhören, dir die Schuld an diesem Unglück zu geben. Nein, stopp! Lass mich ausreden. Ja, du hast vielleicht damals ein paar Dinge laufen lassen, aus Liebe zu deiner ersten Frau. Aber es ist wirklich an der Zeit, dir das zu verzeihen. Du heiratest morgen und Kimberly wird dich glücklich machen. Sie würde niemals ein Pferd schinden.«

Liam nickte. »Ich bin etwas nervös.«

»Das verstehe ich. Mir ginge es genauso.«

Sein Freund grinste. »Vielleicht geht es dir schneller so, als du denkst.«

Jens nickte. »Das hoffe ich.«

Es klingelte an der Tür. Jens öffnete und zog Paulina in seine Arme. Wie hatte er sie die Woche über vermisst. Er gab ihr einen Kuss. Dann warnte er sie. »Floppy ist schon da. Er bleibt über Nacht.«

»Damit werde ich fertig«, sagte sie und klang unglücklich.

»Was ist los?«, fragte er und trug den Koffer bis zur Treppenstufe. »Setz dich erstmal auf die Terrasse und trinke etwas Kühles.«

Er folgte ihr und reichte ihr eine Coke. »So, jetzt erzähl! Hast du eine Beule im Auto oder was ist passiert?«

Sie winkte ab. »Wenn es das nur wäre. Es ist die Firma. Noch immer bekomme ich nur die Deppenarbeit. Jetzt ist ein Teamleiter in Rente gegangen. Aber statt mich für die Stelle zu nehmen, haben sie … dreimal darfst du raten … wieder einen Mann dafür eingestellt.«

Liam räusperte sich. »Äh, ich habe keine Ahnung, wo deine Interessensgebiete liegen. Aber unsere Stelle ist wieder frei. Der Mann, den wir eingestellt hatten, hat gestern gekündigt, weil er ein besseres Angebot in Madrid bekommen hat. Also der Schwerpunkt wäre internationaler Handel und Verträge und du hättest von Anfang an eine große Verantwortung.«

Paulina riss die Augen auf. »Wirklich? Liam. Und es ist kein Problem, dass meine Schwester schon bei euch arbeitet?«

»Wieso sollte es? Sie kennt sich nur mit kaufmännischen Dingen aus.«

Sie sprang von ihrem Stuhl auf und drehte den Blick kurz himmelwärts, als würde sie ein Stoßgebet nach oben schicken. »Ich kann es gar nicht fassen, dass du mir die Stelle anbietest. Bereits in meiner Großkanzlei waren fehlerhafte und nicht eingehaltene Verträge im Außenhandel mein Hauptgebiet.« Sie japste und atmete einmal tief durch. »Montag kündigte ich.«

»Wann kannst du bei uns anfangen?«

»Sofort!«

»Dann, herzlichen Glückwunsch, du hast die Stelle. Ich erwarte dich am Dienstag zu deinem ersten Arbeitstag in unserer Firma. Und stell dich schon mal darauf ein, dass der Schreibtisch voll mit liegengebliebener Arbeit ist.«

»Hey«, protestierte Jens. »Da rede ich aber ein Wörtchen mit. Paulina schiebt keine Sechzig-Stundenwoche mehr. Auch nicht für dich.«

Liam klopfte ihm auf den Rücken. »Keine Sorge. Das kriegen wir hin. Leute ich muss jetzt los und meine nervöse Zukünftige beruhigen. Wir sehen uns um zehn Uhr zur Trauung auf dem Nordhof.«

Er klopfte ihm auf die Schulter, umarmte kurz Paulina und knuddelte zum Abschied Floppy. »Sei schön brav!«

Jens rief ihn zu sich und wedelte mit einem neuen Spielzeug, das er in den Garten warf. »Fang!«

Paulina folgte ihm in den Garten. »Schenkt Liam meiner Schwester eigentlich noch etwas anderes zur Hochzeit, abgesehen vom Ring? Ist so etwas üblich?«

Jens zog sie in seine Arme. »Das ist aber ein Geheimnis. Er schenkt ihr morgen ein Pferd. Wir waren vor ein paar Tagen auf einem Hof, weil wir ein viertes Pferd brauchen, wenn du demnächst mit uns ausreitest. Wir entdeckten ein wunderschones Pferd. Es heißt Prinzess und ist fast weiß. Die Farbe beruht auf dem Cream-Gen. Die Stute ist ein *Cremello.* Ihr Fell glänzt wie helle Wildseide.«

»Wow, was für ein schönes Geschenk.«

»Eigentlich wollte er ein anderes Pferd. Aber dann hat er sich in die Stute verliebt und ich habe ihn gefragt, warum er sie nicht deiner Schwester zur Hochzeit schenkt. Sie wird *Prinzess* lieben und gut behandeln.«

Paulina nickte. »Es wird ihn endgültig heilen und ihm das Vertrauen zurückgeben, dass er nun eine wirklich liebe Frau gefunden hat.«

»Hey, die habe ich auch gefunden.« Jens zog sie in seine

Arme. »Schön, dass du da bist. Und noch mehr freue ich mich, dass du demnächst bei mir einziehst.«

»Tu ich das?« Sie riss die Augen auf.

»Aber na klar. Ich bin ein Mann von Entscheidungen. Wir sind ein Paar. Warum sollten wir getrennt wohnen?«

»Aber wir haben noch nicht einmal …«

Sie stoppte und errötete. Er wusste, was sie sagen wollte. »Wir haben alle Zeit der Welt«, sagte er sanft und küsste sie zurückhaltend, um ihr nicht das Gefühl zu geben, sie zu bedrängen.

Die Grillen zirpten im Garten. Es duftete aus den Tontöpfen nach Kräutern und Lavendel. Sie waren am frühen Abend mit Floppy und Daisy am Strand gewesen und hatten dafür gesorgt, dass der weiße Riese sich ordentlich austobte. Auf dem Rückweg war Daisy so müde, dass er sie tragen musste. Sie war auf seinem Arm eingeschlafen. Nun schlief sie in ihrem Körbchen. Floppy döste und blieb mit einem Ohr wachsam.

Der Lieferservice klingelte und brachte die bestellten Spaghetti carbonara. Dazu tranken sie ein Glas Wein. »Oder soll ich eine Flasche Champagner aufmachen zur Feier des Tages.«

»Was gibt es denn zu feiern?«

»Na, du hast einen neuen, vielversprechenden Job. Das bedeutet, wir ziehen zusammen und außerdem … *bist du da.*« Er hatte die letzten Worte nur gehaucht und ihr anschließend einen sanften Kuss auf die Lippen gedrückt. Eigentlich wollte er sagen *und außerdem liebe ich dich.* Aber das erschien ihm noch zu früh, obwohl er genau das empfand.

»Ach, Champagner bekommen wir morgen noch genug. Sag einmal…« Sie machte eine Pause und starrte auf den dicken Strauß mit den rosafarbenen Röschen in der Vase.

»Was?«

»Hast du zufällig eine Schnur oder Blumendraht im Haus?«

»Ich denke, ich habe beides. Was willst du machen?«

Mit dem Rotweinglas in der Hand deutete sie auf die Blumen. »Darf ich die plündern?«

Er hob beide Augenbrauen. »Was hast du vor?«

»Es ist nur eine Idee. Und ich weiß nicht, ob es funktioniert. Aber wäre es nicht süß, wenn die Hunde morgen einen schönen Kranz um den Hals hätten?«

Jens schmunzelte. »Mit Floppy kannst du das machen. Er ist im Herzen ein Schaf. Aber Daisy wird den Schmuck abnagen wie einen Knochen.«

»Dann nur unser Riese. Ich stelle mir gerade das Hochzeitsfoto vor. In der Mitte das Brautpaar, drumherum die Gäste. Alle in hellen Naturtönen. Davor liegt Floppy, ebenfalls in Weiß. Und er trägt ein Rosenhalsband. Natürlich entferne ich die Dornen.«

»Haha. Liam wird begeistert sein. Weißt du, wie er sich aufgeregt hat, als der Hund am Anfang ein rosafarbenes Geschirr tragen musste, weil es nichts anderes in seiner Größe gab?«

Paulina kicherte. »Das bringt das Heiraten so mit sich. Die Männer müssen sich anpassen. Gibt es das Geschirr eigentlich noch?« Sie zwinkerte.

»Wag es nicht, wenn du es dir nicht mit deinem zukünftigen Schwager verscherzen willst. Ich hol dann mal die Sachen.«

Er legte ihr die Bänder und den Draht sowie eine Gartenschere hin. »Schau mal, ich habe in der Weihnachtsschachtel noch eine Schnur mit silbernen Perlen gefunden. Vielleicht kannst du den Schmuck gebrauchen.«

»Oh, der ist super.«

»Kann ich dir irgendwie helfen?«

»Ja, nimm mal bitte Maß, wie lang die Kette sein muss.«

Er schaute zu, wie sie flink alles zusammenband. »In dir schlummern offenbar unentdeckte künstlerische Talente.«

»Nein, ich hab als Schülerin in einer Blumenhandlung gejobbt. So, fertig. Dann schauen wir mal, ob er sich die Kette umhängen lässt.«

Sie wollte ihm den Blumenschmuck reichen, aber er schüttelte den Kopf. »Du hast die Kette gemacht und du schaffst es auch, sie ihm umzuhängen.«

Sie fasste sich kurz ans Herz. »Meine Generalprobe.«

Er folgte ihr in den Garten, wo der Hund auf dem frisch gelegten Rollrasen lag und die Abendsonne genoss.

»Schön stillhalten«, sagte sie. Der Hund richtete sich erwartungsvoll auf und wedelte mit dem Schwanz.

Jens nickte ihr zu. »Er ist ruhig und denkt sich nichts dabei. Höchstens, dass er schon wieder das Halsband umgelegt bekommt und es gleich noch einmal eine Gassirunde gibt.«

Paulina zog ihm den Kranz über den Kopf. Der Hund rückte näher an sie heran und erwartete etwas anderes, zum Beispiel eine Streicheleinheit oder ein Leckerli.

»Kraul ihn an den Ohren! Das liebt er.«

Sie machte, was er ihr gesagt hatte. »Bravo. Jetzt gib ihm ein Leckerli. Hier, nimm das!« Er reichte ihr einen Belohnungskeks.

Sie streckte die flache Hand aus und hielt sie hin. Floppy schleckte großzügig darüber und begann zu hecheln, als wollte er sagen: Wie bitte? Das war schon alles? Habt ihr gesehen, wie groß ich bin und wie klein der Keks war?

»Du solltest die Halskette nicht über Nacht dort hängen lassen, sonst sind die Blumen morgen zu Schnipseln geschreddert«, sagte er lachend.

»Das weiß ich auch. Doktor Neunmalklug.«

Sie streckte zögernd die Arme vor, nahm sie wieder zurück und streckte sie erneut nach vorne. Vorsichtig griff sie nach den Blumen und zog sie wieder über den Kopf.

»Brav gemacht«, sagte er.

»Meinst du mich?«

»Nein, den Hund.« Er reichte Floppy ein größeres Leckerli. »Guter Hund.«

Paulina legte den Kranz zurück auf den Tisch. »Für den alten Tim und für unseren wilden Racker mache ich nur etwas ganz Kleines, was wir oben ans Halsband binden. Ich denke, du hast recht, Daisy würde die Blumen sonst kurz und klein schreddern.«

»Davon bin ich überzeugt.« Er fasste nach ihrer Hand und dann nach ihrer Taille. »Hey, ich bin unglaublich stolz auf dich.«

Sie hob keck das Kinn. »Bekomme ich jetzt auch ein Leckerli.«

»Du willst doch gar keine Kekse.« Er grinste. »Ich wüsste etwas viel Besseres.«

23
PAULINA

Paulina fühlte ein euphorisches Kribbeln im Magen. Sie hatte tatsächlich keine Angst mehr vor Floppy. Ihr heimliches Versprechen, es bis zur Hochzeit ihrer Schwester zu schaffen, hatte sie gemeistert. Aber da war noch ein geheimes Versprechen, das sie sich gegeben hatte. Sie wollte morgen nicht als Jungfrau auf der Trauung ihrer Schwester erscheinen. Nein, das ging nun wirklich nicht. Schließlich war sie kein kleines Blumenkind, das in weißen Kniestrümpfen und in schwarzen Lackschuhen Blütenblätter streuen sollte. Sie war eine erwachsene Frau.

Letzte Woche hatte sie sich für den besonderen Moment ein weißes, hauchdünnes Nachthemdchen gekauft. Mit Spitze am Ausschnitt, zarten Trägern und einem dazu passenden Slip. Als sie im Badezimmer stand, klopfte ihr Herz bis zum Hals. Doch ihr Unterleib schickte zugleich erwartungsvolle heiße Wellen durch ihren Körper. Sie wollte es tun.

Vorhin hatte sie einen Blick ins gemeinsame Schlafzimmer geworfen. Jens hatte es wundervoll eingerichtet. Sie mochte den Landhausstil und den Mix aus Mahagoni und Dunkelgrün. Sogar an einen duftenden Blumenstrauß hatte er gedacht.

Er war längst aus dem Bad heraus und wartete auf sie. Es war die erste gemeinsame Nacht im zukünftigen Schlafzimmer. *Paulina, setz dich nicht unter Druck,* ermahnte sie sich. Zögernd betrachtete sie sich im Spiegel. Ihre Brustwarzen schimmerten durch den zarten Stoff. Sie sah an sich herunter. Das Höschen war mehr Zierrat als eine Bedeckung. Was würde er gleich sagen?

Du willst es doch, wisperte eine leise Stimme in ihrem Kopf. *So sehr, dass es wehtut.* Die ganze Woche schon hatte sie nur von diesem einen Moment geträumt. Ob Jens ahnte, was sie wollte?

Vorsichtig tappte sie durch den Flur zu seinem Schlafzimmer. Sie öffnete die Tür. Das Zimmer wirkte im Nachtlicht völlig anders. Weiße Vorhänge wehten sachte im Wind. Aus dem Garten zog der Duft der Kräuter zum Fenster herein. Auf einer dunkelgrünen Kommode flackerten weiße Kerzen in verschiedenen Größen. Rosenblütenblätter und Blütenköpfe lagen dekorativ daneben. Sie dufteten verführerisch. Das seidige Bettzeug war zur Seite geschlagen. Am Kopfende lagen verschiedene bauschige Kissen. Nur Jens fehlte.

Sie drehte sich um und prallte hart gegen seinen nackten Brustkorb.

»Hoppla!«, sagte er und hielt zwei Champagnerkelche in die Höhe. Sie blickte überrascht in seine blauen Augen. Er reichte ihr ein Glas.

»Ich habe mir gedacht, es ist eine ganz besondere Nacht. Eines Tages, nein jedes Jahr an diesem Tag werden wir uns daran erinnern, und dann sollte auch alles perfekt sein. Deshalb stoßen wir jetzt doch noch mit einem Glas Champagner an.«

»Das ist eine wunderbare Idee«, kiekste sie aufgeregt. Sie nahm ihm ein Glas ab und blieb vor ihm stehen.

»Auf uns«, sagte er. Sie stießen an und tranken einen Schluck. Mit sachten Bewegungen nahm er ihr das Glas ab und stellte es zu den Kerzen auf die Kommode.

Paulina wollte, nein sie konnte jetzt nicht einfach ins Bett hüpfen. Dazu war sie viel zu aufgeregt. *Ob er ahnte, was sie von ihm wollte?* Sie hob den Blick und sah in seinen Augen das Verlangen funkeln. Er trat näher und nahm ihr Gesicht in beide Hände. Zärtlich streichelte er mit dem Daumen über ihre Wange und beugte sich dann unendlich langsam zu ihr hinunter. Sein Kuss war so zart wie ein Schmetterlingsschlag und brannte verlangend auf ihren Lippen. *Ich will mehr,* schrie alles in ihr.

Seine Hände wanderten weiter und verflochten sich mit ihrem Haar. Erneut küsste er sie. Diesmal fordernder. Bereitwillig öffnete sie ihre Lippen für seine Zunge. Paulina stöhnte und zeigte ihm, dass sie es genoss, wie er in ihren Mund eindrang. Sie schlang ihre Arme um seinen Nacken und schmiegte sich an ihn. Ihr Unterleib zog sich verlangend zusammen.

Seine Hände glitten tiefer, fuhren über ihr seidiges Hemdchen und ihren Slip. Sie verweilten auf ihren Pobacken und Paulina schmiegte sich noch fester an ihn. Er war mindestens so erregt wie sie, denn sie spürte seine Härte an ihrem Bauch. Auch zwischen ihren Beinen pochte das Verlangen. Seine Fingerspitzen glitten vorsichtig unter den Stoff ihres Höschens. Paulina bäumte sich ihm stöhnend entgegen. Sie vertraute ihm voll und ganz und ließ sich in diesem Moment auf das Unbekannte ein, das noch folgen würde. Sie ließ alles um sich herum los und dachte nur noch daran, wie schön es war, diesem Mann nahe zu sein. Und deshalb wollte sie ihn ganz haben. Sie wollte ihn in sich spüren.

Als würde er ahnen, was sie brauchte, hob er sie hoch. Paulina schlang ihre Beine um seine Mitte und hielt sich an seinen breiten Schultern fest. Jens trug sie küssend zum

Bett. »Sag, was du von mir willst« hauchte er mit rauer Stimme.

»Ich will dich«, keuchte sie. »Nur dich.«

Er legte sich über sie. »Ich will dich schon immer, aber ich …«

Sie legte einen Finger auf seine Lippen. »Ich weiß«, wisperte sie. »Du kannst warten. Aber ich will … nicht länger warten.«

Er gluckste leise und schmiegte sich fester an ihren Körper. Paulina spürte seine Härte an ihrem Schamhügel. Ihr Höschen fühlte sich bereits nass an. Jens trug nur eine dünne Shorts, sodass sie ihn voll und ganz spüren konnte. Ihr Verlangen steigerte sich ins Unerträgliche. Doch er dachte gar nicht daran, sich zu beeilen. Er schob ihr Hemdchen hoch und küsste ihre Brustwarzen, die sich freudig aufgerichtet hatten. Unerträglich langsam küsste er jeden Zentimeter ihres Körpers. Hitze raste in Wellen durch ihren Körper. Sie krallte sich an seinen Schultern fest.

»Paulina«, flüsterte er und wanderte tiefer an ihrem Bauch entlang. Sie japste überrascht, als er ihr Höschen herunterzog. Ein Windhauch erregte ihre feuchte Stelle. Und eine erwartungsvolle Gänsehaut zog über ihren Bauch. Jens küsste sie an ihrem empfindlichsten Punkt. Vor Überraschung blieb ihr kurz die Luft weg. Sie hatte ja keine Ahnung gehabt. Was hatte sie nur alles verpasst? Langsam legte er sich auf sie, aber nicht fest. Er stützte sich mit den Unterarmen ab. Aber sie wollte mehr. Mutig strich sie über die Wölbung seiner Shorts. Er stöhnte leise und ein verlangendes Zittern ging durch seinen Körper. Jetzt wusste sie, was sie tun wollte. Sie schob seine Shorts herunter.

»Ich will dich«, flüsterte sie und fasste nach seinen Hüften. Endlich legte er sich auf sie und küsste sie erneut. Sie genoss es, dass nichts mehr zwischen ihnen war. Seine nackte Haut an ihrer fühlte sich wunderbar an. Erwartungsvoll öffnete sie ihre Beine. Doch Jens war noch lange nicht gewillt, ihr Verlangen zu stillen. Er bewegte sich ruhig, streifte ihren Venushügel und ihre empfindliche Perle, doch er gab ihr noch nicht, was sie wollte.

Paulina vergaß alles um sich herum. Sie wollte, dass er endlich in sie eintauchte und sie ganz ausfüllte mit seiner Liebe. Doch plötzlich richtete er sich auf, griff nach der Schublade und zog etwas aus der Schublade.

Sie begriff, dass es ein Kondom war. Oh, daran hätte sie jetzt nicht mehr gedacht. Sie hatte sich zwar für den Fall aller Fälle rosafarbene Kondome gekauft, aber die lagen in ihrer Handtasche.

Erneut legte er sich auf sie und küsste sie. Seine Zunge teilte ihre Lippen und sie ließ ihn stöhnend hinein. Jens bewegte seinen Körper rhythmisch über ihrem und sie bewegte sich automatisch mit. Ihr Verlangen wurde grenzenlos. Sie drängte sich ihm entgegen und endlich war es so weit. Er drang sanft und vorsichtig ein. Sie spürte ein Ziehen, als würde sich ein festes Gummiband weiten. Jens verharrte in ihr, küsste sie. Ganz langsam und sachte bewegte er seine Hüften. Paulina war überwältigt von dem Gefühl. Tausend Nerven in ihrer Vagina explodierten, zogen sich verlangend zusammen und wollten mehr von diesem süßen Honig kosten.

Tief in ihr tirilierte eine Stimme: *Du bist keine Jungfrau mehr.*

Ein Jahr später:

Paulina saß auf der Terrasse und blätterte in dem Hochzeitsalbum, das sie ihrer Schwester morgen zum ersten Hochzeitstag schenken wollte. Es enthielt wundervolle Momentaufnahmen. Sie stoppte auf der Seite, als ihre

Schwester den Brautstrauß warf und alle Mädels auf der Wiese kreischend danach griffen. Aber irgendwie hatte Kimberly es geschafft, so weit und so schief zu werfen, dass Paulina den Strauß fangen musste. Hinter ihr hatte Jens gestanden und den Schnappschuss gemacht.

Ihr Herz wurde warm bei all den schönen Erinnerungen. Deshalb hatte sie das Album liebevoll für ihre Schwester und ihren Schwager gestaltet. Es war nicht irgendein Buch, sondern ein Aquarellmalbuch mit fadengebundenen Seiten und einem weißen Seidenband. Der Umschlag trug eine goldene Gravur. Dort stand: *Kimberly & Liam.* Sie hatte die Seitenränder mit zarten Rosenblüten und Blättern bemalt und dann die Bilder eingeklebt.

Das hatte sie in ihrem Malkurs gelernt. Nicht in Hamburg – den Kurs hatte sie sofort wieder aufgegeben. Aber hier am Ort gab es eine nette Künstlerin, die privat unterrichtete. Paulina schmunzelte. *Nett* war etwas untertrieben. Sie waren beste Freundinnen geworden. Zum ersten Mal in ihrem Leben hatte Paulina eine richtig gute Freundin. Endlich hatte sie Zeit für andere Dinge im Leben, als nur die Arbeit. Liam kehrte den Boss raus und achtete streng darauf, dass sie nicht in alte Muster verfiel und zu viel Arbeit an sich riss.

Sachte bewegte Paulina ihre eingeschlafenen Zehenspitzen, denn Daisy hatte sich darauf zusammengerollt. Am liebsten lag die süße Fellnase ganz dicht bei ihr. Paulina war fertig mit dem Buch und klappte es zu.

Gleich würde Jens nach Hause kommen. Sie freute sich auf ihn, denn heute hatten sie ihren besonderen Jahrestag. Sie hatten beschlossen, diesen Tag zu Hause zu verbringen und sich einfach daran zu erfreuen, wie glücklich sie miteinander waren. In Paulinas Bauch breitete sich eine wohlige Wärme aus. Er war ein wundervoller Liebhaber. Niemals hätte sie gedacht, dass die Liebe so schön sein konnte.

Sie sah auf die Uhr und konnte es kaum erwarten, dass er nach Hause kam. Extra für ihren Jahrestag hatte sie einen Strauß Duftrosen ins Schlafzimmer gestellt und die Bettwäsche von damals aufgezogen. Sie hatte einen Salat zubereitet und eine Flasche Champagner kühlgestellt. Ein frisch gebackenes Fladenbrot hatte sie vorhin aus dem Ofen geholt. Er liebte dieses duftende Brot. Eine gute Köchin war sie nicht. Deshalb würde der Lieferdienst nachher noch eine Lasagne bringen.

Paulina zog vorsichtig die Füße unter dem schlafenden Hund weg und erhob sich von ihrem Platz. Sie stellte Gläser und Teller auf ein Tablett und trug alles auf die Terrasse. Der Duft von Oregano und Rosmarin zog in ihre Nase. Der Olivenbaum im Terrakottakübel war im letzten Jahr ein gutes Stück gewachsen. Und auch die Zitronen trugen wieder Früchte. Einen weiteren Kübel hatte sie dazugestellt, als kleines Geschenk für Jens, zu ihrem besonderen Jahrestag. *Was schenkt man einem Tierarzt, der alles hat und wunschlos glücklich ist?* Sie wusste, dass er frische Feigen liebte. An dem Bäumchen hingen bereits jede Menge Früchte. Sie schmunzelte, wann würde ihm auffallen, dass dort ein Topf mehr stand?

Die Haustür klappte und Daisy sprang von ihrem Platz auf. Sofort war sie hellwach und stürmte zu ihrem Herrchen.

»Hallo Schatz!«, rief er durchs Haus.

»Ich bin hier auf der Terrasse.«

Er kam heraus. Daisy umkreiste ihn vor Freude hüpfend. Jens strahlte sie an, in einer Hand hielt er einen riesigen Blumenstrauß. Er umarmte sie mit dem Strauß und küsste sie.

»Alles Liebe zu unserem ersten gemeinsamen Jahr, meine Süße.«

Sie schlang ihre Arme um seinen Nacken, schmiegte sich an ihn und küsste ihn zurück. »Danke für die wundervollen Rosen und noch mehr Dank für den wundervollen Mann, der du bist.«

Er gluckste leise und küsste sie liebevoll und leidenschaftlich zugleich. Dann löste er sich von ihr. »Nimmst du mir jetzt bitte die Blumen ab, bevor sie verwelken«, sagte er schmunzelnd.

»Oh, ja.« Paulina stellte sie in eine tönerne Vase, die sie auf dem Terrassentisch platzierte.

»Wir können gleich mit dem Salat und deinem Lieblingsfladenbrot anfangen, wenn du magst. Und Champagner habe ich auch kaltgestellt.«

Er zog kurz die Augenbrauen zusammen. »Tut mir leid, aber ich muss gleich noch einmal weg. Ein dringender Notfall auf dem *Nordwindhof*.«

»Oh, nein, was ist es diesmal? Wieder eines der Ponys von der Kinderstiftung?«

»Nein, die sind alle gesund. Es geht um Kimberlys Pferd.«

»Um Gottes willen. Ausgerechnet Prinzess. Was ist mit ihr?«

»Sie leidet unter einer seltenen Erkrankung. Es ist eine emotionale Störung und da kann nur ich sie beruhigen.«

»Huch, wie konnte das passieren?«

Paulina hatte noch nie von so einer Erkrankung gehört. Aber sie war auch keine Tierärztin. Er sah sie entschuldigend an.

»Kann ich mitkommen?«

Ein kleines Lächeln spielte um seine Mundwinkel. »Ich hatte gehofft, dass du fragst.«

Kurz darauf saßen sie im Auto und brausten gemeinsam mit Daisy zum Hof. Liam und Kimberly warteten bereits auf dem Hof auf sie.

»Oh, Mensch, Kimberly. Es tut mir so leid, dass es deiner Stute schlecht geht.«

»Ach, das wird schon wieder«, sagte ihre Schwester und drückte sie. »Jens ist ja jetzt da.«

Ob ihre Schwester daran dachte, dass sie ihnen gerade ihr Einjähriges verhagelte? Nun, die Tiere gingen vor.

»Wo ist das Pferd?«, fragte Jens.

»Im Stall.«

»Dann lasst uns gehen.« Er nahm Paulina an die Hand und sie gingen zu den Ställen. Da standen nebeneinander in den Boxen Anton, Rabe, Ewa und Prinzess ... und eine zweite Prinzess?

Paulina blinzelte. Huch, das Pferd sah ja fast so aus wie Prinzess. Es war auch naturweiß und hatte eine wunderschöne Mähne, in die jemand kleine goldene Schleifchen gebunden hatte.

Jens öffnete die Box und holte das Pferd heraus. Warum schaute er nicht zuerst nach Prinzess und wo waren auf einmal Kimberly und Liam hin? Eben waren sie doch noch dagewesen.

»Da haben wir die Ursache für die Aufregung«, sagte Jens und führte die Stute nach draußen.

»Sie ist wunderschön.«

»Du bist wunderschön und liebevoll und du machst mich glücklich.« Er schloss ihren fragenden Mund mit einem zärtlichen Kuss. »Mein Geschenk für dich.«

»Oh Wahnsinn, ich kann es gar nicht glauben. Ein eigenes Pferd? Wie heißt sie denn?«

Er schmunzelte. »Es ist keine Sie. Der Hengst heißt *White King*. Aber du kannst ihn gerne umtaufen, wenn du möchtest.«

»Nein, nein, der Name ist perfekt ... aber was ist denn nun mit Prinzess?«

Jens lachte. »Du meinst die emotionale Störung? Wir glauben, die beiden Pferde sind verliebt.«

Paulina kicherte und fasste sich an die geröteten

Wangen. »Ich bin auch manchmal wirklich schwer von Begriff, wenn es um so … menschliche Dinge geht.«

Sie streichelte die Mähne des Pferdes. »Wer hat denn die hübschen Schleifenbänder hineingeflochten?«

»Ich gebe zu, da hatte ich Hilfe von deiner Schwester.«

»Schau mal unter die Zöpfe, da hat White King ein Muttermal.«

»Echt jetzt? So etwas gibt es bei Pferden?«

Sie hob die geflochtenen Zöpfe hoch, doch da war nichts. Stattdessen hing dort an einem Schleifenband ein goldener Ring.

»Jens!«, rief sie erschrocken und drehte sich zu ihm um. Doch der hatte sich bereits auf ein Knie gestützt und sah sie mit einem Blick an, den sie noch nie bei ihm gesehen hatte.

»Willst du meine Frau werden?«, fragte er schlicht.

Sie fiel ebenfalls auf die Knie und schlang ihre Arme um seinen Hals. »Ja, natürlich will ich das«, rief sie und japste vor Überraschung.

Er küsste sie. Sie zogen sich gegenseitig wieder in die Höhe und klopften sich den Staub von der Kleidung.

»Der Ring!«, sagte Jens sanft.

»Oh, ja.« Paulina löste die Schleife, nahm den Ring und gab ihn Jens. Er steckte ihn an ihren Finger.

In diesem Moment traten auch Kimberly und Liam wieder näher und beklatschten das nächste Paar.

Paulinas Herz klopfte vor Freude und sie schickte einen stillen Dank ins Universum. Sie hatte auf den einen Mann gewartet und das Schicksal hatte ihn zu ihr geschickt.

BÜCHER VON ANNE SUE TE

Herzglitzern: Sei mein Winter-Engel

Herzcharme: Eine Rose zum Küssen

Herzflüstern – Ein Date in deinem Hotel

Eine unverhoffte Sommerliebe

Was mein Herz dir geben will

Liebe ist kein guter Plan, Emma

Junabelles baldige Hochzeit

Herzfunkeln – Die Liebe und das Leben

Love is coming soon

Turbulentes Dating über vier Pfoten

Meeresbrise – Das Sehnen in meinem Herzen

Sommerküsse in Strandborn

Lebkuchen und Zuckerküsse

Der Zauber eines Kusses

Wenn die Liebe Flüsse versetzt

Eine zauberhafte Winterliebe und zwei Esel

Liebe, Regen und Herzklopfen

Liebe, Sturm und Herzklopfen

Eine unverhoffte Winterliebe und zwei Engel

Mila, die Liebe und die kleine Möwe

Amelie, die Liebe und der kleine Garten

Winter-Liebesfunkeln

Nordwindliebe (Einladung zur Hochzeit 1)

Nordwindküsse (Einladung zur Hochzeit 2)

BÜCHER VON SUE TWIN

Die Autorin schreibt unter dem Namen Sue Twin

Fantasy und andere Jugendbücher.

Welt der Elben (3 Sammelbände, abgeschlossen)

Raya und Kill (Trilogie, abgeschlossen)

Wolfs-Erwachen

Tausend Welten und ein Himmel

Printed in Poland
by Amazon Fulfillment
Poland Sp. z o.o., Wrocław

41932270R00147